Jacob Pinheiro Goldberg

Marília Librandi

# Jacob Pinheiro Goldberg
## A maravilhosa janela da tela poética sobre a liberdade do mundo

50 ANOS DE POESIA

numa

# Marília Librandi

Jacob, vasto mundo

ou

A literatura viva

ou

A poesia do psicólogo

ou

A leitora e o analista

ou

*Se você / fosse / você / como seria / sua vida?*

ou

*Quem é quem nesse jogo de máscaras?*

ou

O direito ao susto

ou

*A vida / a gente / conta / grande*

ou

Análise literária do analista

ou

De psicólogo a personagem

ou

A poética do nem

ou

O livro de J.P.G.

Esse livro é dedicado à minha mãe, Maria Luiza Librandi, e ao meu pai, Louremberg Ribeiro Nunes Rocha, por terem me dado a vida e aberto as portas para este vasto mundo. Dedico-o também a todas as pessoas que conheci, com as quais conversei e tive a honra de escutar nas sessões Jacobianas ao longo de tantos anos. Um agradecimento especial para a Shlo, Luciana Gama, minha amiga de alma, que tudo acompanhou em infinitas conversas telefônicas e textuais. Para os filhos e netos de Jacob, espero que esse livro seja reencontro e descoberta. Dedico-o à minha amada família, no Brasil e nos Estados Unidos, e aos amigos que me sustentam, em todos os sentidos, entre-mundos.

um dia, quem vai escrever
vamos ser os outros.

•

Com guarda-chuvas é possível, cegando os olhos,
ficar sem ouvir as ondas de dor do mundo?

•

Nem o léxico, nem o sofisma, nem a gramática, nem.
No final será a palavra liberta que engancha a liberdade
de qualquer palavra, o testamento, testemunho...

•

A tentativa de libertação é a linguagem narrada pelo sonho.
...
Abrindo a maravilhosa janela da tela poética sobre a liberdade do mundo.

•

Fazer dos pesadelos sonhos, versos e o futuro.

JACOB PINHEIRO GOLDBERG

## Nota aos leitores

No decorrer do texto, uso as iniciais JPG; J.; PG, quando me refiro a Jacob Pinheiro Goldberg. As citações de seus textos vêm indicadas pela referência JPG entre parênteses. Os depoimentos de Goldberg estão grafados em itálico, e foram gravados por mim entre 1997 e 2002, salvo indicação em contrário.

# Sumário

# No Tempo do Enquanto

*Tudo é "por enquanto".*
Clarice Lispector, *Um Sopro de Vida*

*Miserável,*
*como se atreve o barco,*
*cortar o mar,*
*o verso, romper o branco virgem*
*da praia,*
*o pássaro, que faz ninho*
*nas nuvens*
Jacob Pinheiro Goldberg,
*A Ógea e a Calhandra*, 1997

A poesia de Jacob Pinheiro Goldberg inaugura um espaço de deslocamento e retorno, de abertura e acolhimento: ela age como o barco que corta o mar, o verso que rompe o branco virgem da praia e o pássaro que faz ninho nas nuvens. Os versos do poema citado acima concentram e retomam lugares-comuns ou *topoi* da literatura: a associação entre o poeta e o marinheiro, entre a escrita e o navegar, entre a praia e a página em branco. Eles lembram algumas imagens presentes em exemplos famosos no repertório moderno, como o poema de Mallarmé, "Salut" ("Brinde"), na tradução de Augusto de Campos, cujos primeiros versos dizem: "Nada, esta espuma, virgem verso. / A não designar mais que a copa; / Ao longe se afoga uma tropa / De sereias ao inverso"(Mallarmé in Campos; Pignatari; Campos, 1980). O mesmo ocorre com a imagem do poeta que voa ou que é avoado ("pássaro que faz ninhos nas nuvens") e que apesar da condição *mísera* primeira busca pairar acima das contingências (nem que seja o albatroz cujas asas de gigante o impedem de caminhar, no conhecido poema de Baudelaire, cuja estrofe final diz, na tradução de Fernando Pinto do Amaral: "O poeta é igual ao príncipe das nuvens/ Que se ri do arqueiro e afronta a tempestade;/ Exilado na terra e no meio dos apupos, /As asas de gigante impedem-no de andar" (Baudelaire, 1992).

No livro *Judaísmos. Ético e não étnico* (1997), de Goldberg, o avoado aparece como "a categoria do rebelde contemporâneo – exilado de si mesmo e da cidade"; semelhante ao albatroz: "Rebelde ingênuo, o albatroz enfrenta a tempestade/ E, por prêmio ou castigo, sempiterno, / evolui vertiginoso". No longo poema "O Golem", publicado pela primeira vez neste mesmo livro, o albatroz é o poeta, o exilado e também a representação do povo judeu "em busca da Terra Prometida". A escrita poética é assim uma escrita audaciosa, um atrevimento, um ultrapassar de barreiras a nos lançar no perigo que o texto literário envolve, qual seja, o de nos lançar *nonada*, sem rede de referências a não ser o deste ímpeto inaugural. Daí nascer de uma crença no sentido de um movimento inicial, criador de vazios, que opõe à lei da realidade um espaço atópico e revolucionário, como a define belamente Michel de Certeau (2011) a partir de Mallarmé. É nesse lugar que encontramos a *escrita exílica* de Jacob, forma literária que nasce do gesto ético de crer e se lançar na página, seu céu, seu ar, seu mar.

## Uma experiência literária viva

*Para que esperar a morte a fim de nos conhecermos...*
*É em vida que devemos nos apresentar a nós mesmos.*
Murilo Mendes, "Ante um cadáver", *Mundo Enigma*, 1942.

*Dos versos*
*extrair a morte*
*ex-trair*
J. P. Goldberg, *Ritual de Clivagem*, 1989.



Depois de ter concluído minha pesquisa de mestrado (Librandi, 1997), escutei a voz de João Guimarães Rosa pela primeira vez em um documentário dirigido para a TV, "Nomes do Rosa", em 1997. A câmera adentrava uma igreja mineira barroca e, em *off*, uma voz falava e o letreiro informava: "voz de João Guimarães Rosa". Quando eu percebi que eu acabara de ouvir a voz do escritor com quem eu dialogara em silêncio durante todos os anos de estudo a respeito do romance *Grande Sertão: Veredas*, o efeito foi semelhante ao de ser atingida por um raio. Percebi, naquele momento, que meu texto teria sido outro, diferente, se eu tivesse escutado sua voz antes. Ouvir a voz trouxe a dimensão humana de Guimarães Rosa. Ele deixou de ser um autor demiurgo para ganhar corpo e vida através da voz. Naquele exato momento, percebi duas coisas simultaneamente: a minha interpretação de sua obra teria tomado um caminho diferente se eu tivesse escutado a sua voz antes; e o autor com quem eu vinha dialogando mentalmente há anos é uma entidade ainda mais poderosa quando não há voz material envolvida. Decidi, então, que meu próximo projeto, que veio de fato a se tornar meu doutorado em Teoria Literária e Literatura Comparada na Universidade de São Paulo, envolveria um diálogo com um escritor vivo (ao invés de um diálogo imaginário com um autor morto) em uma conversa direta com ele ou ela através de entrevistas. É esta experiência literária viva que exponho neste livro: o processo de escrever uma análise literária que incluiu o diálogo com o psicólogo e escritor Jacob Pinheiro Goldberg.[1] No decorrer do livro, uso as iniciais JPG, J., G. ou PG quando me refiro ao escritor. Os depoimentos que gravei com Goldberg aparecem citados em itálico.

Agora, ao publicar o que foi a tese em livro exerço o dever de fazer justiça a um trabalho que tinha a vida como parâmetro maior: falar e ouvir o escritor vivo, e trazer esse depoimento como forma narrativa e poética para que a escrita cumpra sua função de guardar o vivido e comunicá-lo a outras pessoas. Com a passagem do tempo, o texto ganhou nova vida e agora renasce em forma de livro, livrado ao mundo para dar as mãos a outras pessoas que apreciem o caminho da relação entre literatura e psicologia, vida e poesia.

Sempre, no tempo do enquanto.

• • •

Vida e literatura são dimensões paralelas que se sobrepõem e tornam o diálogo mais afiado e a inquirição do sentido mais arriscada na aventura da linguagem poética. No caso desse livro, o estudo em teoria da literatura, informado por uma relação psicanalítica de base, deu ensejo para pensar o elo do texto poético com a vivência existencial. Penso que a literatura também atua como mediadora medicinal a estabelecer elos entre leitores e escritores, e a transferência em uma relação terapêutica também ocorre em uma relação

1. A tese *Parábola e ponto de fuga. A poesia de Jacob Pinheiro Goldberg* foi defendida em abril de 2003, em Teoria Literária e Literatura Comparada, na Faculdade de Filosofia, Letras e Ciência Humanas da Universidade de São Paulo. Compunham a banca, os professores Alberto Pucheu, João Adolfo Hansen, Léon Kossovitch, Luiz Costa Lima e Valdevino de Oliveira (representando meu orientador Roberto Ventura).

com textos no âmbito da análise literária. No entanto, os papéis aqui são os do imaginário ancorado no texto escrito, uma encenação que acolhe muitos nomes e nenhum.

O texto literário não tem uma destinação referencial específica para além do ato de inscrever-se a si e ao mundo para entendê-los ou melhor estranhá-los. É o espaço fora, do sair de si dentro da escrita, como uma entrada em camadas cada vez mais finas e cada vez mais fundas nas quais a experiência de vida e de morte se traduz e a imaginação se atualiza. É o fora do sair de si para entrar dentro do texto. E é também a vida permanentemente viva no escrito.

Por isso, a seguinte indagação norteou minha escrita. O que acontece se, ao invés de interpretar um autor morto, debater-se com o escritor vivo, incorporando no *corpus* da obra as presenças em diálogo da leitora e do escritor? O que acontece se, ao invés de psicanálise, faz-se a análise literária dos textos de um analista? Ocorre o questionamento das noções de autoria, obra, leitura e literatura, assim como o questionamento das práticas de inclusão ou de exclusão; de ordem (ou desordem) dos discursos e do papel da crítica literária acadêmica. Ocorre, mais do que uma análise interpretativa, um relacionamento; mais do que uma interpretação, uma experimentação. O resultado é um experimento analítico-poético-literário contemporâneo a respeito de uma obra em progresso contínuo de mudança. O horizonte crítico se produz, então, na fronteira, ao defender tanto a experimentação poética quanto a experimentação crítica, criando um texto-entre: no meio do caminho da leitura crítica e da invenção de um espaço fora, dentro da literatura e de um espaço dentro, ao lado da psicanálise.

## Trajetória poética

Esse livro é a história de um diálogo íntimo e intenso com os escritos poéticos de Jacob Pinheiro Goldberg, publicados desde seu primeiro livro, *Ritmo Esquerdo*, em 1952, até o ano de 2002, com *Monólogo a Dois*, cobrindo 50 anos da produção literária de um poeta e escritor que é também um dos principais psicólogos brasileiros.

Como dito acima, esse livro deriva da tese realizada sobre a obra de Jacob Pinheiro Goldberg, defendida, em 2003, na Universidade de São Paulo. Desde então, um número significativo de pesquisadores, professores e leitores vem interpretando a obra de Goldberg, dentre os quais, Henryk Siewierski, que traduziu seus poemas para o polonês, publicados na edição bilíngue de *A Mágica do Exílio. Magia Wignania*, em 2003, e realizou outros estudos a respeito de sua poesia. Em 2013, Aline de Moraes Pernambuco defendeu seu mestrado na UFJF, *Uma América de muitos feitiços: uma leitura d'O Feitiço da Amerika de Jacob Pinheiro Goldberg*, entre outros estudos e leituras públicas de seus poemas realizadas nos últimos anos.

Nesse livro, apresento o que chamo genericamente a poesia de Goldberg, nela abarcando o conjunto de textos em forma de poemas, poemas em prosa, prosa e aforismos. Situo a sua poesia entre a literatura brasileira e a literatura brasileira de expressão judaica, entre o português (com acento mineiro) e o substrato ídiche reverberante no seu imaginário. Em 2009, publiquei uma seleta de seus escritos no livro *Poemas-Vida*, e assim sintetizei a trajetória poética de JPG.

Espécie de errância interior, trajetória de vida contada e recontada em muitos poemas e textos, a poesia de Jacob Pinheiro Goldberg pode ser descrita como a de uma vida singular tornada poemas-vida. Começando a escrever em início dos anos 1950, mas firmando uma escrita poética mais efetiva a partir de final dos anos 1960, a poesia de G. defende e pratica procedimentos da arte de vanguarda do início do século XX – desde as proposições futuristas sobre a palavra em liberdade até a livre associação surrealista, a conjunção arte-vida, a utopia de uma arte livre de regras em revolução permanente e a de uma sociedade livre de autoritarismos, e as manifestações da poesia *beatnik* e da contracultura norte-americana dos anos 1960/70, num misto de influências que vão se unir, em Goldberg, à sua prática e formação de psicoterapeuta.

No seu caso, essas contribuições estéticas vêm, de início, sombreadas pelos fantasmas e horrores da Segunda Guerra Mundial, contemporânea à infância do escritor, nascido em 1933, ano em que Hitler assume o poder. Seus ecos chegavam até o interior da província de Juiz de Fora, em Minas Gerais, onde ele, como filho de pais imigrantes judeus-poloneses, escondia-se no interior de suas "cabanas-cavernas" montadas com os jornais que davam notícia dos conflitos internacionais, tendo tido seus familiares paternos mortos nos campos de concentração. Essa experiência marcou o início de sua poesia com a consciência da fratura, no desacordo e desajuste da rebeldia, produzindo uma escrita feita de restos, fragmentos, cortes, cisões, e que defende o torto, o *gauche*, o feio, o mal de vida, o doente, o doido, a bagunça, como "cerimonial a devir". Contra a "Estética da Crueldade", seu texto propõe uma "Estética da desordem", reivindicando o "ato da soltura" e da literatura como saúde. O resultado é uma poesia que produz formas escritas próximas a um diálogo coloquial, e a uma prática co-performativa em busca de uma forma dialógica de criação.

Os poemas, poemas em prosa e aforismos de Goldberg tomaram forma com o impacto dos movimentos sociais e culturais dos anos 1960, que o levaram a deixar sua carreira como advogado e a iniciar uma nova carreira como psicólogo. Seus textos foram escritos desde o início em rebelião contra as formas literárias e também no contexto da ditadura na América do Sul: "por certo por certo por certo / o protesto", escreve ele em um poema em prosa, publicado no seu livro *Segunda Madrugada* (1971). Mais tarde, a partir de meados dos anos 1980 e 1990, seus textos ganharam uma inflexão distinta: começaram a ser escritos como uma reflexão sobre a morte, uma memória de seus pais e de seu passado, e de sua juventude na província de Juiz de Fora, apresentada como uma paisagem ausente e sonhada.

## Os Capítulos

O capítulo 1, "Tal leitura, Qual literatura", mostra as questões teóricas envolvidas no estudo de um escritor contemporâneo e em contato dialógico com ele. Sartre e a defesa dos contemporâneos; Iser e a estética da recepção e do efeito, Foucault e a questão moral, Barthes e a fruição, Lyotard e a configuração evasiva, ajudaram a delimitar o lugar desse estudo e de minha escrita como um testemunho de pesquisa.

No capítulo 2, "Qual Vida, Tal Nome", a pergunta que investigo é a que foi enunciada pelo escritor em um de seus textos – "Jacó, qual é o teu nome?" – e que é a chave para o que será discutido no quinto e último capítulo, "Tal literatura, qual assinatura", por ter uma relação direta com a questão da autoria literária. Para entender o porquê dessa dinâmica, eu narro desde seu nascimento em 1933, ano em que Hitler chega ao poder na Alemanha, passando pelo histórico de imigração de seus pais da Polônia para o Brasil na década de 1920. Pesquisei a história do *shtelt*, a cidadela judaica posteriormente destruída pelos nazistas, Ostrowiec, de onde vieram seus pais. O capítulo inclui o resultado de uma viagem de campo a Juiz de Fora. Acolhida pela saudosa professora Vanda Arantes do Vale, fui ao colégio onde Jacob estudou, conversei com amigos seus e de seus pais e investiguei a história da presença de judeus em Juiz de Fora. As idas e vindas entre biografia e o que é cantado nos poemas compõem a poética da vida. Nessa poética, uma das revelações importantes foi o de perceber o substrato iídiche no português de Jacob, e outras personagens muito presentes em seus poemas como sua mãe, a poeta Fanny Goldberg e seu pai, seu Luizinho. Através de seus depoimentos entendemos melhor a escrita de um psicólogo poeta.

No capítulo 3, "Tais Livros, Qual obra", faço um levantamento o mais detalhado possível dos livros publicados de 1952 a 2002 estabelecendo, a partir de inspiração em Drummond, as sete faces de sua escrita nesse período de cinquenta anos.

No capítulo quatro, "Qual eu, Tais Textos", proponho uma análise de seus escritos, realçando algumas de suas principais imagéticas – a "Estética da desordem", a "Clivagem: literatura e psicanálise", a "Bio (necro)grafia", "O acalanto de guerra" e o "Ensaio sobre a sombra".

No capítulo 5, "Qual literatura, Tal assinatura", descrevo os procedimentos nucleares dessa poesia segundo as três características definidas por Gilles Deleuze e Felix Guattari a partir de Kafka: a desterritorialização da língua; a poesia imediatamente ligada à política e o agenciamento coletivo de enunciação. Com Shoshana Felman e a questão do endereçamento na poesia pós II Guerra Mundial, chegamos afinal à questão da assinatura autoral. Proponho que se trata de uma escrita de si, próxima do gênero da carta, do bilhete e do diário, com uma profusão de eus expostos por escrito; daí a importante pergunta pelo nome que meu texto pluraliza ao chamá-lo pelas iniciais J., JPG, PG, JP...

O livro se encerra/se abre com "O tempo de agora", reprodução de um diálogo entre Jacob e eu gravado em 2014.

## Ainda

Finalmente, esse livro é testemunho de um amplo aprendizado. E é também o histórico da escrita de si em diálogo livre para chegar no âmago das questões de vida e morte, de abandono e de encontros, de famílias de imigrados e de filhos de imigrantes, de salvação e perdição e, principalmente, de muita poesia. Como a dor pode se transformar em um poema? Como o poeta olha e se encontra nos olhos de um cavalo? Como falar do que e de quem extravasa as bordas? Como não sair pela tangente, e atingir o núcleo do dizer e do ser em busca da caligrafia do sentido para cada uma de nossas vidas? É também um livro de declaração de amor à poesia, e de rebeldia, por dizer, assim não dá, queremos um mundo justo, belo e sem sofrimento.

Um manifesto de ternura e testemunho no meio do caminho... Disse Carlos Drummond de Andrade em carta a Goldberg:

> Rio de Janeiro, 2 de maio de 1969.
>
> *Prezado Jacob Pinheiro Goldberg:*
>
> Não sei como justificar o atraso destas linhas de cordial agradecimento por haver-me dedicado seu livro de poemas. Ele andou perdido no meu escritório, entre volumes recebidos nos últimos tempos, e só agora pude encontrá-lo e dispensar-lhe a merecida atenção. Sua poesia, refletindo uma consciência crítica e uma sensibilidade intensa diante do espetáculo contraditório e brutal do mundo de hoje, é uma reação vital de quem acredita nos valores humanos e tenta preservá-los contra a barbárie crescente. Muito me tocou a lembrança delicada de associar o meu nome a esse testemunho generoso. Cordialmente, o abraço e os votos de que alcance compreensão e ressonância a sua mensagem, eis o que lhe envia, com todo o apreço,
>
> *Carlos Drummond de Andrade*

Nessa carta de agradecimento por ter recebido o livro a ele dedicado, *Tempo Exilado* (1968), Drummond delimitou termos e direções que atingem o cerne da escrita de Goldberg, e dá-nos um vocabulário certeiro: "consciência crítica", "uma sensibilidade intensa" e "reação vital". Além disso, lança para a atualidade *os votos de que alcance compreensão e ressonância a sua mensagem.*

Meu livro também tem a forma do endereçamento de uma correspondência.

Que agora chega em suas mãos.

# 1. Tal Leitura, Qual Literatura

## A interrupção do contínuo

FIM

*O espetáculo deve cessar. A fatídica noção de que, em quaisquer circunstâncias, o show precisa continuar, orgulhoso clichê do totalitarismo, a vitória do grupal sobre o destaque. Ao contrário, sempre. A interrupção balança o continuum.*

JPG, *A Ógea e a Calhandra*, 1997.

O encontro com os textos de Jacob Pinheiro Goldberg e a decisão de estudá-los ocasionaram uma interrupção que balançou o contínuo de uma formação de leitura, de uma noção de literatura e de história literária que até então dávamos como certas e certeiras. A indefinição nos textos de Goldberg, que propõe uma *poética do nem* - nem poema, nem prosa; nem ficção, nem história; nem psicologia, nem poesia, nem verdade nem mentira, mas um espaço entre, "pequeno intervalo hipotético"[2] – e a *crítica do sem* a que deu lugar (escritor sem obra, textos sem autoria – como discutiremos nesse livro) abalaram as definições que pensávamos possuir como quem possui um bem hereditário do qual não quer se desfazer, pois que nos assegura um lugar, uma pátria, uma posição, uma história, uma filiação. Esse estudo foi escrito como o relato dessa

2. Verso do poema "Enquanto as marés e as sequóias", em *Ritual de Clivagem*, 1989.

interrupção e o contato com o que havia de exílio e beleza nessa escrita.

Intitulado "Fim", o texto de Goldberg posto como epígrafe marca o início desse capítulo e sua dificuldade tanto em começar como em terminar. Se a interrupção do contínuo produz um discurso fragmentário, em *A Ordem do Discurso*, Michel Foucault propõe pensar um discurso ininterrupto, sem fim nem começo. Assim, não tomaríamos a palavra, mas seríamos por ela envolvidos, sem um controle de sua sequência. Não haveria, então, um começo solene, mas uma voz que continuaria encadeando frases ao acaso. No entanto, a esse anseio, as instituições que regulamentam o uso do discurso respondem *que o discurso está na ordem das leis*, de modo a controlarem o perigo de uma fala incessante e que prolifera indefinidamente.

A interrupção do fim posta no início quer também assinalar que esse estudo tentou compor um discurso contínuo, alinhavado, sequencial, mas a todo momento ele se interrompe e se quebra na impossibilidade de uma escrita que quanto mais se queria total, mais se fragmenta em pedaços (como registro de vozes descontínuas em diálogo e monólogo, e com um gênero de discurso que mescla narração, poesia e argumentação). Alerta-se assim, que o texto que se vai ler é cheio de interrupções quanto mais ininterrupto, que sua disposição é ziquezagueante, que sua elocução é a de uma gagueira constitutiva e que seu tempo é enquanto. Se o fim interrompe a sequência da linha narrativa, *balançando o continuum*, situar-se no tempo do enquanto é tentar escrever na passagem, no intervalo em que duas ou mais coisas ocorrem simultaneamente, sem fixar nem uma nem outra, mas o intervalo entre ambas. É escrever nem antes, nem depois, mas concomitantemente.

Escrever no tempo do enquanto é ser contemporâneo, por isso a proposta de escrever não apenas *sobre* um escritor, mas *com* ele. Assim, num espaço imaginário, seriam simultâneos o processo de elaboração pela escrita e o processo de reelaboração pela leitura, como se leitora e escritor pudessem se encontrar em um mesmo tempo e espaço: *enquanto você escreve, eu leio, enquanto eu escrevo, você lê*, a ponto de já não conseguirmos distinguir quem escreve de quem lê e quem lê de quem escreve, deixando a escrita e a leitura correndo por conta (im)própria.

Enquanto se escreve

Alguém procura
um assalto na televisão
e um frio entardecer
empalidece.

uma linha de chumbo se esgota
e um aluno reprovado se arrola.

Um borrifo de água suja percorre o cimento armado
e um viva de aniversário se comemora.
O agonizante geme
e um recém-nascido limpa sua capa esverdeada

Enquanto se escreve
uma cicatriz reabre seu fermento
e uma viola plange
a sua rústica mensagem.

Um homem trai
e é traído.
Um berço se desfaz e uma coroa se arroja,
um eu se tinge e um teu marrom se constrói,
enquanto se escreve.

Na suave mentira da pena que se vende,
da pena que se compra,
dum sentido que se afirma,
da alma que viveu um dia.

Enquanto se escreve,
uma suave ilusão se apaga,
da final trama que se
conspira.
(JPG, *Tempo Exilado*, 1968)

Enquanto se escreve, tantas coisas acontecem ao lado, ao mesmo tempo em que o acontecimento da escrita difere das ações que ela mesma registra. Enquanto se escreve, algo aparece e simultaneamente desaparece, acende-se e apaga-se como cenas na "retina movediça" (expressão do poema "Charme Indiscreto", do livro *Monólogo a Dois*, 2002), deixando apenas o rastro de sua passagem e o eco de sua voz. Enquanto se escreve, "uma suave ilusão se apaga/ da final trama que se conspira".

Este poema de Goldberg, que abre o livro *Tempo Exilado*, de 1968, assinala a passagem de um a outro evento, apresentando duas ou mais ações e situações simultâneas, que compõem *flashes* do que ocorre "enquanto se escreve", em imagens contrastantes, estranhas ou complementares (o assalto na televisão e o frio entardecer / a água suja no cimento armado e um viva de aniversário / o agonizante e um recém-nascido). Indaguei o escritor a respeito dessas imagens inusitadas, às vezes estranhas, como a de "um eu se tinge e um teu marrom se constrói", e ele respondeu:

*São frutos da minha surpresa diante da vida, diante da natureza, diante da cultura. É isso que me levou à psicologia: a tentativa de verificar se existe uma certa ordem no caos. Existe um sentido, mas ao homem não é dado compreender esse sentido.*[3]

O poema como fruto da surpresa faz com que as imagens não sejam traduzíveis, nem passíveis de uma interpretação, segundo uma leitura hermenêutica que viria revelar o seu sentido. Podemos compreender, então, por que, nas duas últimas estrofes, o poema assinala a ambivalência da escrita, veiculada por um instrumento específico, a pena (a caneta bico de pena), ela própria dual pelo corte na ponta de uma caneta bico de pena. É essa dualidade ou duplicidade no comércio ("compra e venda") das letras que faz da escrita uma "suave mentira", ao mesmo tempo em que é através dela que se afirma o sentido "da alma que viveu um dia". Sendo dual, a "pena" pode ser lida também como pena judicial (nesse período de finais dos anos 1960, Goldberg trabalhava como advogado criminalista), aludindo a uma escrita que pode tanto ser a assinatura da confissão de um crime, "que se conspira", como, no tempo em que a ditadura e a censura política avançavam no país, ser uma escrita passível de ser autuada e penalizada, enquanto "se apaga".

A partir disso, importa registrar que a poesia de J. P. Goldberg compõe-se muitas vezes em analogia com o discurso judicial, apresentando-se seja como denúncia, seja como defesa de causas, numa espécie de poesia-*J'accuse*, o que lhe empresta o caráter de uma escrita muito próxima do vivido e dos acontecimentos que ocorrem ao lado, *enquanto se escreve*, na esquina, na rua, na praça, eliminando assim a distância entre a política de sua linguagem e a linguagem da política, por isso, também, o caráter de uma escrita-testemunho, que quer afirmar:

3. Todos os depoimentos de Goldberg, em entrevista que eu realizei com o escritor, aparecem em itálico para diferenciá-los dos textos citados do autor.

na liberdade cultural da ideia totalitária, por certo, por certo, por certo,
o protesto
(JPG, "Em Vinte e Dois de janeiro", *Segunda Madrugada*, 1971)

E assim:

Com sopros e tiros tomar a praça
perdida
numa noite de covardia.
Por entre choro
os enclaves da esperança.
(JPG, *Tempo Exilado*, 1968)

## A dualidade da pena

Importa ressaltar que a dualidade da pena através da qual se busca afirmar o sentido do vivido reaparece com uma outra conotação na imagem de um "bico de pena", em texto intitulado "Anais de História" (mais tarde, chamado "Poesia como Revolução" ; "E no campo da fantasia") e que é todo ele a tentativa de definir o que é a poesia, sugerindo-se, a cada parágrafo, uma ou mais possibilidades de resposta, como no seguinte:

> Hoje, me vi fotografado pelas mãos impiedosas de uma mulher-pintora. E, no bico de pena, assustadíssimo, vi o homem que os outros veem. Meu Deus! Que triste engano. Que engano total. Mas quem se engana por piedade? Eu, ela ou a pena? Será a conjunção desses enganos que retrata um demônio no sonho de um querubim, o esboço de um poema?
> (JPG, *Cidade dos sinos*, 1975)

Nesse momento, o poema informa que o "esboço de um poema" pode ser o resultado de uma *conjunção de enganos*, pois haveria uma clivagem ou dissociação entre a intenção de quem escreve/pinta/desenha/fotografa, a autonomia do instrumento (no caso, o "bico de pena"), e o destino de quem olha, e não (re)conhece o que vê, o que lê, o que escreve, compondo um "*engano total*", que, paradoxalmente "retrata um demônio no sonho de um querubim". A questão do "engano" reaparece em outro texto, "Portas Abertas", quando diz:

> "Olho para esta fotografia sem vida, na parede, e, de repente, fazendo os cálculos, pelos olhos assustados, descubro, na voz da minha mulher: É ela mesmo".
> (JPG, *Memórias do Abismo*, 1972)

A imagem, "sem vida", é acendida, digamos assim, pela voz da mulher, que é, então, reconhecida no retrato na parede. Assim, é recorrente na poesia de Goldberg a indagação sobre aquilo que a imagem (escrita, desenhada, pintada ou fotografada) mostra e o "eu" que ela representa, apontando para uma dissociação, um "engano" entre um e outro, como ainda nesse outro texto:

> será que na hora de morrer vou gritar o engano do personagem. Me devolva o tempo e a história! Entrei em cena por engano. Sou outro, daqui a pouco. Ou, então, serei capaz de sorrir, falsamente, e, conformado, tentar dizer que procurei representar bem meu papel?
> (JPG, "Esta rua tem saída", *Memórias do Abismo*, 1972)

Questão complexa, presente em boa parte de seus textos e que se relaciona com o fato de que essa poesia compõe um retrato via anamorfose desse personagem que diz "eu" e que, quanto mais diz eu, mais aparece outro, e que quanto mais diz eu, mais questiona a sua identidade. É preciso, assim, achar o ponto exato em que a anamorfose constrói o seu efeito, sob o risco de que, ao lermos o texto, e vermos o retrato que ele compõe, não enxerguemos nada com nitidez e vejamos apenas o borrão ou o esboço do que poderia estar ali, mas escapa ao nosso olhar e à nossa leitura, fugindo. Goldberg escreveu o poema "Anamorfose e Metamorfose" e, no artigo "Anamorfose psíquica" (em *Psicologia e Reflexões do Inconsciente*, 1978) ele transporta o conceito da pintura para o processo terapêutico. Em entrevista, na televisão, ele voltou ao assunto, dizendo:

> Eu costumo falar muito usando um conceito da arte pictórica, que é o conceito da anamorfose. Anamorfose é uma distorção da imagem. Às vezes você vê aqueles desenhos, aqueles quadros que você olha numa primeira visagem e tem uma impressão; quando você olha para o mesmo desenho de um outro ângulo, de repente, você vê outra figura. Eu acho que muitos de nós, quando instrumentalizamos nossa inteligência para resolver e equacionar os problemas nossos, os problemas sociais, humanos, de trabalho, de profissão, de família, nós ficamos sujeitos à anamorfose provocada por exemplo, por condicionamentos de tradição cultural, familiar, social, e então nós temos dificuldade de ver a realidade de frente.
> (JPG, Entrevista ao programa *Jogo da Verdade*, TV Cultura, 1982, transcrição minha)

Para ele, a psicanálise seria o trabalho de direcionar o olhar para o ponto exato, recompor a imagem, inclusive percebendo sua dubiedade e multiplicidade. A atividade de contar estórias e compor poemas como resultado de um engano sucessivo faz com que, pela constante repetição, este engano se torne verdade, manifestando o sentido, mesmo que este só possa ser buscado, mas nem sempre encontrado.

## A cena do texto interruptor

A simultaneidade, manifesta pelo *enquanto se escreve*, e a *interrupção que balança o continuum*, que gera um texto fragmentário, configuram-se como duas estratégias que identificam a escrita de J., sua proposta e seu programa, aliadas à noção de que há uma dissociação entre o "eu" que escreve e o "eu" que aparece na escrita. Queremos mostrar que essas estratégias se prolongam em outras duas imagens recorrentes. A primeira define o sujeito da enunciação como um ator que entra e sai de cena e que precisa; portanto, ser muito rápido e apressado, como um sujeito que tem de estar ao mesmo tempo em dois lugares distintos e que, por isso também, precisa dividir-se ou multiplicar-se em mais de um. Esta situação vem expressa em texto do livro *Monólogo do Medo*, de 1972, que transcrevo integralmente para ajudar a esclarecer o programa dessa escrita:

> Uma explicação, talvez desnecessária
>
> Venho percebendo, na medida da publicação de meus livros, a preocupação do leitor e, às vezes, de críticos, em enquadrar o trabalho numa categoria determinada: prosa ou poesia. Sinto grande constrangimento quando constato a dificuldade em acomodar-me numa formulação linear.
>
> Conrad Aiken num estudo diz que: "no mundo fragmentado dos psicólogos – Freud, Jung, Adler, Ferencz, Holt: como construir isto?... crescente realce na desintegração do ego, o desaparecimento do ser em séries, como os atores de vaudeville que entram e saem de cena...".
>
> É, mais ou menos, isto.
>
> O livro pode ser lido e entendido em fragmentos separados. Ou globalmente, dependendo da sensibilidade e engajamento, melhor

ainda, da "entrega" do leitor. Poesia em prosa ou prosa poética, que importa a terminologia?

Talvez, inclusive, não seja nada disso e aí então o leitor simplesmente terá perdido seu tempo que, consola-me, provavelmente não teria gasto de forma muito melhor.

A eventual pobreza de estilo poderá ser compensada pela multiplicidade de interpretações, outrossim, que possibilitam ao leitor que, posso assegurar, foi tratado, pelo menos, com honestidade.

Ou quase.

Finalmente, devo dizer que todas as linhas do pensamento e da arte devem fugir do produto acabado, arrumadinho que começa e termina, em si, nada deixando à liberdade inventiva do leitor.

O leitor que procura a historinha arranjadinha com começo, meio e fim, deve se satisfazer com telenovela e filme de bang-bang ou livro acadêmico.

Todo trabalho intelectual almeja certos conceitos básicos: liberdade, íntima e externa, decência e responsabilidade. Mesmo quando retrata o terrível caos do filme classe "c" que segundo Manuel Puig, e endosso, é a vida de cada um de nós. Até que a mudemos, com nossas mãos, ironia e dor.

Nesse prefácio, o escritor pontua o modo de atuação de sua escrita e o modo como os leitores devem situar-se frente a ela. Sua escrita, diz ele, caminha na direção contrária ao "produto acabado, arrumadinho", propondo, portanto, uma noção de liberdade que se encontra ao lado do inacabado, mas que deve ser continuado pela "inventiva do leitor". Contra a linearidade, propõe a "fragmentação", sempre, portanto, a favor de uma *interrupção que balança o contínuo*, instaurando a "desintegração do ego, o desaparecimento do ser em séries, como os autores de vaudeville que entram e saem de cena...", e que quanto mais aparecem, mais vão sumindo.

A outra imagem recorrente é a da interrupção, que funciona do mesmo modo que um interruptor de luz que acende e apaga. Assim, propõe ao leitor que leia como quem liga ou desliga, em um dos prefácios do livro *O Dia em que Deus viajou*, de 1974, intitulado "Vamos afinizar? Dá pra ligar?":



> Todo livro é uma autobiografia, consciente, inconsciente, poética, fantástica, científica. A derivação da inteligência ou de sua imaginação. Construção intelectual, emocionada, pensada, sentida da vida de quem escreve. Ou a grande mentira. E, sendo a grande mentira, a verdade de quem mentiu. Sempre é só os mundos de quem escreve.
>
> Meus últimos livros são a expressão de meu susto, cusparada, diante das sirenes das ambulâncias, dos anos que passam, dos erros de agora, dos desencontros comigo mesmo. Quem bate nas teclas esta angústia sem solidão, os mundos das palavras que cumpre afastar, da minha boca, mente, dos outros e procurar, nas rodas malucas das quedas e das subidas, juntadas e separações, vida e suicídio, os cordões mágicos dos vermelhos e negros que os olhos espreitam no horizonte, entre os vômitos das garrafas cinzeladas, cobres em disparada, fuzis enfileirados, peitos fechados, gente morrendo junto às latrinas enquanto se celebram as últimas missas da civilização.
>
> Sou pequeno, mas com lágrimas nos olhos, ponho onde quiser minhas mãos e até posso rir, rilhando os dentes.
>
> E subindo o morro, ainda que devagar e com 95.000 tombos, me levanto, subindo, escrevendo, falando, berrando, e se cair, no dia que cair, que seja escarrando a minha verdade, a minha mentira, o encontro do meu
>
> Eu.
>
> Se deu pra ligar, leia o livro, senão
>
> DESLIGUE

> Num dos meus livros está escrito que ou se é quem mata ou se é quem morre. Mentira. Somos o tempo dos assassinos vítimas.
>
> Matando e morrendo. A escolha é do futuro. Só nas crianças, poetas e loucos, naqueles também que correm com o vento pelos mundos do amanhã resta vida.
>
> Então por que é que eu escrevo este livro?
>
> Ah... como é bom tentar (mesmo sem conseguir) chegar perto da grande fogueira para esquentar os ossos frios.
>
> E agora?
>
> Na mesa posta, vamos jantar o boi morto, a verdura arrancada da terra esperando a escrava trazer num táxi amarelo uma contra-ordem de prisão.
>
> Quem?

Esse texto traz muitas questões sobre a escrita de Goldberg. Destaco cinco principais. Primeiro, a íntima relação entre livro e autobiografia, entre a escrita e a "vida de quem escreve». No entanto, a relação entre ambas não é de adequação, mas de construção, a partir do paradoxo entre verdade e mentira que a escrita da vida ou a vida da escrita estabelece como explicita no segundo parágrafo, especialmente com a frase: "E, sendo (a escrita) a grande mentira, a verdade de quem mentiu" - como a dizer que, quanto mais a escrita mente, mais ela é verdadeira, e quanto mais ela é verdadeira, mais ela mente. É assim também que, quanto mais a escrita é a "expressão" de um "eu", o que ela expressa são "os desencontros comigo mesmo".

Em segundo lugar, reaparece a ideia de que os livros/textos são a "expressão do susto" de uma escrita que procede através de frases ininterruptas, e que são bem materialmente a expressão desse espanto (como "frases em disparada"). É a ideia de praticar a escrita como "uma limpeza, uma depuração, uma catarse", como ele definiu o poema "Howl" ("Uivo"), de Allen Ginsberg (1956).

Em terceiro lugar, note-se a presença marcante dos acontecimentos políticos daqueles anos (o livro é de 1974), que fazem com que esse "eu" escreva entre "fuzis enfileirados", "enquanto se celebram as últimas missas da civilização", e que espera "uma contra-ordem de prisão", evidenciando a consciência de uma escrita que podia ser penalizada.

Em quarto lugar, "pequeno" e "com lágrimas nos olhos", esse "eu" escreve caindo e levantando, como quem foge em correria, antes de ser preso ou antes de ser morto, mas "escarrando a minha verdade, a minha mentira, o encontro do meu / Eu", no que retoma o paradoxo inicial entre verdade e mentira, assim como a imagem da escrita próxima do "susto".

Em quinto lugar, após apresentar o modo de sua escrita, o fluxo contínuo é interrompido para dar o recado aos leitores: "Se deu pra ligar, leia o livro, senão / DESLIGUE" (o mesmo faz em *Memórias do Abismo*, de 1972, quando indaga: "Mas quem é que faz poesia? E quem é que compra? Quem? O quê? / Apagaram a luz?").

Por último, quero realçar essa escrita que acende e apaga do mesmo modo que um interruptor de luz e que atua como o acender e apagar dos fotogramas de um filme cinematográfico, outra imagem recorrente que aparece neste importante texto do livro *Cidade dos sinos*, de 1975:

> Nota, relativamente desnecessária
>
> Ao contrário de meus livros anteriores (e não pretendo repetir o esquema, no futuro), este livro tem uma estrutura absolutamente lógica.
>
> O leitor, atento e sutil, perceberá a ligação entre as partes, com grande facilidade.
>
> Deixo de esclarecer qual a chave para a compreensão óbvia da narrativa porque nao fui capaz de entendê-la.
>
> Com raras exceções sou um leitor impaciente para aquilo que escrevo.

A aparente contradição das informações desta nota será, também, entendida sem dificuldades.

Como uma luz que se acende a apaga, para determinados olhos, privilegiados, assim é o alfabeto.

A miopia densa impede que como um viajante experiente eu possa ajudar o leitor pelos caminhos do livro.

Uma sugestão somente resultante de intuição e experiência acumulada. Ler com os olhos. Adivinhar nas entrelinhas. Agitar os punhos, sem sacudir os ombros.

Ler com raiva. Sempre para mudar.

O nosso é um tempo cinematográfico, quando o roteirista perdeu o script na pressa pelo *guichet*.

E as cenas são misturadas. Do final de um filme com a sequência inicial de outro.

Neste tempo será preciso uma tesoura para cortar o velho. Será preciso vivacidade para discernir o novo.

O eu que escreve como quem entra e sai de cena, atua do mesmo modo que o texto que acende e apaga. O eu que escreve, "míope", não compreende e não é capaz de enxergar a sua própria narrativa. Aos leitores, então, cabe ler para mudar, ler com a sua inventiva para tentar recompor ou reescrever o *script* que o roteirista perdeu pelo caminho, montando e editando os fragmentos para tentar *ver* essa escrita, e *ler* esse filme:

Talvez, quem sabe, numa próxima edição (do livro ou da vida) o texto vá por inteiro.

Por enquanto vai assim. E olhe lá.

Se ainda não der pra entender nada não faz mal.

Eu também não entendi.

(JPG, "Medo". *Monólogo do Medo*, 1972)

Nós vamos tentar refazer o *script* dessa poesia. Para entender. Ou não. Antes, porém, é preciso expor a situação da escrita deste estudo (seu lugar, sua prática e seus pressupostos), para que se compreenda o estado da questão com que me deparei e o modo como decidi abordá-la.



## A crítica da crítica e a pluralidade de nomes

*O fato é que se lê mal, afoitamente, e se julga antes de compreender. Portanto, recomecemos.*
Jean Paul-Sartre, prefácio de *Que é a literatura?*

Quando essa pesquisa começou, em final da década de 1990, a literatura de Jacob estava na obscuridade diante de sua grande visibilidade como psicólogo. Como escritor judeu, Goldberg não fazia parte de antologias ou estudos a respeito de escritores judeus brasileiros apesar da temática judaica estar presente desde seu primeiro livro. Brasileiro, não fazia parte de estudos e coletâneas de poetas-escritores na universidade. E foi justamente a sua a-topia, a resistência, o silêncio que a cercava que nos interessou abordar. Assim, esse estudo assinala uma escolha e assina uma iniciativa: a de ler textos à parte, deslocados. Sua assinatura primeira: "Não, nunca, e ninguém" - segundo os versos do poema "Ode", publicado em seu primeiro livro, *Ritmo Esquerdo*, de 1952,que diz: "É o não. / Impelido pelas vagas, perdeu / o tempo – é o ninguém. / Nunca parado, nunca cessando, / de andar. / Não, nunca e ninguém. / Se das sondas emerge, lança um / brado de alerta. / Ande, ande / Ó ninguém! / Nunca, não, ninguém".

O estudo tem, então, como movimento propulsor pensar o direito à assinatura, cabendo ao escritor a sua função: autor, de nome

Jacob Pinheiro Goldberg. Não é a pessoa, mesmo se falamos a partir dela e com ela, mas o nome, "um traço no verso do papel": "Sou daqui - um traço no verso do papel -/ e de Connecticut, /Paraíba do Sul, Cabo ou o ocaso de um brilhante / jamais" (JPG, "Cinza de Origem e Destino", em *Segunda Madrugada*, 1971).

Pode ser só J., pode ser só P, pode ser só G., pode ser JPG, pode ser também *Jacob Pinheiro Goldberg c'est moi*, lembrando que este é *um* JPG, o de uma leitura/escrita elaborada nesse estudo. Assim, onde antes havia o "não, nunca, e ninguém", passaria a haver uma profusão de nomes e uma pluralidade de eus, ocupando assim os lugares da ausência e os espaços do vazio.

Michel Foucault afirma que o autor não deve ser buscado nem no escritor real, nem no locutor fictício de uma narração ou no "eu-lírico" de um poema: a função autor encontra-se na cisão e na divisão dessas esferas, sendo a autoria um campo discursivo marcado pela pluralidade e dispersão de eus.

Nesse estudo, buscamos ampliar o circuito das letras, questionar o estatuto das letras, desafiar o estudo, refletir sobre quem entra e quem não entra nos estudos acadêmicos, sobre o que é ou não é literatura, sobre as instituições que legitimam o que é ou não é literatura. Nossa leitura inclui análise de textos, descrição e compreensão de um conjunto de textos cujo caráter desterritorializado neles se imprime. A "desordem" programática nos textos e livros de Goldberg, nessa produção escrita "colocada", como ele diz, mas que não se encaixa, permitiu a este estudo questionar a ordem dos discursos nas letras e o modo como se escreve a história da literatura. A poesia de Jacob permite aberturas várias e sobretudo incentiva o pensamento a respeito do estatuto do literário. Escritor nômade, os textos de G. são como linhas de fuga em relação ao estatuído.

Desse modo, o encontro com os textos de Jacob Pinheiro Goldberg e a decisão de trabalhar com eles criticamente, lendo-os e analisando-os, buscando compreender o caráter de sua produção literária, teve como primeira consequência a análise crítica da própria postura crítica. Lê-los significou primeiro reconhecer os preconceitos, os *a prioris* que tínhamos sem saber internalizado a respeito do quê e de como deveria ser uma obra literária. Por isso, expomos o que a escolha desse tema trouxe como consequências, em uma autoanálise da análise crítica.

Como a primeira questão em relação à produção escrita de Goldberg era: "o que são esses textos?" Tínhamos antes de nos perguntar: mas o que é "literatura"? O que é a experiência estética? Como se define determinado objeto como sendo estético ou não? Até percebermos que essa é a questão-chave na estética moderna. Como expõe João César de Castro Rocha:

> [...] se já sabemos o que o literário é, então, qual o sentido da história literária a não ser a busca do mesmo, ou seja, o eterno retorno da literariedade? (...) Vale dizer, trata-se de pensar uma história literária que, em lugar da descrição diacrônica de características a priori definidas como literárias, busque o resgate de práticas de leitura definidoras da especificidade do literário (Rocha in IPC, 1996).

O que fizemos foi realizar uma *prática de leitura*, que se expõe no momento em que é efetuada diante de um conjunto de textos novos, diferentes porque não integrantes da tradição da história da literatura, e escolhidos justamente porque punham em choque as pré-noções e expectativas de quem os lê e fazem repensar aquilo que nos estudos tradicionais é tido por dado. O que obriga a pensar constantemente nos pressupostos, sempre no fio, correndo o risco de recair em pré-noções e julgamentos e assim caminhar em um percurso tateante. No nosso caso, a pesquisa não podia deter-se na leitura dos textos para interpretá-los sem antes compreender por que tais textos não entravam na circulação do campo literário canônico, sobretudo por serem vinculados a uma escrita terapêutica, situando-se num lugar à parte.

## A configuração evasiva

*E ela mesma resolveu escolher tomar este caminho de cá, louco e longo, e não o outro, encurtoso.*
(João Guimarães Rosa, "Fita Verde no Cabelo")

Ao escolher o caminho "louco e longo, e não o outro, encurtoso", aumenta-se o risco e o perigo, aumenta-se a instabilidade e o questionamento, pois se implica a revisão de um aprendizado que se baseia na segurança da tradição, entendendo pelo termo "tradição" a leitura de escritores que integram a história da literatura.

Certa vez, Goldberg fez uma observação importante a respeito de sua escrita: *Se meu texto fosse traduzido para uma outra língua, talvez se tornasse legível*. Aproveitando esta colocação, digo que esse estudo é, em certo sentido, uma tradução da língua de J. pela nossa, que é, em si mesma, a linguagem de um lugar – o da crítica e o da teoria literária.

Busca-se assim testar os limites impostos pelo lugar, ampliá-los, deslocá-los. Ideia também de abrir a pesquisa para escritores atuais, conhecidos apenas por pequenas parcelas, e, vivos, poder operar uma leitura crítica concomitante à produção de textos, o que dificulta a hierarquia do tempo, em direção a uma paridade ou quase simultaneidade, abordando o texto enquanto este está sendo escrito.

Minha opção é a de atuar lateralmente, num movimento por deslocamento e fuga, como sugere J. F. Lyotard (1974, p. 129). Por isso, a ideia de seguir uma "configuração evasiva", noção de Lyotard (1974, p. 19), ao se referir à expressão do inconsciente, que, ao mesmo tempo, se expõe e se oculta. Assim, a ideia é conseguir escrever lateralmente, evadindo-se a partir de linhas de fuga na argumentação, num texto que não cessa de se distanciar, escapar, diferir, com o risco de não terminar nunca.

A configuração evasiva mostrou-se t eficaz, operativamente, para ler uma produção textual contemporânea, por ser um modo de ler que suspende o que há de regras implícitas a guiar a leitura. Por isso, o seguinte comentário de Gilles Deleuze (1990, p. 118) foi fundamental para nossa aventura de leitura: "É preciso tomar a obra inteiramente, segui-la e não a julgar, alcançar as bifurcações, os deslizamentos, os avanços, os buracos, aceitá-la, recebê-la por inteiro. Senão não compreendemos nada".

Aceitar a obra por inteiro não significa abdicar de uma leitura crítica, mas abandonar uma leitura normativa para aprendermos a ler sem um domínio prévio explicativo. Por isso, a configuração evasiva, foi pensada e usada também no sentido de uma perda, já que, evadindo-se, não se alcança jamais a coisa de que se fala: ao mesmo tempo em que se configura, evade-se por deslocamento.

Esse aspecto evasivo no trabalho foi acentuado pelo contato direto com o escritor. Falando de J., sua vida, seus textos, a sensação de que sua realidade escapa e foge quanto mais se procura e quanto mais se tenta descrevê-la. Quanto mais eu tenho o referente, a realidade da pessoa do escritor na minha frente, mais a sensação de que essa realidade se perde e não é entendida, e que talvez não seja mesmo para entender, no sentido de unificar, mas confundir, complicar e se perder no vertiginoso e no labiríntico.

Trata-se assim de escrever não para ganhar, mas para perder, como diz Lyotard (1974, op. 30), de *amar a inscrição não porque ela canaliza, mas porque ela deriva*, cultivando a *duplicidade dos signos*, e sendo capaz de ler a intensidade, que tem como movimento a fuga e não a permanência: "Nossa política é de fuga, primeiro, como nosso estilo".

## Testemunho de uma leitura em ação

*(...) o que distingue a relação entre texto e leitor (...) é o fato de não haver a face to face* situation *que origina todas as formas da interação social.*
W. Iser, *O ato da leitura. Uma teoria do efeito estético. Vol.* 1, 1996.

Estudar textos de escritores do passado é a regra mais geral e constante nos estudos literários e, mesmo quando se estudam textos de escritores contemporâneos e vivos, mantém-se a distância entre as pessoas, privilegiando-se a relação dos leitores com o texto e não dos leitores com os escritores. Diferente das práticas mais correntes de análise literária acadêmicas, esse estudo surgiu e se desenvolveu a partir de uma interação *face to face*, simultânea à interação com os textos. Nossa prática inclui uma relação com a pessoa do escritor, diretamente implicada e solicitada, através da conversa e do diálogo constantes, incorporados no *corpus* do trabalho. Essa prática levou ao relativo abandono do modo de leitura habitual, em que a crítica chega munida de seu instrumental teórico, baseando-se no que outros já falaram sobre determinado texto e assim interpretando-o, para optar por um modo de leitura duplo, ou seja, levando em conta as observações do escritor a seu respeito, discutindo com ele nossas leituras, testando sua coerência e entrando em confronto com o que pensamos inicialmente ou com o que o escritor pensa a respeito de seus textos. Por isso, é frequente no decorrer do estudo a citação de depoimentos e a transcrição de entrevistas. Em nossa prática de leitura temos então os seguintes polos interagindo: ESCRITOR – LEITORA: interação entre as pessoas; LEITURA – TEXTOS: interação com os textos. O estudo se constitui assim como depoimento e testemunho de uma interação em diálogo como testemunho de uma leitura em ação. Essa opção trouxe consequências teóricas que aproximam a pesquisa do âmbito das discussões teóricas propostas pela estética da recepção.

## A estética da recepção e do efeito



Historicamente, o biografismo, que explicava o texto pela vida dos escritores, sendo praticado na crítica literária do século XIX, foi abandonado em prol da leitura imanente. Essa leitura do texto pelo texto tem início com a estilística, é acentuada no formalismo russo, no *new criticism* e no estruturalismo francês, quando o foco da leitura analítica volta-se inteiramente para o polo do texto. Em meados dos anos 1960, surge a corrente de estudos denominada "estética da recepção", que acentua a importância da interação entre leitores e textos na definição do literário, abordando-se os diferentes modos históricos de ler e interpretar, assim como a compreensão de seus efeitos. Entre outros estudiosos dessa corrente, sigo as análises de Wolfgang Iser, iniciadas a partir de 1970, especificamente suas análises reunidas em *O Ato da Leitura*, de 1976, destacando alguns pontos que importam para a compreensão deste estudo.

Primeiro, a alteração na definição de "texto", pois a mudança de foco da leitura imanente para a interação dinâmica entre leitores e textos faz com que estes passem a serem entendidos não mais como estrutura fechada à espera da leitura correta capaz de desvendar seus significados, mas como um sentido continuamente produzido na leitura, segundo parâmetros internos ao texto, que direcionam os leitores; segundo, os pressupostos implícitos de cada época, que orientam o "horizonte de expectativas" em relação ao texto que assim se atualiza a cada leitura.

Para Iser, a estética da recepção seguiria duas vertentes principais: 1) a histórico-sociológica, dependente dos testemunhos de leitura que documentam os diferentes modos de apropriação de um texto, e que pensa no leitor real, nos seus gostos, nos modos como lê, nas suas interpretações, realizando uma avaliação propriamente da recepção e 2) a vertente teórico-formal, relativa à análise da estrutura do texto, verificando como essa estrutura controla internamente o papel de seus leitores, e que pensa, assim, não nos leitores reais, mas no "leitor implícito", entendido como um lugar vazio estruturado no texto, como um papel que pode ser ocupado por leitores distintos que atualizam o potencial de sentido a cada leitura. Nesse caso, realiza-se uma avaliação dos "efeitos". De um lado, então, tem-se, em sentido restrito, a "Estética da Recepção", embasada nos juízos históricos dos leitores; e, de outro, a "Estética do Efeito", embasada no texto.

Assim, se a "Estética do Efeito" leva em conta o *leitor implícito*, nesse estudo lidamos com *a leitora explícita* interagindo com a pessoa do escritor. É assim que, falando a respeito de uma literatura que se escreve como testemunho como a de Goldberg, o estudo compõe-se como um testemunho de leitura, sendo ele mesmo um documento histórico-sociológico dessa interação. Ao mesmo tempo, o estudo propõe a análise dos "efeitos na leitura", seja descrevendo as reações de leitores aos textos de Goldberg, seja descrevendo as próprias reações de leitura, seja descrevendo os leitores intencionados por Goldberg em seus textos, e o modo como ele solicita a coparticipação na autoria. Esse método de testemunho se constrói tendo por base o diálogo realizado nas entrevistas, nos depoimentos gravados, sempre de viva voz (não houve troca de correspondência, nem uso de e-mails). Desse modo, esse estudo é testemunho de uma vivência de leitura.

Essa dinâmica trouxe consequências teóricas que não estão necessariamente ausentes quando se privilegia a relação leitores-textos, apenas as tornam mais explícitas. Assim, por exemplo, ter acesso ao que o escritor pensa a respeito de seus textos é uma instância que outros estudos levam em conta quando analisam entrevistas e depoimentos. A diferença é que a interação ao vivo permite reconhecer e acompanhar o movimento do pensamento em ação, que varia de acordo com as disposições e os humores de cada um e de cada dia, fazendo com que ora se afirme, ora se negue o que se afirmou, acentuando as oscilações do escritor a respeito de seu próprio ofício, suas contradições e ambiguidades, assim como o escritor acompanha e percebe as oscilações, dúvidas, contradições e ambiguidades na composição do estudo, em uma oscilação constante.

## A leitora, o escritor e a materialidade na comunicação

Ao partir do concreto de um relacionamento intersubjetivo, esse estudo trabalha com um procedimento que acentua a "materialidade na comunicação", expressão que advém dos estudos de Hans Ulrich Gumbrecht (1994, p. 389-402). Essa "materialidade" faz com que, digamos assim, as "coisas espirituais" ganhem corpo. A "obra", por exemplo, deixa de ser uma "entidade" pairando acima da leitura, para se mostrar como uma construção elaborada na interação da leitora e do escritor com os textos, sempre em processo, nunca concluída. O "autor" desaparece enquanto presença anterior, autoridade passada, origem e explicação dos textos, pois que o escritor à minha frente também ele se encontra à cata desse "autor" que ele mesmo desconhece e que inclusive independe dele e de sua vontade pessoal para existir, pois corresponde muito mais a um contrato social e consensual. Do mesmo modo, o texto envolve a todos nós concomitantemente, escritores e leitores, que ficamos girando em torno e ao lado dele para ver se reconhecemos e encontramos uma identidade ou se a perdemos definitivamente.

Gumbrecht redimensiona a noção corrente nas humanidades da teoria como alta abstração voltada às coisas espirituais para focá-la no concreto, o que o leva a realçar os dois tipos de preconceitos mais frequentes: o que ele chama "instrumental", que valida e legitima as teorias se elas forem capazes de fornecer técnicas para a interpretação textual, o que faz com que a teoria pareça não só supérflua como dispensável; e o preconceito "mimético", que prescreve que deve haver adequação das teorias "abstratas" com a realidade "extra teórica concreta", o que faz com que as inovações teóricas só sejam validadas se atuarem no "mundo real", como se a teoria não fosse ela mesma uma *dimensão concreta e sensual de nossa experiência*, e parte das estruturas institucionalizadas do conhecimento.

Essa reflexão sobre a "materialidade na comunicação" interessa também para abordar a constatação, presente muitas vezes no decorrer do trabalho, de uma inadequação entre o que Jacob pensa e o que eu pensa a respeito dos mesmos textos ou da teoria da literatura, numa relação portanto não-mimética (no sentido de não-imitativa). Assim, por exemplo, meu horizonte de expectativasconfrontado com a prática e o horizonte de leitura e expectativas do escritor muitas vezes entravam em conflito. Essa "inadequação" ou relação "não-mimética" mostrou-se mais interessante e produtiva do que uma concórdia. Recusando acatar integralmente a sua autoleitura, e confrontando-a com a minha formação de leitura e opções teóricas estabelece-se uma tensão entre ambas, um confronto, o que faz com que uma leitura influencie e relativize a outra, impedindo que sejam aplicadas *sem crise*, isto é, obrigando a que tenham sempre de se autorrever e autocontestar. Passo então a expor os resultados a que chegamos a partir dessa interação.

De que modo a entrada em cena da interação pessoal altera ou não a interação com os textos? Ter acesso ao que o escritor diz a respeito de seu próprio texto influi no modo da leitura? Apesar de distintos, esses dois polos se cruzam no decorrer do trabalho sem se confundirem. O escritor fala e opina a respeito dos textos que eu estou lendo e essa fala é incorporada e incluída no próprio movimento da leitura e da análise dos textos. Temos então uma primeira consequência: a "obra" que está sendo estudada não diz mais respeito apenas ao texto escrito, mas inclui também a fala do escritor. Assim no polo LEITURA-TEXTOS deve-se compreender como "Textos" tanto a obra escrita e publicada, como a fala do escritor, oralidade transcrita no livro e que passa a ser *lida* como parte integrante do texto maior publicado nos livros. A fala da pessoa JPG passa assim a fazer parte de sua obra escrita.. Desse modo, a relação pessoal interfere no processo de leitura, da mesma forma que o processo da leitura interfere na fala do escritor.

Quando indagado a respeito de sua produção textual, Goldberg costuma responder de dois modos: ou ele referencializa o texto relacionando-o a fatos ou a pessoas, numa explicação biográfica, ou ele *não* reconhece seus textos, desconhecendo o sentido do que ele mesmo escreveu. Interrompemos por um momento a argumentação para darmos exemplos dos dois casos. Quanto à explicação biográfica, indaguei o escritor a respeito do seguinte poema:

> Vou dormir
> meus sonhos de menino,
> no filho que já fui.
> Naquela planície, onde, numa noite brumosa,
> vi nascer um circo
> e um farol
> por entre apitos de trens, na varanda daquela casa.
>
> Onde você disse
> que os cabelos brancos surpreendiam seus
> primeiros medos
> e salvaram minhas derradeiras decepções.
>
> Quando surpreendi
> na sua voz lacrimejante,

outra vez,
minhas certezas.
no seu olhar aceso, meu passo trôpego que,
por você,
retomo resoluto.

Na respiração a tua revolta
que olha para o lado as ganas de não sofrer.
quando, juntos, sentamos numa calçada abandonada
e choramos a milésima separação.

Os passos que, junto, caminharemos
até que te entregue a palavra final
por cima do inferno e dos jardins fechados.
(*Tempo Exilado*, 1968)

Temos nesse poema uma situação enunciativa que envolve dois sujeitos. No entanto, os primeiros versos ("Vou dormir / meus sonhos de menino, / no filho que já fui") fazem com que não se saiba com certeza se o "eu" que enuncia "Vou dormir" ocupa o lugar do "filho" em diálogo com um parente mais velho (indicado pela referência aos "cabelos brancos") ou não, nem se ele está lembrando ou sonhando um acontecimento. Ou seja, há uma confusão de papéis, que não se esclarecem na leitura. Tendo o escritor ao lado, indaguei com quem esse "filho que já fui" dialogava nesse poema. Goldberg nos disse que o poema era dedicado a seu filho Sidney Goldberg, e que o escrevera a partir de uma situação que os obrigava a separarem-se.

Esclarece-se então que, no poema, o eu que enuncia é o pai dirigindo-se ao filho. Essa informação, nota-se, pode contribuir com as circunstâncias de elaboração do poema, mas o texto independe dela para existir, podendo até restringir a leitura ao direcioná-la em apenas um sentido. O interessante na composição do poema está justamente na ambiguidade e na identificação que cria entre os papéis de filho e pai, ao relatar uma situação que os envolve e os confunde. Em outros momentos, a explicação biográfica de certo modo completa o escrito, como um segundo texto oral a seu respeito.

O segundo tipo de resposta, que revela o estranhamento do escritor em relação a seus textos, foi bastante frequente. Quando pensei que a sua colaboração seria fundamental para esclarecer e interpretar imagens inusitadas, dei-me conta de que não seria sempre assim. Por exemplo, quanto a esse poema que me é especialmente caro:

VIDA PROVISÓRIA

Regar planta após a
chuva noturna,
e ouvir o canto passaral
que se afasta.
A difícil luta indormida
entre o sol que se tenta
e a sombra
da última neblina.

(*A Ógea e a Calhandra*, 1997)

Li o poema para Goldberg (que não se lembrava dele), realçando a sua brevidade e beleza. Registrou-se o seguinte diálogo:

JPG – *Ao ouvir você declamando esse poema eu fiquei extasiado a ponto de perder o ar. Eu absolutamente nego a autoria desse trabalho. Só posso atribuir a um* daimon *platônico que porventura dos deuses e sem que nenhum elemento de natureza pessoal tenha por mim perpassado. Me é estranho, numa língua ignorada, de sentimentos órfãos. Tomara que num devir eu possa nele me reconhecer.*

*ML – É frequente você falar nesse tipo de inspiração, desde a noção das musas até ressonâncias emotivas, quer dizer, não é o poeta que planeja e tem domínio sobre o que escreve, não é?*

*JPG – Para mim, em grande parte, eu sou um prisioneiro da língua e da cultura e provavelmente o meu eu só se libera através da poesia, só que a minha vocação de escravo me dificulta o acesso ao libertário desse arco-íris no espelho.*

*ML – Pensando em você agora não como o escritor desse texto, mas como um seu leitor, como você entende o último verso: "entre o sol que se tenta / e a sombra da última neblina"?*

*JPG – Eu tenho uma atitude intelectual de reverência diante da poesia, o que me impede um juízo intelectual. Para mim é como se fosse música, vai direto nas minhas instâncias de mistério. Então, quanto mais a poesia para mim é poesia, menos inteligível ela é.*

Pela última resposta estava dada a tônica do diálogo: "quanto mais a poesia pra mim é poesia, menos inteligível ela é". Assim, o que eu pensara inicialmente que seria facilitado pelo contato direto com o escritor revelava-se ilusório. Tendo como referência inicial uma prática crítica que estabelece como objetivo oferecer a melhor ou a mais correta interpretação de um texto, pensava que ao convocar o escritor para ler junto comigo, grande parte do meu trabalho estaria solucionado, pois bastaria transcrever o que ele mesmo iria explicar. No caso específico de Goldberg, que manifesta muitas vezes estranhar ou não se lembrar de seus próprios textos, isso não tinha como acontecer. A tática de ter o escritor ao lado para responder e interpretar o que ele mesmo escreveu não funciona totalmente, ou seja, percebe-se que o texto é autônomo em relação tanto aos leitores como ao escritor, como se fossem ambos reféns dele. Ao contrário, ao invés de eliminar o trabalho, o contato direto com o escritor até o aumenta pois que a todo momento ele pode negar e contradizer o que a leitura quer afirmar.

Note-se ainda como nessas respostas, Goldberg compõe uma espécie de poema oral, quando usa de recursos metafóricos para definir (belamente) a poesia como o "libertário desse arco-íris no espelho", em uma fala que surge na interação dialógica e que deve ser lida como parte integrante de sua literatura, prática, inclusive, que é frequente em Goldberg, a de publicar partes de entrevistas como textos independentes.

O escritor como leitor de si mesmo é assim um leitor privilegiado, mas não é o detentor dos significados de sua escrita, podendo mostrar-se inclusive como um "mau" leitor. No nosso caso, o exemplo mais flagrante diz respeito à presença de uma imagem de tal forma recorrente nos escritos de Goldberg que pensamos tratar-se de um projeto deliberado. Essa imagem é a da "sombra". Indagando-o a esse respeito, ele disse que até então jamais havia notado ou dado especial atenção, ignorando uma possível importância da sombra em seus textos. Resolvi então focalizar essa presença, pois talvez aí se encontre um ponto *cego* de sua escrita, começando pelo fato de tratar-se de um escritor que se situa *na sombra*, assim como a arte (mimese) também é entendida como forma da sombra, como abordarei no capítulo 4, no item "Ensaio sobre a Sombra".

## Poética da vida e ficcionalização de si

O fato de conhecer pessoalmente o escritor levou a vivenciar, na prática, um dos pontos centrais que ocupam a teoria literária: o hiato que separa vida e ficção ou vivência e escritura. Ou seja, no decorrer da pesquisa tornou-se nítida a percepção de que o "eu" JPG que aparece nos textos *não é* a pessoa Jacob Pinheiro Goldberg, mas a *persona* ou máscara, uma parte sua relacionada à construção de um imaginário, de uma ficção, que não corresponde à integralidade de seu ser. Confirmar isso foi fundamental no andamento do estudo, sobretudo para permitir a liberdade e a autonomia da leitura. Por isso, mesmo quando fazemos referências biográficas diretas, e as fazemos sobretudo no capítulo dois dedicado à apresentação biográfica de Goldberg, queremos esclarecer que elas estão relacionadas com a compreensão (e mesmo construção) da *poética da vida* desse sujeito ficcional, entendido como resultado da criação do poeta e também dos leitores. Mesmo porque, o relato oral da experiência (feito pelo escritor nas entrevistas e depoimentos), já nasce como interpretação ou como uma forma de ficcionalização de si (e Goldberg é um excelente narrador oral ou "contador de causos", e, além disso, desde o início, recusou a forma de uma biografia). Conforme a seguinte entrevista:

JPG – *Eu nunca li uma autobiografia que tivesse, na minha opinião, eu não diria um cheiro de verdade, mas nem sequer a intenção de verdade, muito pelo contrário, sempre a atitude de* poseur, *de impingir uma imagem para os outros, para a posteridade.*

ML – *Guimarães Rosa disse que se escrevesse a sua biografia, ela tomaria a forma de um dicionário.*

JPG – *Com isso, eu me lembro que desde a mais tenra infância eu fui um mentiroso nato. Eu sempre tive prazer em inventar, e também sempre tive a noção de que as minhas invenções eram mentiras estéticas, mundos que eu estava criando. Eu tinha essa fama de mentiroso, ou prestígio de narrador, e ficava sempre impressionado com esse cara-durismo dos sermões que passam moralismos e verdades, porque essa é uma preocupação medíocre, rasa. Uma verdade plana é pobre, não tem nenhuma invenção, se transforma numa reportagem. Depois, a mentira preenche um vazio, um buraco, que é a própria limitação do real (...). Eu me considero extremamente chato na medida do real, só começo a me achar levemente, longinquamente interessante, quando eu me oculto, quando eu me distancio de mim mesmo, quando eu me estranho. Aí eu vejo em mim algo de interessante e que poderia admitir um estudo de mim mesmo. Fora isso é extremamente desinteressante.*

De modo semelhante, meu texto procedeu a uma seleção e a uma montagem dos dados biográficos que interessaram na medida em que correspondiam e podiam contribuir para a leitura dos textos. O mesmo ocorre com as interpretações psicanalíticas que podem surgir nas falas de Goldberg, entendendo, no entanto, que a ficcionalização inerente à literatura também não é estranha à prática psicanalítica, como me disse JPG nesste importante depoimento:

*Basicamente, na psicoterapia o cliente inventa histórias que têm como referência as experiências do seu passado e da sua fantasia. O analista interpreta essas invenções e trabalha com elas no sentido de curar as dores do testemunho humano. O escritor inventa histórias, e no meu caso, atua socialmente, por não se conformar com o ato de viver. Portanto são várias superposições: a da vida do cliente/analisando e a vida do escritor que passam pelo crivo do analista que, por sua vez, num jogo psicodramático, passa a lidar com a fantasia do cliente e com isso vai reformulando a sua própria realidade. Esta espiral é infinita e assim os papéis vão se sucedendo num labiríntico 1001 dias em que qualquer fracasso, um dia inelutável, significará a "cura",* the end, *a morte.*

## Performance autoral plural

*quem é quem nesse jogo de máscaras? qual a sombra, qual o protagonista?*
(JPG. "De frente e de perfil", *Ritual de Clivagem*, 1989)

Sabemos que o escritornão é o autor. Para marcar essa diferença, quando falamos no ESCRITOR estamos nos referindo à pessoa com quem dialogamos; quando falarmos no AUTOR estamos nos referindo a uma construção posterior, intrínseca ao processo de recepção e circulação dos textos, segundo a definição da "função Autor" de Michel Foucault (1995). Nos capítulos seguintes, mostro como Goldberg é um escritor que se constitui em confronto com a "função-autor". Em "O que é um autor", Foucault demonstra como o texto produz uma *pluralidade de eus*, e foi justamente o contato com esses muitos "eus" que a relação com o escritor J. tornou mais nítida.

Assim, no caso dessa pesquisa, leitora e escritor interagem no presente, no diálogo a respeito de textos que fazem parte do passado, não importa se escritos ontem ou há um minuto atrás. O diálogo se dá a respeito, ou melhor, em busca de um *autor*, presente como função que organiza o *corpus* desses textos, unificados pelo nome, a assinatura: Jacob Pinheiro Goldberg. Mas, à medida que o trabalho avança, há outros elementos nesse jogo, interagindo com vistas a um texto futuro: o estudo agora publicado em livro. Com a entrada desse elemento, a cena se movimenta e os papéis se invertem. Nesse caso, é a leitora que passa a ser a escritora, enquanto o escritor passa para a função de leitor de seus próprios textos e do estudo por vir. Assim, podemos dizer que há dois escritores interagindo em coatuação; e há dois textos; e há dois leitores. As divisões habituais vão se duplicando e às vezes entrando em curto-circuito, num trabalho que pareceu por vezes seguir uma direção insensata. Pergunta: neste caso, onde fica ou a quem pertence a *autoria*? Aqui o insensato pode ficar ensandecido no sentido de que escapa, ou tenta escapar ao bom senso que separa os papéis, em prol de uma coatuação e uma coautoria. Espaço aberto de atuações entre a leitura crítica e a escrita poética, entre a pessoa da leitora e a pessoa do escritor em diálogo. É o convite a essa abertura de coatuação a intenção deste estudo, como sugestão para outros na mesma linha ou em linha semelhante que se proponham a falar *com*, fazendo uma obra em conjunto.

Além disso, a ideia de *ler com* implica não ter distância temporal em relação ao que se lê, chegando a outro ponto que importa ressaltar – a dificuldade de ler os textos nossos contemporâneos.

## A Leitura do Contemporâneo

Ao estudar e trabalhar com o escritor vivo, quais as consequências e diferenças em relação ao estudo de escritores do passado? Para responder a essa questão, vamos seguir um percurso que passa pela reflexão de Jean-Paul Sartre a respeito do engajamento implicado no estudo do contemporâneo. A partir das questões aí envolvidas, reportamo-nos a ensaio de Luiz Costa Lima sobre a recepção de Baudelaire por seus contemporâneos, quando a questão da "estetização" abre uma nova indagação: de que modo o estudo pode atuar para não se tornar um trabalho de luto ou uma estetização dos questionamentos e perturbações que a obra em vida de escritores nos propõe? Falamos então dos dilemas intrínsecos a essa opção, e chegamos a um outro ponto: como ler os textos do tempo presente, reportando a distinção entre "textos de prazer" e "textos de fruição" proposta por Roland Barthes, útil para descrevermos alguns dos efeitos na leitura dos textos de Goldberg.

Em geral, nas teses acadêmicas são minoria os estudos sobre escritores contemporâneos, inclusive levando em conta um conhecimento não apenas textual, mas também pessoal, com depoimentos e entrevistas, de forma a fazer, até onde é possível, um trabalho em conjunto.

Há razões que justificam essa resistência e a principal delas ampara-se no fato de que a produção acabada permite que se lance sobre ela um olhar de conjunto, enquanto a produção de escritores nossos contemporâneos, atuantes, ainda está sendo feita, inacabada.

O ideal de perfeição e acabamento buscado na obra de arte traduz o desejo pela imortalidade. Desejo sepulcral, segundo Sartre, porque privilegia a morte ("autor bom é autor morto", lembra o adágio) e nos preserva da transitoriedade e da identidade entre palavra e ação. Ao criticar a concepção idealista e burguesa de literatura, Sartre apontava para o fato de que muitos leitores leem de modo a antecipar a morte de cada escritor, assim como determinados escritores escrevem enquanto vivos como se fossem póstumos, fascinados por essa mesma ideologia fantasmagórica da imortalidade, escrevendo, assim, para tempo nenhum. Sartre defendia o compromisso ético da literatura como comunicação entre seres vivos, contemporânea de si mesma e inserida na história de seu tempo.

Essa reflexão vem expressa em *Que é a Literatura*, texto publicado inicialmente em 1947, na revista *Le Temps Modernes*, quando Sartre responde aos que condenavam a noção de literatura *engajada*, sem, no entanto, explicitarem o que entendiam por literatura.

Sartre aponta a atração que a crítica literária manifesta pelos valores e escritos dos mortos em detrimento dos vivos, classificando polemicamente a figura do crítico como *guarda de cemitério* (Sartre, 1993, p. 24). Ao mesmo tempo, ele aponta para a atração correspondente de muitos escritores vivos pela posteridade, o que os faz escreverem como “defuntos” negando-se ao *engajamento*. Usar o passado como exemplo, modelo, pureza, verdade, e assim mais facilmente enterrar os vivos, ou forçá-los a escreverem como mortos ou póstumos para garantirem um lugar no panteão – esse o sentido do direcionamento da crítica de Sartre, que ele opõe a uma leitura do passado capaz de melhor dimensionar e compreender a vida presente.

Em boa parte, o texto de Sartre combate o livro *La trahison des clercs*, editado em 1927 por Julien Benda, para quem o intelectual (*clerc*, tanto designando o “clérigo letrado medieval” como o intelectual moderno) ao abandonar os valores eternos de Liberdade, Razão e Justiça em prol de um engajamento político e social no cotidiano se transformaria em traidor. A defesa de Sartre pelo engajamento de escritores modernos e contemporâneos inverte a proposição de Benda, mostrando que a “traição”, ainda mais diante da recém terminada Segunda Guerra Mundial, estaria na recusa do descompasso, da crise e da crítica – do engajamento, enfim, em nome de valores mortos.

Sartre ressalta que haveria uma íntima conexão do *valor estético* com a morte que eliminaria os conflitos, permitindo então que, morto, o texto possa ser apreciado como *beleza estética*, pois ganha tanto mais valor quanto mais morto e enterrado está o escritor. Assim, mortos, o que havia de inoportuno e engajado nos escritores é apaziguado como *valor*... O que tornaria a arte literária *inofensiva*. Os textos de Goldberg, justamente, permitem o contato com textos não apaziguados, mas em estado de criação, em processo, vivos. Esse é o desafio e o encanto da parceria dialógica.

Ler o vivo como vivo implica aceitar a não compreensão de todo, os equívocos possíveis, pois o escritor pode vir a reescrever e corrigir o que já escreveu ou até escrever de modo a contradizer o que o estudo propõe. Assim nos disse Goldberg nesse importante depoimento:

> *O que justifica este trabalho, a meu ver, é justamente o desafio de estar caminhando quase pari-passu na mesma jornada, ao lado, inclusive sem saber se daqui a seis meses eu não possa escrever algo que contradiga a própria vertente de teu trabalho. Mas isso não vai invalidar absolutamente, porque você vai estar dando o teu testemunho sobre o meu testemunho, você vai estar recriando a partir da minha criação.*

Em ensaio a respeito de Baudelaire, Luiz Costa Lima (1980, p. 131, 133) discute a neutralização do grau de perturbação de um texto através de sua estetização. Ele exemplifica essa situação com a discussão que envolveu contemporâneos de Baudelaire, mostrando que tanto seus acusadores como seus defensores seriam semelhantes pelo fato de neutralizarem (seja pela recusa ética, seja pela defesa estetizante) a força da crítica baudelariana aos hábitos e gostos burgueses. Uns atacavam a "corrupção moral" de *Les Fleurs du Mal*, outros o defendiam ao valorizarem esteticamente o que consideravam como o "estilo de decadência" e a suposta "doença" ou "loucura" do poeta. Somente Jules Laforgue, em anotações publicadas postumamente em 1903, romperia com essa armadilha, mostrando que Baudelaire fazia questão de romper com o público e suas expectativas, que fazia questão de afastar o burguês pelo qual manifestava ódio e combatia com suas alegorias. Os acusadores de Baudelaire tinham ao menos o mérito de expor a reação à violência e a agressividade dessa poesia, enquanto seus defensores, ao estetizarem, aliviavam o grau de perturbação desses textos, para torná-los legíveis como "obra". Ciente desse risco, minha pesquisa caminhou na corda bamba apresentando os textos de G. sem querer estetizá-los, numa leitura que quer ressaltar o seu caráter desterritorializado, a sua acanonicidade, a sua política de erros mais do que de acertos, afirmando o tempo todo o seu "não", que nele aparece como uma poética do "nem".

Como, então, ler os textos de nosso tempo? Como ler o tempo a tempo se, como diz Mallarmé, "mal-informado aquele que se gritaria seu próprio contemporâneo"? (Mallarmé, 2010, p. 169-174). Preocupados que estamos, completaria o poeta John Ashbery, "pela ideia de que horas são/ quando essa hora já passou" (Ashbery, 1995). Ou seja, como colocarmo-nos num presente que é sempre impresentificável, inquieto, e que não se detém?

Para expor a dificuldade em ler textos contemporâneos, lembro a distinção estabelecida por Roland Barthes, em *O Prazer do Texto* (1973), entre "textos de prazer" (*plaisir*) e "textos de fruição" (na tradução brasileira para *jouissance*, "gozo" ou "deleite"), mostrando que estes últimos, porque ligados ao presente, escapariam à leitura da crítica. A distinção entre textos de *plaisir* e *jouissance*, proposta por Barthes, vacila, tropeça e se confunde, não sendo apresentada como uma classificação segura, mas revogável e reversível, assegurando-nos que não se trata de utilizá-la como molde estanque a separar dicotomicamente textos de prazer de textos de fruição, pois que um pode se transformar em outro. Trata-se antes de entendê-la como um efeito diferencial, uma fenda distinguindo a proposta e o modo de atuação de algumas práticas artísticas contemporâneas que atuariam no campo da *jouissance*, que é o campo do presente na sua intensidade afirmativa e na sua intransitividade, e que se distingue das grandes obras clássicas e modernas, atuantes no campo do *prazer*, no tempo de uma tradição; logo, no campo da cultura, *que é tudo em nós*, diz Barthes, *salvo o nosso presente*.

Nos "textos de prazer", segundo Barthes, encontramos o ganho, o contentamento, a euforia, a saciedade, o conforto, a cultura; nos "textos de *jouissance*" ("deleite"), a perda, o desvanecimento, a agitação, o abalo, a crise. O seguinte forte poema de J. P. Goldberg, por exemplo, atinge-nos pela violência, pela denúncia, pela catarse, pela guerra travada em textos compostos como marcha bélica, e, mais do que sonho, próximos do pesadelo e do assombro:

> Pego o bastão imigrado
> do judeu errante que fui exposto em cada
> castelo dos cavaleiros medievais para com ele
> fazer uma estufa da reação.
> Aquele espancamento às portas da cervejaria de
> Bonn trago reservado um bote e um punhal que –
> serão içados nas trincheiras de Avivim.
> Sou cosmopolita e me prendo à vida como a dor
> a buzina do caminhão que arrasta a liberdade
> por Madrid.
> Madrid católica onde num convento erótico
> assisti o enterro da Inquisição.
>
> As chamas do inferno são minhas vizinhas
> esperanças,
> de retorno e de triunfo,
> quando vejo o branco preto desfilarem por
> Dallas atrás dos restos da Ku-Klux-Klan,
> que se esconde na hospedaria e nos
> sorrisos dissimulados.
>
> Execrados sorrisos compreensivos
> que abomino e escarro na vala comum
> da minha orgulhosa heresia que traz a
> sina de Abel e nova revoltada.

Quero que se entenda que do teto ouro até o general
da paz das bombas
mulheres é que serão juízes de teologia.

Esse poema, publicado em *Tempo Exilado*, de 1968, é um dos melhores exemplos dessa dicção combatente e que é tão frequente nos textos de Goldberg, pois o ritmo em *staccato* funciona como a "estufa da reação" de quem fala como quem vai atirando, espécie de texto-metralhadora. Nesse sentido, numa apropriação metafórica, foi interessante encontrar a seguinte observação a respeito dos primórdios da poesia lírica no Ocidente, em texto que distingue a lírica amorosa da lírica de guerra, comparando a poesia de Safo e a de Arquíloco. Inventor do iambo, Primeiro Sargento, Arquíloco é inventor do iambo, um tipo de verso que se parece com palavras que estalam, ferindo, aqui tomado metaforicamente em relação a Jacob como uma espécie de sujeito poético por semelhança. Goldberg muitas vezes produz uma poesia que vem para dar batalha, mesmo que seja uma batalha "previamente perdida", como lemos no poema "Maioridade":

> Como sou dado a palavras diria que meu
> Bar-mitzvá
> se deu ao som dos gritos do protesto imbecil:
>
> Diferente
>
> Numa cantina militar o eco surdo do silêncio tubular,
> num cansado encontro comigo mesmo.
>
> Na imagem infantil de uma leitura,
> nas asas e caminhos largos da imaginação
> de gigantes, heróis e duendes.

Em sexo desabrido e louco arrependido,
como sou dado a palavras,
muita ira e muito perdão.

Nos bastões envelhecidos de batalhas,
previamente,
perdidas.

Dos muros caiados de branco,
de choro por Deus e a dor.

Nas histórias remotas, de cinema,
ou pelas minas atrás da montanha.

Das agonias últimas de não saber,
na mesma hora de muito querer.

No entanto, seus textos não se restringem a esse efeito da batalha. Neste diálogo com o escritor, ele esclarece o programa de sua escrita:

ML – *Eu estava pensando outro dia, que há basicamente três coisas que me chamam a atenção nos teus textos: o inconformismo e a revolta muito marcantes, a dor manifesta, e também o caráter de literatura de testemunho. Acho que são três elementos bastante fortes e bastante singulares na produção literária brasileira, os três juntos.*

JPG – *E você não vê também um quarto elemento, como se fosse um contraponto a esses três, e que se refugia às vezes na paisagem, nas cores, numa certa musicalidade. Então acho que tem esse quarto elemento que funciona um pouco talvez como um contraponto de alívio, de suavizamento. Porque você percebe uma tentativa, e eu diria para você uma tentativa castrada, porque não me parece que ela vá às últimas consequências, e ela se autolimita. Por exemplo, quando eu falo da lua, quando falo das cores, quando falo do mar, mas sempre com uma certa timidez, timidez essa que eu talvez não tenha quando eu faço a narrativa dessas outras realidades subjetivas: a dor, o medo.*

*ML – Sem dúvida, há muitos nessa linha suave.*

*JPG – Eu diria suaves e lúdicos, inclusive, porque é uma permissão que eu faço, uma licença às vezes até com a própria morte, não mais a morte numa visão trágica, mas a morte num patamar meramente verbal, vamos dizer que é a morte sem caveira.*

## Aventura

Neste estudo, busco escrever sem hierarquias, divisões e distinções, mas mantendo as diferenças, situando-me na fronteira. A análise crítica foi pensada como a criação de um enredo capaz de envolver escritor, leitura e textos em sua trama. O escritor foi, então, ao mesmo tempo, personagem e colaborador desse estudo, que se compôs unindo vivência e textos. Escrito ao mesmo tempo como relato biográfico, texto fictício, análise crítico-literária, testemunho de leitura e literatura de testemunho, com perspectivas e vozes distintas e mescladas.

Como narrativa, o livro constituiria um percurso que envolve jogos distintos, desde cartas de baralho que é preciso reordenar, jogo de espelhos, jogo de máscaras, para tentar compreender, afinal, a finalidade e as *perspectivas do jogo segundo Goldberg:*

Se fico no jogo
Se saio do jogo

Sou pedra sem valor.
Se jogo o jogo, ganho ou perco.
Por isso sou o tabuleiro,
Onde se joga o jogo
Que me recuso a jogar
(JPG, *Psicologia e Reflexões do Inconsciente*, 1978)

No texto "A palavra soprada", publicado em *A escritura e a diferença*, Jacques Derrida fala em "aventura" para designar um momento que antecede a separação da vida e da obra. Proponho aqui, nesse aspecto, uma aventura e o seu relato, envolvendo os encontros e desencontros entre escritor, textos, leitora, e entre a pluralidade de sujeitos e papéis em monólogo e em diálogo.

# 2. Qual Vida, Tal Nome

## "Jacob, qual é o teu nome?"

*Mundo mundo vasto mundo,*
*se eu me chamasse Raimundo*
*seria uma rima, não seria uma solução.*
*Mundo mundo vasto mundo,*
*mais vasto é o meu coração.*
(Carlos Drummond de Andrade,
"Poema de Sete Faces")

Jacob Pinheiro Goldberg, filho de Fanny Elwing e Luis Goldberg, nasceu em Juiz de Fora, Minas Gerais, em 1933, no dia 1 de dezembro. Quanto ao mês de nascimento pairam dúvidas, como ele me disse: *Embora o meu registro tenha sido feito em 1 de dezembro, minha mãe dizia que meu pai registrou dois meses depois. Agora, eu não sei se ele registrou dois meses depois com a data real ou dizendo que eu tinha nascido dois meses antes.* Se pairam dúvidas sobre a data, também sobre o nome, que é uma homenagem ao tio, Yakov Pinkas, meio-irmão de seu pai, e que chegou ao Brasil vindo da Polônia por volta de 1920 para trabalhar em uma fábrica de pregos, no Rio de Janeiro, onde faleceu aos dezoito anos de idade. Jacob deveria chamar-se Jacob Pinkas Goldberg. O nome Pinheiro no lugar de Pinkas, ele explica pela tradução que foi feita a pedido do tabelião, que estranhara o nome atribuindo-lhe um sobrenome que, como Oliveira e outros, assinalaria uma origem cristã-nova.

Essa tradução de nomes que está na origem de sua identidade mostra-se, então, complexa. Para os brasileiros, sobretudo no contexto do Estado Novo e da Segunda Guerra Mundial, ele sofria diretamente o antissemitismo latente na sociedade. Entre os judeus, de adulto, ele irá contestar a ortodoxia, defendendo os casamentos mistos e o fim da noção de matrilinhagem, como se lê, sobretudo, nos poemas e textos de seu livro *Judaísmo, Ético e não-étnico* (1997a).

A tradução do nome de Pinkas para Pinheiro altera, portanto, sua posição. Sendo filho de mãe e pai judeus, Pinheiro Goldberg passa a viver e a incorporar a situação do entrelugar ou sem-lugar como a que é associada à dos cristãos-novos (também chamados marranos), que viveram historicamente o dilema de não poderem ser nem totalmente judeus nem totalmente católicos. No seu caso, por ele ter estudado em escola de pastores metodistas (o Instituto Granbery, em Juiz de Fora), a situação ficaria entre nem ser totalmente judeu, nem católico, nem protestante, mas entre estas três esferas. Essa situação vai aparecer tematizada nos seus textos e, segundo nos informou Goldberg, poderia explicar a recepção tardia de sua literatura:

> *Até onde eu não dei mais atenção à minha literatura pelo caráter incômodo dela, preferindo me dedicar às outras atividades por serem um território neutro. Para o judeu, são textos que incomodam pela sua heterodoxia; para o não-judeu, pelo caráter judaico deles. O judeu acha que sou um traidor e para o não-judeu, pelo antissemitismo consciente e inconsciente, são textos que não interessam.*

Edgard Morin (2006) propôs o conceito de “pós-marranismo” para referir a uma dupla identidade, fora dos dogmas católicos ou judaicos, e favorecendo uma postura interrogativa e crítica por não pertencerem completamente ao mundo em que viviam, nele situando figuras como Marx e Freud. A experiência de Goldberg parece corresponder a esse conceito amplo de "pós- marranismo", próximo ao que ele escreve a respeito da sensação de um "coração ancorado em terras não palmilhadas", em texto do livro *Ritual de Clivagem* (1989). Filho de imigrantes poloneses pobres, deslocados na sociedade brasileira de um lado, e de outro, o sobrenome Pinheiro teria acentuado o deslocamento e essa posição de fronteira.

No texto "Jacob qual é o teu nome?", publicado no livro *Monólogo do Medo* (1972a), Pinheiro expressa a questão que estamos abordando. Escrito como desabafo, sem pontuação ou ordem, o texto corresponde a um intenso momento de autoanálise (como todos os livros dessa fase de início dos anos 1970). O texto começa e se desenvolve apresentando um rol das diferentes pronúncias de seu nome e os diversos usos e significados a ele atribuídos, dependendo de quem o pronunciava. Entre os vários "Jacobs", aparece o apelido carinhoso "Yankele", "Jacozinho" em ídiche, língua de seus pais, e que será traduzido (mais uma das traduções) por "Inhaca Veia", no xingamento dos meninos da escola, como ele me explicou em depoimento:

> *Eu era um menino muito feio, tinha orelhas de abano, e meu apelido era Dumbo e a molecada era muito cruel. Eu me lembro que a minha mãe me chamava de maneira carinhosa de Jacozinho, que em ídiche é Yankele, e aquela molecada era muito maltratada pela vida, pelas mães, por todo mundo. Então, minha mãe me chamava de Yankele, e eles me chamavam de "inhaca veia".*

Lemos no texto "Jacob qual é o teu nome?":

> Jacó Jacó Pinheiro Goldberg Goldeberg Jacozinho Jacozão Jacobizinho Yankele Yankle da minha mãe com nove dez anos pra molecada já

grande briguento portanto Inháca veia e quanta briga a molecada na esquina e a vergonha de pedir me chama de outro nome que esse é de amargar.

(*Monólogo do Medo*, 1972a)



E no caso de não ser atendido, inventar um codinome para a hora das paqueras: Carlos, inspirado em Carlos Drummond de Andrade. "Comecei com meu nome lendo a poesia do Drummond em que se chama Carlos, está sozinho, etc.". E assim fugir e fingir uma outra identidade, menos difícil, menos dolorosa: "Carlos – que Jacob não é romântico e taca a explicar judeu e coisa e tal é meu irmão ou primo ou pai ou avô também chama Carlos e aí já facilita". No texto aparece também: "o nome de guerra no Exército Pinheiro Tenente Pinheiro Pinheirão", ou então, "Pinheirinho pruns dois ou três judeus com mania de integração".

O texto revela também as perguntas que lhe eram dirigidas e a sua forma de respondê-las, seja pela vontade de integração seja pela assunção da exclusão assim como a referência à sua pronúncia de um "português tão difícil":

> ...e depois é mistura? Tem brasileiro na família? Olha sou brasileiro nascido em Juiz de Fora Minas Gerais 1933 em 1 de dezembro cumpri o serviço militar até muito judeu é religião e não é sou não sou tem não tem religião é mas seria bom comemorar o Natal e cantar aquelas músicas religiosas Ave ave aleluia seria bom se você se chamasse Roberto Silvio Prado Pedro paulista de quatrocentos anos mineiro de muitos anos facilitaria você seria eleito vereador é muito inteligente mas sabe como é cidade do interior vai ser difícil se você fosse filho de família da terra homens distintos engraçado com esse nome e fala um português tão difícil [...] O nome é esse [...] mas tem Jorge Luis Borges e *Segunda Madrugada* já nas vitrines da livraria [...] e estamos

aí pronuncia-se Jacó Pinheiro Goldberg [...] nem melhor nem pior estamos aí.
(*Monólogo do Medo*, 1972a)

Nessa passagem surge uma outra possibilidade: "se você se chamasse Roberto Silvio Prado Pedro paulista de quatrocentos anos". No poema "Pombagira" (1997a), a mesma problemática retorna, aqui referida ao ambiente escolar:

as perguntinhas da professora
eu
meu nome judeu
entre Silvas e Monteiros

E o histórico do nome:

Jacó Pinheiro nome do tio morto jovem imigrante polonês pelo calor do Rio trabalhando como operário numa fábrica de pregos moço ainda enterrado no cemitério israelita fui visitar com a família procurar entre as lápides sujas gastas quebradas mal-conservadas o Jacó Pinheiro irmão do meu pai Goldberg montanha de ouro ah ah ah montanha de ouro (*Monólogo do Medo*, 1972a).

Logo no início da pesquisa, levantei a hipótese de que a não-visibilidade de sua poesia (em início do ano 2000) poderia vir de uma questão com o nome. Se ele assinasse apenas Jacob Goldberg, quem sabe, a recepção de seus textos fosse mais bem resolvida, evitando muito do desconforto percebido (se bem que, se o nome fosse outro, penso que a poesia também não seria a mesma). Ao organizar o que poderia ser uma edição de seus poemas, coloquei na capa do suposto livro: "Poemas de Jacob Goldberg". Ao ler, a primeira coisa que ele me disse foi: *Onde está o Pinheiro? Eu faço questão desse sobrenome porque é aí que reside o problema e como gosto de invocar, pode colocar: Jacob Pinheiro Goldberg.*

Em uma entrevista, datada de 1982, quando Jacob recebe o título de "Cidadão Benemérito de Juiz de Fora", ele aponta para a importância que assume, na sociedade brasileira, o nome e o sobrenome como um mecanismo de inclusão ou de exclusão social, incluindo os sobrenomes dos escritores nacionais. Ele se refere então ao:

> "Clube do Elogio Mútuo", outra barbárie da sociedade brasileira. E são vários como o Clube do Elogio Mútuo da oligarquia cujos membros trocam as aparências, mas jamais trocam, em profundidade, as condições. A árvore genealógica do poder brasileiro é impressionante. O compadrismo tipifica no jogo do poder destes acertos de interesses mútuos aquela terrível realidade de que no Brasil ou se nasce filho de rico ou se transforma em genro rico, porque senão fica extremamente difícil e doloroso o acesso a condições mínimas de manifestação, de realização humana, profissional e pessoal. Esta é a realidade.[4]

No livro *Judaísmos: Ético e não étnico*, de 1997, com textos dedicados à história e à mística judaica, encontramos um poema que relaciona a questão do nome à dispersão dos judeus na diáspora e seu percurso:

Indizível

No bem no mal,
tapetes do absurdo,

4. J. P. Goldberg. "Goldberg quer a decodificação da cultura". Entrevista a José Paulo Custódio. Juiz de Fora, *Diário Mercantil*, Domingo, 11 de abril de 1982.

na Dispersão,
totem e tabu,
as perspectivas filogenéticas, estátua no ar,
castelos de barroco,
O Nome.
Avenidas de obras, pensamento e estatura,
o avanço e o recuo,
o eco do
Nome.

Vamos assim, e
na hipótese de chuva, voltamos e, em cada alternativa,
a pedra lascada, gravado o Nome.

Aonde, jamais visto ou
imaginado, um realce, relance, acréscimo, no *skate* da
caricatura

interrogação ateia, sumo,
rituais, *de rigueur*,
o interior sentimento,
diáspora, *Galuth*,
O Apelido

Pinheiro seria o nome exilado, apelido. Em 1968, Goldberg escreve o livro *Tempo Exilado*, e o dedica a Carlos Drummond de Andrade. Sobre a questão do nome na sua poesia, começamos citando na epígrafe os versos de Drummond. "Se eu me chamasse Raimundo..."; depois referimos o apelido "Carlos", nele inspirado; terminamos, então, com uma outra possibilidade: se você se chamasse José...:

E agora, José?

Depois de ter publicado no *Jornal de Brasília* um artigo sugerindo o nome de Carlos Drummond de Andrade para o Prêmio Nobel de Literatura, recebi uma carta brincalhona do escritor. Tanto na carta quanto depois, em telefonemas e encontros, Drummond insistia em me chamar de "José Pinheiro". Conversamos a respeito do lapso sucessivo e chegamos a uma conclusão: Drummond procurava o interlocutor do poema, e que tal um mineiro, nascido em Juiz de Fora e da grei de José vendido ao Faraó, perplexo com o seu destino? Angústia e humor eram companheiros inseparáveis do nosso maior poeta.

(*Judaísmos: Ético e não étnico* 1997a)

A expressão "se você se chamasse..." revela-se, então, como abertura poética ampla para nomes e apelidos. Há um poema de Goldberg, no livro *A Ógea e a Calhandra* (1997b), que, na sua extrema brevidade, concentra e sintetiza um dos impulsos que estariam na gênese de sua poesia:

Se você
fosse
você
como seria
sua vida?

Poema que indica a invenção de outras possibilidades não realizadas ou a realizar. Como ele me disse em depoimento:

*É exatamente dessa maneira que enxergo a poesia e a arte da vida: viver é se jogar para todas as possibilidades para viver uma só. A gente só executa uma. Através da poesia você desdobra essas possibilidades internas suas, e oferece elas para o mundo, e a gente nunca sabe quem vai captar. Viver é estar aberto a respostas inesperadas e a ideia é que você emite mensagens inesperadas inclusive para você mesmo.*



## A língua ídiche

Os pais de Jacob falavam ídiche em casa, uma língua que ele entendia, mas não aprendeu a falar. Em depoimento, ele me disse pensar que a sua poesia seria escrita em um "português estrangeiro", como se ele pensasse em ídiche e escrevesse em português. Apesar de compreender, Goldberg não aprende o ídiche. Por não ter tido a educação judaica formal, ele não aprende o hebraico. E a língua portuguesa, para ele, não deixa de ser uma língua estrangeira. Como habitar a poesia nessas condições?

*De alguma maneira eu sou herdeiro de uma língua assassinada — o ídiche. Eu uso outra língua e isso, de alguma maneira, é uma mudez. Talvez isso explique, inclusive, a minha negação dessa língua que eu uso. Porque como eu me atrevo a falar, tendo sido assassinado? Estaria quase cometendo uma heresia.*

Herdeiro de uma língua assassinada, JPG só podia escrever habitando a mudez. Por isso, importa compreender o lugar do ídiche como o de sua língua subterrânea.

O ídiche é a língua que nasceu e se desenvolveu no interior dos *schtetl*, as cidadezinhas judaicas espalhadas pela Europa oriental, de onde vieram os pais de Goldberg. Idioma que se originou por volta do século X, nas áreas fronteiriças franco-germânicas às margens do Reno, nas comunidades judaicas ashkenazitas. Na terminologia hebraica, a Europa se dividia em "Ashkenaz", que incluía a Alemanha e a França atuais; "Sefarad", na Península Ibérica, Itália e norte da África; e "Rus", que incorporava as terras de língua eslava a leste das regiões germânicas. Na origem do ídiche, mesclaram-se diversas influências, por isso Jacó Guinsburg o define como uma "língua-passaporte" (Guinsburg, 1996, p. 62). O ídiche falado sobretudo pelas mulheres que não liam a língua sagrada, o hebraico, ficou conhecido como *mameloschn*, "a língua da mamãe" ou "materna".

Os estudiosos datam três períodos principais: o do Proto-Ídiche, de 1000 a 1250, ainda muito próximo do médio-alto alemão; o do Velho-Ídiche, de 1250 a 1500, quando, pelos deslocamentos causados pelas cruzadas, mescla-se a outros dialetos alemães tornando-se, efetivamente, a língua do gueto; e o Ídiche-Moderno (a partir de 1750) quando, ainda por causa de perseguições, os judeus da Alemanha emigram para o leste, principalmente a Polônia, incorporando as contribuições eslavas: "Deixado ao sabor da "fala', sem qualquer disciplina gramatical mais definida de 'língua', demonstrava, no plano vocabular e no caráter aberto de sua estrutura, larga capacidade criativa e forte permeabilidade às influências locais" (Guinsburg, 1996, p. 27-28).

No século XVIII, o ídiche passa a ser visto como um jargão desprezível que deveria ser eliminado em prol da modernização dos judeus a partir do movimento da Hascalá (o Iluminismo judaico, mas seu desenvolvimento seguiu com força no século XIX, quando começou a chegar na América com a imigração, e seguiu assim até a Segunda Guerra Mundial. A destruição das comunidades judaicas na Polônia e na Rússia destrói o ídiche enquanto língua viva. Sua sobrevivência, hoje, restringe-se a poucos falantes.

Proponho a seguir um deslocamento por uma outra narrativa, que vai nos ajudar a compreender de qual história J. P. Goldberg é herdeiro. Conhecendo-a, será possível ler melhor a sua poesia e identificar os personagens que a habitam. Dentre estes, dois especificamente: o pai e a mãe, mas também o pequeno grande mundo de Juiz de Fora, e o *schtetl*, em Ostrowiec, na Polônia, sempre presentes na sua escrita.

## Ostrowiec. Um retrato na parede

Os pais de Goldberg, Faig (Fanny) Elwing (1915-1986), filha de Ana e Aron Elwing, e Laib (Luiz) Goldberg (1910-1987), filho de Alberto e Haya Goldberg, nasceram na cidade de Ostrowiec, na Polônia, um *schtetl* (diminutivo de *shtot*, 'cidade', em ídiche). A "cidadezinha" era habitada pela população judaica ashkenazita, da Europa oriental, núcleo da língua ídíche e do hassidismo, fundado por Israel Baal Shem Tov, o Rabi do Bom Nome, que chegou a visitar Ostrowiec, o *schtetl*, *futuramente* um dos centros importantes do movimento Hassídico que propunha a alegria, a exaltação e o fervor religioso como modo de aproximação a Deus. Na mesma época, desenvolve-se a Haskalá, o iluminismo judaico, em grande parte contrário ao hassidismo popular. No *schtetl*, a hierarquia das classes sociais dividia-se entre os que detinham a direção política e espiritual: os *balebatim* (donos de casa, burgueses) e os *talmid- khokhems*: os artífices, os carregadores, os aguadeiros, os bufarinheiros, os cocheiros.

Ostrowiec é uma cidade circundada por dois rios, o Kamien, no lado direito, e o Lias, no esquerdo, próxima do grande rio Vistula (Cf. Silberberg; Geshuri, 1971). Situada na então chamada região da Grande Polônia, a cidade se localiza a 180 km de Varsóvia na direção sul. As primeiras informações escritas a respeito de Ostrowiec datam de 1713, quando a cidade começa a ser reconstruída após um incêndio. A cidadezinha judaica tinha uma feira na praça central com as lojas e os negócios em volta. No século XIX, Ostrowiec torna-se um dos centros industriais do país, com o estabelecimento de fundições próximas à cidade, onde o minério de ferro era abundante, e passa a ser chamada a "Petersburgo da Polônia". Em 1856, os habitantes judeus correspondiam a 80% da população local (2685 judeus).De 1831 a 1919, a Polônia torna-se território russo e

Ostrowiec passa para a jurisdição do Tzar. Após a 1ª Guerra Mundial e a Revolução Russa, as ideias antissemitas retornam com mais força, e, ao mesmo tempo, o crescimento do movimento sionista encoraja os jovens emigrarem para os assentamentos judaicos na Palestina.

Alguns emigram receando terem de se alistar no exército tzarista e a maioria busca escapar da pobreza. Os destinos são Canadá, EUA e América do Sul. A maioria dos que permaneceram em Ostrowiec durante a Segunda Guerra foram mortos em Treblinka, Auschwitz e outros campos. Os sobreviventes e seus descendentes mantêm a memória viva dos acontecimentos e da cidadezinha judaica totalmente destruída pelos nazistas.

Após ler esse texto sobre Ostrowiec, disse-me Goldberg:

*Eu fiquei muito impressionado com o material que você trouxe que me permitiu um mergulho na memória e me fez perceber que Ostrowiec faz muito mais parte do meu passado do que eu mesmo admitia ou concebia. Eu tenho uma intimidade com Ostrowiec, embora nunca tenha estado fisicamente lá, muito maior do que eu tinha imaginado. Eu chego a começar a questionar se a minha intimidade com Ostrowiec não é maior do que a minha intimidade com Juiz de Fora. Ou seja, até onde, morando em Juiz de Fora, eu não habitava Ostrowiec?*

*Então, foi um processo muito importante; por exemplo, aquela afirmação de que Ostrowiec era uma cidade entre dois rios, eu desconhecia, mas meu pai sempre falou do rio para mim, onde ele ia nadar, então, nesse aspecto, foi importantíssima. Agora, é sempre um contato muito doloroso. Essa é uma das razões pelas quais eu não li o material em detalhes.*

*Então, é isso, me lembra um pouco aquele verso do Carlos Drummond de Andrade sobre Itabira:* "é apenas uma fotografia na parede. / Mas como dói!".

Veremos agora parte do percurso de seus pais, constantemente presentes na escrita de Goldberg, cuja história é sempre rememorada mesclando Juiz de Fora e Ostrowiec, Brasil e Polônia, Estado Novo e Segunda Guerra Mundial, compondo a história que é a dele, e que é também, narrada na sua perspectiva brasileira, a reverberação do que foi a história do genocídio judaico no século XX.



## A literatura da mãe: "Um delírio mineiro-Ostrowiec".

*Passado, você me traz uma saudade*
*que fica no meu pescoço um nó amarrado*
*cidades e cidadezinhas do velho mundo*
*o passado, está tudo tão quieto e calado*
*quieto e calado...*

Fanny Goldberg, "Chanucá
e a Lamparina" (1984)

A mãe de Jacob, Fanny Elwingm chegou ao Brasil quando ela tinha cerca de 14 anos, acompanhando os pais e mais sete irmãos na segunda metade dos anos 1920. Seu pai era *schoichet*, o encarregado do corte da carne segundo o ritual *kosher*. No Brasil, Fanny casou-se com Luiz Goldberg, também originário de Ostrowiec, e se estabeleceu com ele na cidade de Juiz de Fora, em Minas Gerais.

Nos anos 1980, Fanny publicou dois livros de poesia: *Minha Esperança* (1983), e um ano depois, *Meu Caminho sem Fim* (1984), reunindo poemas do livro anterior e outros inéditos. A partir da leitura desses livros, podemos reconstruir parte de sua trajetória, pois seus textos apresentam forte conteúdo testemunhal a respeito da história da imigração judaica no Brasil. Todos os textos citados abaixo referem-se ao livro *Meu Caminho sem Fim*.

No texto em prosa, "Meus doze anos de idade", Fanny relata a lembrança de um carregador de água de Ostrowiec, chamado

Shmul Nussem, "solteirão, feio, rosto cheio de cicatrizes", que se casa com "uma solteirona corcunda que media sessenta centímetros de altura". Eles se casam no "lugar em que havia a feira, no centro da cidade". Ele carregava a água em dois baldes sobre seus ombros, na neve, e a lembrança dele é apresentada no texto com especial carinho.

> "Lembro-me de uma coisa, coisa essa que guardei até hoje no meu pensamento; na cidade de Ostrowiec: aconteceu, na Polônia, um carregador de água, não existia canalização. Esse carregador de água trabalhava por mês para as famílias. Quando chegava perto de "Purim" ele batia nas portas às quatro da madrugada, O coitado do Shmul Nussem cantava atrás das portas: "Acorde minha gente, minha gente. Purim está aqui. Não atrasem para a hora da reza, não fiquem em casa presos...". Por seus avisos ele pedia *ein grochen ein grochen*... [...] A água ele carregava nos ombros, em dois grandes baldes. A barra comprida cheia de neve, e o sapato tamanho sem número. Toda a volta do sapato coberta de gelo. Seu sapato parecia o de Chaplin... [...] Sim, a cidade inteira era amiga desse homem, Shmul Nussem, seu nome. Chegava o frio e a pele de seu rosto ficava vermelha, quase roxa, e ele reclamava: não gosto do frio, não gosto... [...] Coitado do Shmul Nussem, ia trabalhar embaixo da neve e gelo, sem descansar, sem descansar..."

Ela se lembra também de sua avó que contava estórias, os "contos da Sexta-feira", e as festividades judaicas em Ostrowiec: o Chanucá, o Shabbath:

> Na Polônia reina um silêncio
> os religiosos com pressa
> para a sinagoga

e as crianças com medo e respeito
atrás...
("Sábado inesquecível")

E relata as agressões sofridas pelas crianças que eram xingadas indo para a Sinagoga:

[as crianças] com as costeletas escondidas
atrás das orelhas
porque os antissemitas gozavam
e aproveitavam
a gozação para derrubar
as crianças no chão
com um grito só:
*Idz, do Palestine*
que significa: vão para a Palestina que é sua terra!
As crianças não entendiam
por que essa gozação?
Por que apanhavam?

Em outro texto, "As Bolas de Neve", Fanny narra sua ida aos sete anos de idade para o grupo escolar, no frio do inverno, com os colegas poloneses jogando bolas de neve que continham uma pedra escondida:

Meus sete anos de idade
no grupo escolar
a distância era grande para minha casa
eu sofria, era muito gelo
e eu uma menina franzina
com roupa fina

o frio e os colegas polacos
fazendo desafios
cobriram pedras com a neve
como se fossem bolas
jogaram atrás de mim
e me fizeram furos na cabeça
essa a educação democrática
que receberam dos pais antissemitas
até hoje eles me deixaram
uma lembrança
uma cicatriz na minha testa
[...]
assim foi minha infância na Polônia
tão antissemita
Eu escrevo
a verdade da minha vida
que meu povo naquela terra
nunca teve liberdade
desde pequenina
sempre senti
o antissemitismo e a maldade!

E expressa claramente a revolta:

Porque o povo era sádico e antissemita
sim, polacos,
onde vocês estiveram durante a Segunda Guerra?
Olhando pelas venezianas fechadas;

E a vergonha:

essas as recordações que tenho da Polônia
onde nasci
Estou machucada
e com vergonha
daquela Polônia.

De seu livro, *Meu Caminho sem Fim*, ficamos sabendo que em 1929 ela já estava no Brasil. Morou com os pais e os irmãos em uma vila, no bairro do Bom Retiro, em São Paulo (na rua Tenente Pena, e também na rua Treze). Eles moravam na parte de cima de um sobrado e, na parte de baixo, morava uma família italiana. Segundo me disse Goldberg:

*Essa casa servia também como ponto de encontro da comunidade judaica de São Paulo. Eu sei que o Lasar Segall visitou minha mãe, e pintou o meu avô. Minha irmã tentou arrematar o quadro em um leilão no Masp, mas não conseguiu.*

Fanny refere-se à boa acolhida que ela sentiu no Brasil:

Aqui não tinha guerra
e vi um mundo novo
bonito e estrelado
todos de mãos dadas
sorrindo, sorrindo
meus irmãos,
sejam bem-vindos, bem-vindos
("Procurar – sim ou não?")

Do Brasil de sua adolescência é marcante a assimilação em um país que para ela favorecia a integração.

Brasil, meu Brasil

Se uma amiga brasileira
pergunta: você gostaria de voltar?
Respondo: não, não!
Minha terra é o meu Brasil,
amo, amo
as ruas
as pedras do Brasil
cada rua onde morei
uma saudade deixei
uma recordação
que eu tenho da Rua dos Italianos
Rua Tenente Pena, Rua Solon
ai que saudade
da adolescência, daquela idade
[...]
aprendi as primeiras palavras
com doze anos de idade
[...]
Quando cheguei no Brasil
com meus doze anos
no primeiro dia queria
aprender a falar, como se dá até logo,
e boa noite
essas palavras ficaram gravadas dentro de mim
como um cheiroso jasmim...

Em seus textos, as lembranças do velho mundo e a vida no novo mundo são postas em perspectiva. A tradição judaica da Europa oriental e a vivência brasileira misturam-se. Esse caminho pelo espaço e pelo tempo marca boa parte de seus versos: o passado expressa a saudade e as recordações doloridas do velho mundo, mas também o passado de sua infância no Bom Retiro, as comemorações judaicas misturando-se às festas populares brasileiras como o carnaval e as modinhas:

> Uma história do passado
> que se passou
> ficou em mil novecentos e trinta
> em São Paulo, a estatística contava
> oito mil judeus
> o velho mundo dos judeus
> bairro do Bom Retiro
> que saudade dos avós,
> dos pais,
> daquele Ishuv pequeno
> dos vizinhos [...]
> daquele velho mundo que se foi
> nessa casa era o Kadima...
> Nosso presidente, Dr. Levinski [...]
> os piqueniques que fizemos
> na Cantareira
> Na Vila Galvão
> Tinha uma pensão Idish [...]
> Não te esquecerei
> Macabi da Cantareira
> Círculo Israelita
> Da Conselheiro Crispiniano
> o chão do salão
> dos bailes, balançava
> E no carnaval a turma cantava

Pierrô apaixonado
Foi a camélia que caiu do vaso
Aurora
Que está até hoje
Na minha memória
Pensando sempre na vitória
Será, mundo velho,
Que um dia você dá uma viravolta?
Será que você, esse passado, / Afasta e solta?
("Saudade que vai, saudade que vem")

Ou em "Saudade dos confetes":

Do lança-perfume
Da serpentina
Saudades dos bondes
Do bondinho pequeno
os jovens cantando
Junto com o cobrador:
Dim, dim.
Um para a Light
E dois para mim....

E em "Carnaval":
Um mundo contra outro mundo
A favor, de um lado
De outro, está errado
E de outro lado, o samba diverte
O mundo em mil novecentos e vinte e nove
a avenida São João
era tão bom, tão familiar

as casas térreas, sobrados
aplausos das janelas
para os cordões fantasiados
que cantavam e dançavam
é inesquecível
brancos, negros, mulatos, judeus,
de todas as religiões
faziam os cordões
todos juntos, alegres
que saudade daquela avenida São João
eram jogados quilos de confetes
por um tostão
o vizinho círculo israelita
com as pequenas janelas
olhares brilhantes
pelas janelas jogando confetes...

Compõe-se, assim, o livro de Fanny Elwing Goldberg como um testemunho que nos ajuda a conhecer melhor a imigração judaica no Brasil segundo a perspectiva de uma mulher que se põe a escrever com dor e afeto o que foi a sua vida e a de seus familiares. Dedicado a Jorge Luís Borges, o livro sela também seu destino:

> Fanny escreveu um livro, *Meu Caminho sem fim*, e o dedicou a Jorge Luís Borges, o extraordinário escritor do eterno retorno. Combinou com Borges por telefone que iria encontrá-lo em Buenos Aires. Tempos depois, num sábado à tarde, estava pendurando roupa no varal e ouviu pela TV que Borges havia morrido. Caiu para trás, morta. Escrevi uma crônica no *Estadão* dizendo que agora estariam conversando na Eternidade (JPG, *A ógea e a calhandra*, 1997b).

Um dos belos poemas escritos por Goldberg, em *Monólogo a dois* (2002), diz assim:

Ontem,

antes-de-ontem,
numa distante lembrança,
se pudesse a
arquitetura da memória,
construiria outra estória.

Teria, carinhoso, dito para
minha mãe – sim, você é
uma artista,
embora estranhe seus próprios versos.

E, para meu pai, no gélido saguão,
em que fomos exilados,
cantaria a gratidão de todos os
seus rastros

E, impossível, resta agora o desespero,
de correr nos pesadelos,
atrás dos telefones ocupados,
silenciosos, os endereços ocultos,
fugidios.

O inclemente vazio,
de nostalgia

## O pai: a "Canção do Exílio" de seu Luizinho



O pai de Goldberg, Luiz Goldberg (Laibale, em ídiche, Luizinho) veio sozinho ao Brasil por volta de 1928. Aos 18 anos de idade, ele chegou no Rio de Janeiro vindo no navio cargueiro argentino, Valdivia. Segundo narrou a seu filho, ao desembarcar no Brasil, sem falar uma palavra de português, Luiz Goldberg ficou andando de um lado para o outro falando em ídiche: "Quem é judeu? Quem é judeu?", até que lhe encaminharam para uma hospedaria, onde ficou sabendo que havia uma cidade com possibilidade de emprego chamada Juiz de Fora para a qual se encaminhou. Quanto a essa viagem e sua chegada ao Brasil, transcrevo impactante depoimento de Goldberg:

> *A família de meu pai veio toda... Olha que lapso terrível, na verdade é o que eu gostaria que tivesse acontecido. A família da minha mãe é que veio toda para o Brasil. Da família do meu pai não tem fotos, eles foram todos assassinados em Ostrowiec. Todos não, um irmão do meu pai, Maier, sobreviveu. Ele era jornalista. Ele esteve no campo de concentração de Maidanek, e depois foi para a Costa Rica, casou-se lá,* e morreu; e meu pai infelizmente não chegou a conhecê-lo. *Eles só se corresponderam.*
>
> *Meu pai queria sair da Polônia. Ele era órfão de mãe e foi criado por uma madrasta e a situação dele não era confortável e também estava desempregado. Acontece que ele era apaixonado pela minha mãe lá em Ostrowiec e ela não quis namorar com ele. Então, diz ele que veio para o Brasil atrás dela. Era a versão que ele contava.*
>
> *O meu avô paterno eu só tenho considerações feitas pelo meu pai, porque ele foi morto. A minha avó paterna morreu quando meu pai tinha dois anos de idade, então eu nem sequer conheço histórias dela. Mas meu avô paterno, chamado Alberto, esse, segundo meu pai, era um homem muito forte e trabalhava em Ostrowiec.*
>
> *Enfim, desde menino, meu pai conta que se apaixonou pela minha mãe. Ele devia ter uns dezoito anos, minha mãe uns quatorze, e ela não queria saber do*

*meu pai; achava meu pai um homem feio. Minha mãe veio com a família dela todinha para o Brasil. Meu pai ficou lá e com uns dezessete, dezoito anos, veio atrás dela. Imagina: o sujeito despenca da Polônia, ele pegou um navio cargueiro argentino, chamado Valdivia, imagina o que devia ser um navio cargueiro de imigrantes, aproximadamente na década de 1920!*

*E meu pai conta que ele veio sem dinheiro nenhum e que quando o navio estava para chegar no Rio de Janeiro, ele estava à noite olhando para o mar e pensando seriamente em se matar porque ele não tinha um tostão no bolso, não sabia falar nenhuma palavra do português e não conhecia ninguém nesse país. Esse homem perdido naquele mundo, naquele mar, diante desse futuro incerto. Só sabia que nesse Brasil morava essa moça com quem ele queria se casar. No desespero, ficou olhando para o mar e pensando em se jogar, até que apareceu um sujeito que começou a conversar com ele. Até hoje eu me pergunto em que língua, porque meu pai falava só o ídiche. Meu pai disse que era um moço argentino. O que eu sei é que esse homem, apiedado de algum jeito pelo meu pai, parece que deu a ele 100 dólares e meu pai desceu nesse país com esse dinheiro no bolso. Aí ele foi para o Rio de Janeiro, ficou no porto, e ficava falando alto, andando de um lado para o outro, na rua próxima ao porto, e repetindo alto em ídiche: "quem é judeu?". E as pessoas passavam e achavam que ele devia estar louco, falando alto e sozinho. Até que um camarada passou e falou: "Eu sou judeu, cara, você está louco falando assim, que é isso?". Meu pai disse que estava desesperado e o cara falou que existia um abrigo de pobre, que a pessoa podia dormir três noites lá, tomando uma sopa, e meu pai foi pra lá, e encontrou outras figuras como ele que acabaram ajudando, e contaram que havia uma cidade chamada Juiz de Fora, onde o clima era mais ameno, menos quente que o Rio de Janeiro, e que lá ele teria condições de arrumar trabalho. E ele rumou para Juiz de Fora.*

Uma vez casados, ele e Fanny estabeleceram-se na cidade de Juiz de Fora, e seu pai ficou conhecido como seu Luizinho. Trabalhando como prestamista (aquele que vende a prestação, também conhecido pelo termo "clientelchick" ou mascate), ele comprava mercadoria dos lojistas e fabricantes e vendia de porta em porta. Luiz Goldberg conseguiu se estabelecer como prestamista graças a um empréstimo que lhe foi fornecido por outro imigrante recém-chegado de origem sírio-libanesa como nos contou pessoalmente Alberto Arbex, colega de infância de Jacob Goldberg, que morava na mesma rua que ele. Os depoimentos transcritos abaixo foram gravados por mim em viagem de pesquisa a Juiz de Fora em 2002:

> De 1940 a 1949, convivi com ele (Jacob). Eu nasci em 1934. O pai dele vendia a prestação. Percorria os clientes, e vendia. Não tinha loja, andava a pé. Era um senhor gordo, bem-humorado. Quando chegou aqui da Polônia teve dificuldade para encontrar avalista, que acabou sendo o meu pai, Nicolas Ibrahim Arbex. Nós tínhamos loja comercial, o Bazar São João. A casa do Jacob era no número 22 da (rua) Santos Dumont, e a minha era no número 88 da mesma rua (Alberto Arbex).

Afonso Romano de Sant'Ana, também nascido em Juiz de Fora, trabalhou quando garoto com o pai de Goldberg, sendo o responsável por receber o pagamento das prestações das vendas. Quem me contou foi Sagrado Lamir David, escritor e amigo de Goldberg:

> O Afonso ficava sentado atrás de uma mesinha para receber os pagamentos, no sobrado da rua Batista de Oliveira, e ali ele tinha tempo de ler. Foi ali que ele solidificou sua cultura literária, como ele mesmo me disse uma vez: "Do mesmo modo que eu ficava na mesinha para receber prestações também ali eu colhia cultura a prestação".

A atividade profissional de prestamista, praticada por poloneses ou "polacos", como o sr. Luiz Goldberg, aparece citada no famoso poema de Murilo Mendes (também de Juiz de Fora), "Canção do Exílio", publicado pela primeira vez em 1929 na *Revista de Antropofagia* (n. 4 da 2ª dentição, de 11 de junho de 1929), e depois incluído com modificações em seu primeiro livro, *Poemas*, que cobre o período de 1925 a 1930, editado em Juiz de Fora. Ao inverter o ufanismo romântico dos versos de Gonçalves Dias, Murilo Mendes alude ao Brasil como "terra estrangeira", inclusive pela imigração crescente naqueles anos:

> Minha terra tem macieiras da Califórnia
> onde cantam gaturamos de Veneza.
> Os poetas da minha terra
> são pretos quem vivem em torres de ametista,
> os sargentos do exército são monistas, cubistas,
> *os filósofos são polacos vendendo a prestações*
> [...]
> Eu morro sufocado
> em terra estrangeira [...]
> (Murilo Mendes. *Poemas*, 1925-1931. Grifo meu).

Vivendo no Rio de Janeiro desde 1921, mas ainda colaborando com a imprensa local, é possível que Murilo Mendes tenha se inspirado naqueles dois ou três "polacos vendendo a prestação", dentre os quais o pai de Goldberg, que chegaram a Juiz de Fora entre 1928 e 1929, e que se reuniam para conversar num local chamado "Café Internacional".

Mas, infelizmente, nem só de poemas de Murilo Mendes é feita a história. A mesma atividade de mascate foi frequentemente hostilizada nos livros que pregavam abertamente o antissemitismo na época. É o caso do prefácio escrito por Gustavo Barroso, fundador da Ação Integralista Brasileira, para o livro A *Questão Judaica*, do Padre J. Cabral, lançado em 1934. Para defender a seleção e restrição imigratória aos judeus, Gustavo Barroso diz: "Como se não bastassem os vagabundos, desordeiros, usurários, prestamistas e desocupados que enchem nossas melhores cidades..." (Barrosos, apud Martins, 1978, p. 94).

Em Juiz de Fora, importante cidade no eixo Rio-Belo Horizonte, o integralismo esteve presente. No período de 1934 a 1936, encontramos, em pesquisa a respeito da história da imprensa na cidade (Oliveira, 1981), referência à circulação do jornal integralista *O Sigma*. De fato, Juiz de Fora pertenceu à 17ª Região da Ação Integralista em Minas. Visitada por Gustavo Barroso, seu núcleo foi fundado em 1934, formando uma milícia, extinta com o Estado Novo em 1938 (Oliveira; Christo, 1994).

Falo a seguir dos poucos imigrantes judeus que viveram em Juiz de Fora nesses anos, mas cuja passagem pela cidade não se encontrou ainda registro nos livros que contam a história da cidade.

## Judeus na "Manchester mineira"[5]

*Todo mundo importante no Brasil nasceu em Juiz de Fora.*
(Alberto Arbex, entrevista em Juiz de Fora)

Como epígrafe, a frase acima evidencia o sentimento de orgulho juiz-forano em relação ao histórico de sua cidade e aos nomes importantes que ali nasceram ou por ali passaram, deixando registro em crônicas, fotos, pinturas, memórias, biografias, poemas e histórias da cidade.[6] Chamada de "Atenas Mineira" por Artur Azeve-

---

5. A professora Vanda Arantes do Vale (*in memoriam*), da Universidade Federal de Juiz de Fora, me acolheu em sua casa e apoiou essa pesquisa com extrema generosidade em agosto de 2002.
6. A respeito dos escritores e cronistas que escreveram sobre Juiz de Fora, cf. L.M.F. Barbosa; M.T.P. Rodrigues. *Letras da Cidade*. Juiz de Fora, Fundação Cultural Alfredo Ferreira Lage – Funalfa, 2000.

do, "Manchester Mineira", por Rui Barbosa, no auge do processo de industrialização, e depois "Princesa de Minas", entre outros epítetos, Juiz de Fora foi também, por um curto período, uma cidade habitada por imigrantes judeus. A historiografia local vem estudando e ressaltando a presença de portugueses, alemães, italianos, sírios e libaneses na formação de Juiz de Fora, ao lado do grande contingente negro (Borges, 2000). No entanto, a presença de judeus é pouco registrada.

No artigo do escritor e médico Sagrado Lamir David, que tem o sugestivo título: "Onde estão os judeus de Juiz de Fora?" (David, 2000, p. 23), ele conta que foi entre as décadas de 1930/40 que a comunidade judaica de Juiz de Fora marcou presença na cidade. Seriam cerca de 30 famílias vindas da Rússia, Polônia e Alemanha; famílias que criaram, ao lado dos árabes, a tradição comercial da rua Marechal Deodoro.

Mas quem teriam sido esses judeus – e por que quase não há registro de sua passagem pela cidade? A primeira parte da pergunta pode começar a ser respondida segundo levantamento que fiz a partir de algumas entrevistas e depoimentos obtidos sobre o tema. Quanto à ausência de registro pela historiografia local, podem ser aventadas duas hipóteses: o pequeno número de imigrantes judeus em relação aos restantes; e ao fato de terem todos partido da cidade, como nos disse um dos entrevistados: "Não ficou um só para contar a história".

Mas esse esquecimento parece soar mais forte quando lemos no importante livro de Paulino de Oliveira, *História de Juiz de Fora*, a seguinte referência sobre a presença de judeus na cidade. O autor cita texto, de 1914, de Inácio Gama, que teria sido o primeiro cronista de Juiz de Fora. Falando sobre as hospedarias e estalagens aí existentes, Gama refere-se a duas delas, especificamente: a de Manoel Ferrera

Veloso e a de Francisco Gomes Ribeiro, e completa: "a do Chico Luiz, de preferência procurada pelos viajantes, principalmente pela pequena colônia de mascates franceses-judeus, segunda imigração que tivemos, pois aqui, como em todo o Brasil, entre os estrangeiros predominavam os portugueses" (Oliveira, 1966, p. 20). Apesar de não fornecer mais dados sobre a questão, Paulino de Oliveira considera a presença de imigrantes "judeus-franceses" em Juiz de Fora como a "segunda imigração", provavelmente usando um critério cronológico e não-quantitativo, independente portanto de seu número ter sido ou não considerável. Podemos aventar uma hipótese sobre a presença dessa "colônia de mascates".

Juiz de Fora, cidade da Zona da Mata Mineira, nasceu, cresceu e se desenvolveu em decorrência da abertura de caminhos e estradas, tornando-se importante centro de comunicação e passagem entre a então capital do Império, Rio de Janeiro, e a Província de Minas Gerais. Com os sobrenomes de origem alterados, muitos judeus viveram na condição de cristãos-novos no Brasil Colônia. Assim, estes mascates "franceses-judeus", cujos nomes não foram registrados, deviam fazer parte do contingente de pessoas que circularam entre o Rio e Minas Gerais, passando e fixando-se por certo período em Juiz de Fora. Sabemos que, no Brasil Imperial, registra-se a presença de judeus vindos do Marrocos (como a comunidade que se estabeleceu na Amazônia em 1820), e também judeus vindos da Inglaterra e da França (Cf. Gitelman, 2001; Falbel, 1984). Quanto à presença de franceses na cidade, judeus ou não, refere-se Pedro Nava, também nascido em Juiz de Fora: "Excelentes famílias de Juiz de Fora – Montreuil, Jouvet, Creuzol – descendem de súditos franceses que se radicaram na margem do Paraibuna na segunda metade do século passado" (Nava, 1972, p. 265).

Passo então ao que encontrei como registro e lembrança dos judeus que efetivamente viveram em Juiz de Fora entre final dos anos 1920 até cerca de meados dos anos 1950. Nessa pesquisa, entrevistei pessoas da segunda geração de sírios e libaneses, filhos dos imigrantes que se estabeleceram com o comércio de tecidos na rua Marechal Deodoro, e conviveram, quando crianças, com os filhos dos imigrantes judeus, cujas lojas e comércio situavam-se, em geral, na parte baixa da mesma rua. Em Juiz de Fora, entrevistei, em agosto de 2002, Neide Haddad e Jamil Haddad, Alberto Arbex, da segunda geração de imigrantes sírio-libaneses, e Maria Helena de Azevedo Nogueira Terror, da Academia Granberyense de Letras. Uns dizem que havia muito poucos judeus na cidade; outros, entusiasmados pelas lembranças dizem que houve sim uma comunidade importante de "muitos judeus" em Juiz de Fora. No entanto, instados a citar nomes e números, lembram-se, em geral, apenas dos primeiros nomes: Sr. Felix e Sra. Anita, da "Casa Felix," Sr. Bernardo Starkman, da "Casa Wally"; Dona Regina e Sr. Jacob; Sr. Jacob e Dona Carmem, da loja "Conveniência"; os proprietários das lojas "Moda Elizabeth" e "Magazine Holiday". Segundo um dos testemunhos, apenas um deles, de nome Efrain Don, teria passado por campo de concentração, chegando à cidade portanto em tempo posterior à Segunda Guerra. Em pesquisa no Instituto Granbery, onde os filhos da comunidade judaica estudavam, obtive, em entrevista com Maria Helena de Azevedo Nogueira Terror, os seguintes nomes de alunos matriculados em início dos anos 1950: Daniel e Moisés Chojniak; Sprinca Frima Sonia Sziarkrnam Shainberg; Miriam, Jacob, e Davi Grinberg (filhos de Adolfo Grinberg); Raquel Sinivskovski; Neil Bacha.

Em geral, os depoimentos são unânimes em afirmar o motivo do êxodo de Juiz de Fora para o Rio de Janeiro e São Paulo, levados por motivos econômicos em início dos anos 1950. Importante pela indústria têxtil, com cerca de 600 malharias, Juiz de Fora, durante a

Segunda Guerra, tornou-se centro de produção e exportação de uniformes para a guerra. Na época, as fábricas chegavam a trabalhar em três turnos. Após o fim da guerra, suplantada pelas grandes capitais, há um declínio na produção industrial na cidade, e é nesse período, que coincide com o início e meados dos anos 1950, que os membros da comunidade judaica teriam partido da cidade.

Além disso, o fato de ser uma pequena comunidade vivendo em uma cidade onde não havia, como no Rio e em São Paulo, instituições judaicas importantes, nem sinagoga, nem escolas judaicas, nem cemitério judeu, e estando próxima do Rio de Janeiro, Belo Horizonte e São Paulo, parece bastante provável que tenham preferido mudar-se para estas cidades, em contato com a comunidade judaica mais numerosa e melhor estabelecida.

## A Infância, 1993-1945

Se ao invés de subir a escada,
abrisse a porta,
teria encontrado um dilúvio perdoado de
paisagens sonhadas da meninice que passou.

Passou como passa a água modorrenta,
de lama,
pela velha ponte,
a semana e o ano.

Sem que nada possa deter os apelos vertiginosos,
dos abismos inquietos,
nas frias madrugadas insones.

Por sobre os arcos da morte alheia,
da alegria alheia,
da mosca que se debate,
na vidraça encanecida
(JPG, *Tempo Exilado*, 1968)

Jacob nasce, então, no fatídico ano de 1933, data em que Hitler ascende como chanceler da Alemanha. 1933 é também o ano em que Walter Benjamin escreve o artigo "Experiência e Pobreza", no qual vaticina: "A crise econômica está diante da porta, atrás dela está uma sombra, a próxima guerra" (Benjamin, 1996, p. 119).

A poesia de J. é a transmissão de uma experiência e também a expressão da pobreza – a pobreza material na infância; a pobreza defendida em seus textos, compondo uma literatura engajada (um dos belos exemplos está no poema "Esperança", de *Tempo Exilado*, 1968 (citado no capítulo seguinte) e a pobreza da expressão literária frente aos horrores da história. Como tantos outros poetas e pensadores, Jacob se perguntava como escrever pós-Auschwitz, Buchenvald, Treblinka, Maidanek, a não ser desmascarando a língua, subvertendo a lógica, expressando o absurdo, a vacuidade, a dor, e criando uma "estética da desobediência". Veja-se, por exemplo, esse trecho de texto de Goldberg do livro *Monólogo do Medo*:

não quero contar uma história não tem história para contar a Colgate Palmolive acabou com as Histórias Hitler desfilando de braço erguido com seu testículo sujinho acabou com as histórias (JPG, 1972).

Com a guerra de 1939 a 1945, os doze primeiros anos de vida de Jacob Pinheiro Goldberg coincidem, portanto, com a ascensão, a guerra e a posterior queda do nazismo. Essa realidade atinge o menino que teve os familiares paternos mortos nos campos de Varsóvia (uma tia sua teve o visto negado para entrada no Brasil pelo Itamaraty), enquanto, no Brasil, a posição dúbia do Estado Novo na ditadura de Vargas. Esse era o clima do período, como explicita Jacob, nesse texto:

> A coletividade vivia sob a influência do nazismo europeu então vitorioso e sua repercussão no integralismo brasileiro. Frequentemente, o tosco antissemitismo infantil, repetia para mim, na rua e no colégio, o secular brado discriminatório: "Judeu, vá para a Judéia". O então menino não compreendia a raiva gratuita, fruto da cólera, obscurantismo e falsos conceitos teológicos dos adultos, que o perseguiam (JPG, *Judaísmos. Ético e não étnico*, 1997a).

Aos 12 anos, Jacob ganha de seu pai uma máquina de escrever portátil, recém-introduzida no Brasil, e começa a aprender datilografia. Na mesma época, 1945, sua mãe o leva para assistir a uma conferência de Jorge Amado, então candidato a deputado pelo Partido Comunista, que o influencia fortemente:

> *O partido Comunista naquela época era emblemático para toda a resistência antifascista, então, a visita de Jorge Amado tinha um significado especial para minha família e para a minha mãe, que, posteriormente, escreveu dois livros de poesia. Minha mãe sempre teve, em relação à literatura, uma noção da emancipação feminina. É como se, de alguma maneira, o escritor fosse o intérprete de uma autonomia feminina muito difícil de ser conquistada na geração e nas circunstâncias pessoais dela. E particularmente Jorge Amado que, de alguma maneira, introduzia a temática sexual na literatura e na discussão cultural brasileira, junto com a questão da emancipação do proletariado.*
>
> *Aliás, isso é uma matéria que eu não tenho visto ser suficientemente explorada – o papel que Jorge Amado teve de valorização de uma imagem erótica da mulher*

*na literatura, que era, até mais ou menos essa época, considerado altamente pecador. A mulher podia ser prostituta, mas uma prostituta que ficasse reservada ao motel, mas a mulher erótica, com uma lascívia pequeno burguesa, burguesa ou operária, foi Jorge Amado quem introduziu.*

*A minha mãe, que era uma mulher muito sensível, captou tudo isso. Então, quando Jorge Amado foi a Juiz de Fora, eu me lembro que ele fez uma conferência na Câmara Municipal e minha mãe me levou. Eu era garoto e fiquei muito impressionado, não com a conferência em si, mas com a adoração que minha mãe tinha pela figura do Jorge Amado. Daí muito provavelmente deve ter advindo a minha vontade da feitura de texto escrito que eu, posteriormente, acabaria realizando em livros.*

## A "cabana-caverna" e os primeiros jornais

Jacob começa a escrever influenciado pelos textos jornalísticos. Ele vivia, como ele mesmo diz, na paisagem mental do *schtetl*, referindo-se com esse termo tanto a Ostrowiec como a Juiz de Fora, e encontrava nas pilhas de jornais velhos que seu pai usava para embrulhar mercadoria a porta de saída para o mundo, a fuga do provincianismo, e a voracidade de ler tudo que lhe caía nas mãos, sede imensa de acumular cultura e informação. Havia quilos de jornais velhos em sua casa, remanescentes das bancas (eram jornais de menor vendagem, e ele se lembra de dois especificamente: *A Vanguarda* e o *Diário de Notícias* do Rio de Janeiro). Jacob lia sentado em um espaço específico, nos caixotes de madeira usados por seu pai. Esses caixotes eram sua "caverna de madeira", funcionavam como um esconderijo e são recorrentemente citados em diversos poemas, como em "Bio-necrografia II", de *A ógea e a calhandra*, de 1997 (citado no capítulo 4).

Os jornais sempre foram sua fonte de alimentação intelectual e ele sempre irá escrever para os periódicos, crônicas e artigos abordando os mais diversos assuntos. Sua literatura nasce dessa intimidade com o cotidiano, com os problemas políticos e sociais e será escrita em grande parte com a mesma rapidez da notícia, ou seja, colada aos eventos.

> *Os jornais eram meus instrumentos de compreensão da realidade brutal da 2ª Guerra, mas também eram uma cortina de papel que me protegia da violência do mundo. A construção da poesia para mim foi uma forma ideológica de desconstruir essa cortina de papel através do rompimento do conteúdo da notícia. No fundo, a poesia era minha maneira de contestar a notícia. Era uma anti-notícia ou invenção da notícia.*

Conforme me relatou, seus primeiros textos são os jornais que ele inventa no quintal de sua casa, escrevendo para ele mesmo. Nesses panfletos, J. misturava os fatos e escrevia segundo diversos pontos de vista: ele cria o jornal da situação, depois o da oposição, inventa personagens, golpes de estado, guerras entre países, convoca plebiscitos, organiza greves, em uma atividade secreta que durou cerca de dois anos. Esses jornais incluíam manchetes, tinham preço e havia também os jornais dirigidos ao fabulário judaico. Em 1946, ele passa a escrever uma "Coluna Judaica" no jornal *Correio de Minas*, dirigido por Osmar Silva:

> *Era época que, na então Palestina, começavam, através do movimento sionista, os movimentos em prol da criação do estado de Israel e esses jornais foram elaborados nesse período. Imagine isso, em Juiz de Fora, uma das cidades mais católicas do estado mais católico do Brasil que é Minas Gerais, onde não havia judeus. Juiz de Fora devia ter dez ou doze famílias de judeus, coitados, perdidos, imigrantes pobres, deslocados. Nessas condições, tinha um jornal chamado* Correio de Mi-

nas, — *tinha vários, a* Folha Mineira, A Tarde *e a* Gazeta Comercial, *e eu acabava escrevendo em todos eles.* Mas, no Correio de Minas, *eu conversei com o jornalista, que era um visionário, uma figura folclórica do interior, curiosíssima, e eu criei uma coluna judaica no jornal. Coluna judaica para quê, para quem?* Não *tinha judeu na cidade! Os doze pés rapados não sabiam ler português. Quer dizer, na verdade, eu estava escrevendo para mim mesmo, para variar.*

*E eu escrevia, você não tem ideia, Marília, colunas apaixonadíssimas, violentíssimas, com uma linguagem revolucionária em prol do sionismo, em prol do estado de Israel. Também o jornal não tinha leitores em geral - não só judeus, mas ninguém - mas a meia dúzia de gatos pingados que lia o jornal, não entendia aquilo. Eu vou passar para você esses panfletos em prol da inutilidade. Mas o fato é que eu publicava toda semana. Eu tenho outros jornais que eu inventei e mais tarde eu fui fazer jornal de verdade, claro que todos eles muito mal-educados, grosseiros, xingando Deus e todo mundo, sempre brigando à esquerda e à direita. Eu sempre tive uma vocação extraordinária de aliciar inimigos, minha competência nessa área é extraordinária, você não imagina, você pega um jornal desses, você torce e sai fel. Agora, quero também dizer que eu não me arrependo de nenhuma palavra daquelas. Eu sempre tive uma guerra declarada contra a mediocridade, e como a mediocridade é um traço característico da condição humana, eu sempre tive farto material para xingar.*

A partir de 1950, já com a carteira da Associação Mineira de Imprensa, Jacob passa a escrever artigos e crônicas diárias para outros jornais e revistas locais, principalmente para a *Gazeta Comercial* e *A Tarde*, dirigidos por Paulo Lenz, líder do Partido Socialista Brasileiro. São artigos que fazem uma espécie de *pot-pourri* de assuntos variados. Neles, ele revela sua participação na política estudantil, nos movimentos culturais locais, a importância do cinema, que o leva a escrever panfletos contra o aumento do ingresso, conclamando uma greve geral contra a Companhia Central de Diversões. Enfim, toda a realidade do período vai aparecendo nesses artigos que comentam desde o sarau do Colégio até alguma observação sobre literatura canadense e muitos comentários de política nacional.

Em 1953, Goldberg cria o jornal *O Volante*, semanário de distribuição gratuita, do qual ele era o diretor-redator-chefe, e Jacob Grinberg, o diretor-secretário. A redação ficava na Rua Batista de Oliveira, n. 693, sobrado onde trabalhava seu pai. Era um jornal de cunho estudantil com notícias sobre os vários filmes e diversões da época de teor popular e também de caráter partidário.

## O cinema

O cinema é uma constante na vida e na literatura de Goldberg. Na adolescência, em Juiz de Fora, o cinema era o local da fuga, da fantasia e dos encontros ou desencontros amorosos, em meio à escuridão que podia ser protetora:

> eu entrava sempre atrasado por causa do escurinho que me protegia dos outros no começo da sessão de cinema do Cine Central em Juiz de Fora indo pela Galeria porque era por trás e via menos gente. (JPG, "Meu Papel no Filme da Minha Vida?", *Memórias do Abismo*, 1972b)

O cinema aparece como assunto desde seus primeiros textos e no modo de uma escrita que vai imitar os processos de narrar cinematográficos – os cortes, a montagem, *flashes*, iluminações súbitas, mas também o escuro, o jogo de luz e sombra, os fotogramas em movimento ou instantâneos, como ele mesmo já observara:

> Com saltos verticais, idas e vindas, a máquina girando adoidada no passado, no presente e no futuro, sem nenhuma preocupação de con-

tar histórias. Neste aspecto é que vem aquilo que poderia ser chamado de mixagem; é exatamente isso que tenho feito naquilo que escrevo: filosofia, estética, conto, psicologia, sociologia – num liquidificador da máquina de filmar, dá o resultado do filme nunca visto: a vida de cada um, que traduzida no papel, pode eventualmente até ser uma obra de arte (JPG, apud Lanes, *Perspectivas da literatura segundo Goldberg*, 1975, p.53).

No *filme* que aparece em seus poemas e prosa, ele é o protagonista de desventuras e malogros e sobrevive graças às "inspirações cristalinas" que o pai, "Chaplin ensolarado", e a mãe inventaram, personagens principais de um grande número de seus textos.[7]

## O Instituto Granbery

Goldberg, como outros filhos de imigrantes judeus, estudou no Instituto Granbery, fundado por pastores metodistas norte-americanos em 1889[8]. Nos anos em que ali estudou, o reitor era Mr.

7. Em 2008, Jacob publica o livro *Psicologia em curta-metragem* com textos a respeito de Akira Kurosawa, Eisenstein, Steven Spielberg, David Lynch, entre outros, analisando o cinema e a relação com as imagens como uma câmera interiorizada.
8. Cf. Riolando Azzi: "A partir de fins do século passado os metodistas se instalaram em Juiz de Fora. (...) Por iniciativa de J.M.Lander, em 1889 nasceu o Juiz de Fora High School. Já no ano seguinte a Igreja Episcopal Metodista dos Estados Unidos oficializava a fundação do Colégio Americano Granbery. (...) O Colégio funcionou sucessivamente na Avenida Rio Branco, na antiga Escola Agrícola e finalmente na Rua Batista de Oliveira. Pedro Nava narra a reação de sua mãe diante desses estabelecimentos protestantes: "Primeiro era o Colégio Mineiro, onde professores huguenotes desencaminhavam moças católicas, do mesmo modo que os mestres do Granbery os rapazes do seu Rangel e do Dr. Martinho. Minha mãe achava aquilo um desaforo". Riolando Azzi. "A Escola na Formação da Sociedade Juiz-Forana". "A Escola na Formação da Sociedade Juiz-Forana". Redes, 1997v.1, n.2, p.71

Walter Moore, que também celebrava as preces em hebraico.[9] Cantando os hinos diariamente, o Granbery aparece, nas reminiscências de Goldberg, louvado pela abertura e compreensão de boa parte dos professores, mas também como lembrança das disputas entre os alunos, sendo sempre defendido pelo reitor Moore, como narra neste importante e forte texto, que mostra seu isolamento diante das agressões dos colegas e seu deslocamento pelo fato de não saber hebraico:

> [...] Mês depois, voltei para Juiz de Fora, para o Instituto Granbery, colégio metodista em que estudava, dirigido por exaltados missionários norte-americanos. Depois da Sexta-feira da Paixão, os coleguinhas de classe resolveram me escalar para o Judas judeu que tinha traído Cristo. Tentaram descontar com pedaços de pau. Medroso, me refugiei no banheiro da escola, ouvindo os gritos: "Matem esse Judeu que matou Jesus". De repente, ouço a voz tonitruante do Mr. Moore, Walter Harvey Moore, o reitor, discursando: "Vocês não sabem que Jesus era judeu?' Suave, bateu na porta do banheiro e, em hebraico, disse algo carinhoso. Respondi-lhe que não entendia hebraico. Ele, quase irritado, com ardor protestante ianque: 'Precisa aprender, meu filho, é a lingua de Deus, você nem parece judeu".
> (JPG, "Deus que me Perdoe", *Folha de São Paulo*, 1998)

9. Cf. S.L. David, op.,cit., p. 23: "Seus filhos (dos imigrantes judeus), de modo geral, estudaram no Colégio Granbery; não por simples opção educacional, mas, especialmente, religiosa, pois os metodistas, mais ligados ao Velho Testamento, ao contrário dos católicos, se identificavam melhor com os ideais e as crenças judaicas; na ausência de uma sinagoga, os judeus costumavam se reunir para celebrações de datas especiais de sua religião em uma casa que ficava nas proximidades do atual Ritz Hotel, na Avenida Rio Branco, onde, inclusive, a figura marcante do reitor granberyense, o inesquecível Mr. Walter Moore, costumava acompanhar as preces em hebraico (...)"

E neste outro texto:

REIS

meu professor de história, no Ginásio, durante uma de suas amplas digressões que iam desde questões de sexo até alta metafisica, informou à classe que os judeus crucificaram Jesus. Com um amplo sorriso me pediu desculpas sobre a alusão, como se estivesse contando algo de feio que minha família cometera, mas que era de seu senso ético denunciar...Isto numa cidadezinha do interior de Minas Gerais, onde a noção de "ser judeu" lembrava conotações, vagamente, demoníacas. Com 11 anos de idade, magro e sozinho (na cidade deviam morar, no máximo, 15 ou 20 judeus), não foi fácil, durante o recreio, enfrentar o desprezo e a indignação dos meus colegas de turma, indignados com minha cumplicidade, no deicídio (JPG, 1974a).

No Granbery, Jacob estudou dos 8 aos 13 anos (de 1941 a 1946), fazendo o primário e ginasial. Ele me narrou o seguinte fato:

*No segundo ano primário, minha mãe foi chamada pela diretora que disse que eu era um semi débil mental, e que minha mãe deveria me orientar para um psicólogo, porque eu seria sempre um sujeito rebaixado intelectualmente. É curioso o fato de que muitos anos depois eu recebi o título de cidadão benemérito de Juiz de Fora. Houve uma homenagem na Câmara, com televisão e essas coisas todas de interior, e essa professora entrou na fila de cumprimentos. Quando chegou a vez dela, eu disse: "Olha, a Sra. Precisa tomar cuidado porque, às vezes, as pessoas se enganam um pouco de avaliação e talvez a Sra. Tenha se enganado quanto a seus inúmeros alunos, porque eles acabaram me escolhendo. Então, ou a Sra. Errou, ou seus alunos, hoje vereadores, erraram".*

*E foi muito interessante a reação de minha mãe na época, porque isso dito para uma mulher imigrante, simples, poderia ter acarretado implicações terríveis. Eu poderia acabar sendo condicionado por essa atitude, mesmo porque eu era muito desordenado, tinha problemas óbvios de confusão, características mesmo de uma personagem irrequieta. Eu era um moleque muito irado, extremamente irado. E minha mãe simplesmente se negou a aceitar o veredicto da professora, e teve uma reação ótima, que é uma reação típica de* ídiche mame. *Ela disse: "não, a Sra. é que é uma imbecil. Ele é um gênio". E investiu nisso.*

De 1947 a 1950, seus pais mudam-se para São Paulo, e Jacob estuda no Colégio Rio Branco, retornando ao Granbery para completar os estudos do científico em 1951 e 1952. Walter Harvey Moore, personagem louvado em seus textos, foi reitor na maior parte dos anos em que Jacob ali estudou, acompanhando-o (de 1941 a 1943 e depois em 1951 e 1952). Quando completa o científico em 1952, aos 19 anos, Goldberg edita seu primeiro livro de poesia chamado, *Ritmo Esquerdo*, sobre o qual falaremos no capítulo 3.

## O exército: "cowboy sem cavalo"

Em 1951-1952, Jacob serve o exército, primeiro em Juiz de Fora, no NPOR – Núcleo de Preparação de Oficiais da Reserva, depois em São Paulo, servindo no 4° regimento de infantaria, e chegando a comandante da 1ª companhia de fuzileiros, sob o comando do coronel Euryale Zerbini.

> *Eu comecei a servir o exército em Juiz de Fora. Lá era o NPOR, um núcleo agregado ao 12 Regimento de Infantaria, e era hipomóvel, de cavalaria. Cavalaria e burro, Marília. Burro, porque os burros no interior precisam carregar o material, as armas para cima do morro, e o único jeito de carregar isso, pelo interior de Minas, era através do burro. Você não imagina o que foi o meu tormento com os cavalos e burros do 12° Regimento de Infantaria. Eu também nunca me entendi bem. Eu admiro, gosto muito, como disse, do cavalo. O burro eu acho um animal*

*interessante. Essa coisa dele, essa pachorra, mas também não gostava porque eles têm tendência a empacar. Então, eu não gostava porque tinha de levar para cima do morro, e ficava irritado com aquele burro que não andava.*

*Eu sempre cavalguei muito mal, pessimamente. Inclusive, tinha lá um tenente, ele tinha uma birra tremenda comigo porque queria que eu cavalgasse bem. Esse sujeito, inclusive, me perseguiu muito. Anos depois, eu fiquei sabendo que ele, já então coronel do exército, foi um dos maiores torturadores da ditadura, e só podia ter acabado assim porque era um sujeito arrogante. Esse sujeito, um dia, ficou sabendo que eu era estudante de Direito, porque, em geral, o pessoal que fazia o NPOR estava estudando no colegial, e eu já estudava Direito. A partir do dia em que ele soube disso, começou a me agradar, e aí a coisa ficou mais fácil para mim.*

Nesse *flash* poético-biográfico, a narrativa aproxima cinema, heroísmo, cavalaria e exército:

*Você sabe que a música de cowboy, a música do oeste americano, na verdade, eu diria para você que foi a música de fundo do filme da minha vida, principalmente da adolescência, as músicas do zorro. Durante muitos e muitos anos, eu fui todos os dias ao cinema, todas as noites, e tinha essa intimidade, essa frequência de alma com o cinema de cowboy (e com as personagens Flash Gordon e Dale). Então, eu não cavalgava.*

*Eu me lembro que há uns anos, conversando com um amigo meu, ele me disse que, às vezes, eu tinha uma maneira de invocar com as pessoas – porque invocação, nesse sentido de disputa pessoal sempre foi uma performance minha. Eu acho que ela está ancorada no machismo mineiro, mas mixada com esse processo todo do cinema americano. Esse amigo meu me falou assim: "às vezes eu tenho a impressão de que você atua como se fosse um cowboy num* saloon*". É engraçado, porque isso é* mesmo *verdade, a imagem que às vezes eu faço, eu de rompante, me lembra muito essa coisa de cowboy. É interessante, porque, então, eu era um cowboy sem cavalo, não é?*

## As muitas Juiz de Fora



> *Nasci em Juiz de Fora, entre montes, Minas Gerais, geografia de meus limites horizontais. Transitei, intransitivo, assembleias metodistas do Instituto Granbery ouvindo missionários yankees. Mas meu coração estava ancorado em terras não palmilhadas.*
>
> (JPG, *Ritual de Clivagem*, 1989)

Se a Juiz de Fora de Murilo Mendes, em *A Idade do Serrote* (1968), aparece como um espaço onírico, nos textos de Jacob há um resquício fantasmal enquanto memória registrada de uma vivência que ora assume tons oníricos como um sonho distante num tempo e espaço perdidos, ora tom de agonístico pesadelo, que deve ser compreendido a partir de sua experiência como judeu, filho de imigrantes, deslocado, estranho em terra estranha ou estranho no ninho, como me disse. Aproveitando o nome Juiz de Fora, encontramos nos textos de Jacob uma Juiz de Fora de dentro, espaço imaginário, e uma outra, de fora, alheia e estranha, assim como uma "Juiz de Fora fora do juízo" (título de uma peça de Oscar da Gama, encenada na cidade em 1897).

O número de textos, poemas e entrevistas sobre sua vivência em Juiz de Fora é grande, e voltarei a falar no tema quando com a análise dos textos nos capítulos seguintes. Cito, por hora, apenas dois textos, que revelam tanto a contestação e recusa da província como a ambiência e duplicidade de afeto e de nostalgia mesclados. O primeiro chama-se "Origem e Destino":

> Quem nasce em Juiz de Fora, Minas Gerais, ainda mais em 1933 (ascensão do nazismo na Alemanha, moda integralista no Brasil – Plínio Salgado, anauê e tudo o que significava), judeu, filho de imigrantes poloneses, estudando em Colégio de missionários protestantes nor-

te-americanos, tem duas alternativas na vida: ou ser pelo menos três vezes melhor do que os coleguinhas racistas ou ser pelo menos três vezes melhor do que os coleguinhas racistas. E, depois de passar uma vida, tentando concretizar uma das duas alternativas, descobrir que as duas eram falsas. Que Juiz de Fora não existe (era uma ficção), que o colégio não existia (era outra ficção). Finalmente que você não existia (mais uma ficção).

E só então poder voltar para Juiz de Fora e viver uma só vida.

A sua.

(JPG, *Psicologia e Reflexões do Inconsciente*, 1978b)

Um dos mais tocantes de seus textos em prosa poética a respeito de sua vivência em Juiz de Fora condensa e dilata o tempo-espaço, na memória que retorna como aquarela ou "retrato na parede", lembrando a Itabira, de Carlos Drummond de Andrade:

À tardinha avançando, a noitinha caindo: como lamparinas em aquarela japonesa, as janelas nas casinhas, no morro. Êta nóis! Alto dos Passos, Poço Rico, Costa Carvalho, Rua Santos Dumont.

Aquilo que dava no peito e mais tarde descobri que se chama ante-visão, uma adivinhação prévia da saudade. Quem sabe a nostalgia por uma dilatação maluca do tempo-espaço.

Ai, meu Deus, se soubesse que então seria jamais, olharia pras luzinhas e chorava até derreter o futuro e as ilusões, e ficaria, pra sempre ali, parado como estátua erguida em nome da sensação.

(JPG, *A Ógea e a Calhandra*, 1997b)

## A advocacia nos anos 1960, testemunhos.



Junto com o exército, Goldberg cursa advocacia na Faculdade de Direito da Universidade Federal Fluminense, e, em 1956, ele cursa Serviço Social em São Paulo, concluído em 1958. Estabelecendo-se em São Paulo, ele irá advogar a partir de 1960, data de seu segundo livro, *História que a cigana (nua) me contou*, quando também se envolve ativamente na vida da comunidade judaica local, escrevendo para a *Revista Aonde Vamos* do jornalista Aron Neuman. Goldberg também colabora com o *Jornal Dealbar*, do Centro de Cultura Social, órgão do movimento anarquista, no Brás, em São Paulo, arrebentado durante o golpe de 1964. Como advogado, Goldberg defende diversas causas polêmicas. Ele relata:

> *Eu acho que eu procurei o Direito, primeiro, para extravasar um espírito de luta, e em segundo lugar, para legitimar um espaço político de individualidade. Quer dizer, através do Direito, através do instrumental legal, assegurar a minha cidadania. Eu advoguei muito na área do cível, na área criminal, e sempre com posições polêmicas, controvertidas.*

Um de seus primeiros processos foi manchete de primeira página no jornal Última Hora, quando ele defendeu (sem ser chamado, segundo me disse) os membros de uma família de protestantes que estavam sendo despejados, acusados de serem loucos porque faziam rituais religiosos:

> *Eu não era advogado deles, mas o meu senso de justiça me obrigou, e eu peguei, e entrei com uma representação contra o juiz, o que deu manchete no jornal, publicidade, e dois ou três dias depois a família me desautorizou, eles não queriam que eu os defendesse.*

O segundo caso contribuiu para que a Faculdade de Serviço Social da PUC-SP deixasse de ter dois cursos separados para homens e mulheres e passasse a ser mista, quando Jacob defendeu uma moça que queria cursar a faculdade no período noturno.

Em 1962, Goldberg lidera um caso rumoroso no meio editorial: a luta pela apreensão do livro *Mein Kampf*, de Adolf Hitler, publicado pela Editora Mestre Jou. A polêmica foi amplamente noticiada nos jornais *Nossa Voz* e *Última Hora*, e o resultado foi a apreensão do livro. Outras causas judaicas foram acompanhadas como a denúncia da violação do cemitério Israelita de Curitiba (em janeiro de 1962), o caso de um autor de folhas manuscritas com desenhos de cruzes gamadas e dizeres antissemitas deixados no Círculo Israelita e o inquérito sobre o atentado contra o Instituto Feminino de Educação e Cultura Judaica Beth-Jacob em 1964.

Em 1966, Jacob publica o estudo *A Discriminação Racial e a Lei Brasileira*, contando com a participação do grupo de música de Solano Trindade, importante artista do movimento negro brasileiro, militante comunista, poeta, pintor e teatrólogo. O lançamento aconteceu no "Ponto de Encontro", na Galeria Metrópole, em São Paulo. Fundado por João Carlos Meirelles, o Ponto de Encontro tinha como gerente Maria Luiza Librandi, minha mãe, o que significa que Jacob e ela se encontraram ali... O Ponto de Encontro foi fechado pela ditadura em 1968, ano em que eu nasci.

Em nota publicada em 2011, no site da Ordem dos Advogados do Brasil, seção Juiz de Fora, Goldberg relembra:

> O primeiro ensaio que escrevi sobre Direito levou o título de "A discriminação racial e a Lei brasileira', com prefácio de Eduardo de Oliveira (1966, Casa de Cultura Afro-brasileira, Editora Luanda). No lançamento, o Grupo Musical de Solano Trindade marcou uma noite histórica de afirmação contra o *apartheid* que cinde a nação desde sempre.

E, agora, dediquei meu último livro, *O Direito no divã* (2011), à memória de Luiz Gama, a figura majestática que foi o rebelde negro [...].[10]

Convidado pelo jornalista Samuel Wainer, Jacob passa a escrever uma coluna em jornal sobre Direito do Consumidor:

*Eu fui convidado pelo Samuel Wainer, que tinha perdido tudo e veio para São Paulo. O escândalo do* Última Hora *rendeu para o Samuel só dor de cabeça e zero de dinheiro. Ele passava quase necessidade, aliás, quase não, ficou num apartamento aqui, não sei se de favor, não sei em que circunstâncias, aqui em* Higienópolis. *Telefonou para mim, um dia, e lançou um jornaleco chamado* Aqui São Paulo, *que teve acho que uns oito números. Eu ajudei a procurar um pouco de dinheiro para dar para o Samuel, e ele me convidou para escrever sobre Direito do Consumidor. Foi a primeira coluna em jornal brasileiro sobre Direito do Consumidor.*

Outro processo rumoroso foi o processo de Oberamengau. A celebração dos Autos da paixão de Jesus, na cidade de Oberamengau, na Alemanha, foi alterada pela iniciativa do processo que Goldberg moveu contra a malhação de Judas:

*Esse processo teve acolhida por parte da igreja católica alemã e do governo alemão, e acabou redundando na modificação dos autos, que são considerados os mais antigos e tradicionais autos da paixão de Jesus na Europa. Quer dizer, eu, um advogado do outro lado do mundo, entro com um processo e uma cidade na Alemanha foi obrigada a se render. Em São Paulo, Dom Paulo Evaristo Arns prestigiou o meu trabalho através da revista* Ecclesia *e através do jornal* O São

10. J. P. Goldberg, *Barbosa, de Ruy a Joaquim*. Disponível em: http://www.juizdefora-oabmg.org.br/noticias/exibir/834/Artigo-de-Jacob-Pinheiro-Goldberg-Barbosa-de-Ruy-a-Joaquim.html?p=359 [Acesso em outubro de 2022).

Paulo, da *Igreja católica, e, a partir daí, inclusive, me convidando para fazer conferência no seminário paulopolitano.*

Transcrevo abaixo trechos de uma conversa com Jacob, gravada no ano 2000, sobre sua atuação como advogado e sobre o motivo que o levou a mudar de carreira.

*– Eu tive um trabalho intenso aqui na Faculdade do Largo São Francisco na pós-graduação, na cadeira de Direito Penal, eu fui convidado pelo professor Antonio Chaves, dei vários cursos, um deles foi sobre um livro de Michel Foucault a respeito de um psicopata que foi condenado na França* (Eu, Pierre Rivierre...)*. Esse seminário teve muita repercussão na USP. Fui convidado pela Ordem dos Advogados de São Paulo para um debate com o então presidente da Ordem, que era o Marcio Thomaz Bastos, sobre pena de morte, sobre violência e criminalidade. Falei na Universidade de Brasília. Lá fui ameaçado de morte, tive de ir embora, porque eu fiz um estudo defendendo o direito da mulher casada, tendo um filho fora do casamento, de registrar essa criança no nome de seu verdadeiro pai e não no nome de seu marido como era obrigação na lei brasileira. O Deputado Sebastião Nery apresentou Projeto baseado no meu estudo, e foi por isso que eu tive de ir embora de Brasília, mas fui apoiado pelo Senador Nelson Carneiro. Fui convidado também pela Comissão Parlamentar de Inquérito sobre a violência urbana para falar no Senado, e falei durante algumas horas sobre criminalidade e violência, a influência da televisão no crime.*

ML – O que te fez largar a advocacia?

*– De maneira bem objetiva, sem subterfúgios, eu perdi completamente o interesse na advocacia porque, para mim, ficou claro que o trabalho como advogado na sociedade capitalista, ele transita dentro das normas rígidas impostas pelo Estado, e eu não tinha mais interesse nenhum nisso. O meu interesse, na realidade, era a subjetividade e eu estava convencido, como hoje estou muito mais convencido ainda, que realmente o que importa é o trabalho subjetivo. E, claro que o trabalho objetivo também tem muito interesse, alcance social, e assim por diante. Mas, a*

*mim, o que me interessa é aquilo que o ser humano pensa, fantasia, imagina.. Quando eu fui fazer advocacia, na verdade, o que me interessava já era o trabalho de psicologia, mas eu acabei fazendo por contingências, não havia faculdade de psicologia no Brasil. Quer dizer, de alguma maneira, mesmo aqueles advogados que de uma maneira combativa lutam contra o Estado, eles têm de transitar dentro do sistema, não tem como escapar, e na realidade, eu sempre fui um* outsider.

## A psicologia nos anos 1970, testemunhos

No início dos anos 1970, perto dos 40 anos de idade, Jacob decide abandonar a carreira de advogado e passa a estudar psicologia, formando-se pela Universidade Católica de Santos.

*Mas eu advoguei muito anos, no cível, no criminal, e, um dia, cheguei à conclusão absoluta de que a advocacia, para mim, era ultrapassada. Os dogmas, os rituais da advocacia quase me enlouqueciam. O uso da gravata, eu olhava para a gravata e babava. Eu era a própria figura do Nelson Rodrigues, eu babava na gravata. É curioso porque eu tenho uma memória privilegiada, então, como advogado, eu ficava muito orgulhoso porque eu ia numa audiência, e era capaz de citar jurisprudência por inteiro, e os juízes ficavam muito impressionados com isso. Eu era considerado um portento, e fazia aquelas citações quilométricas, estúpidas, idiotas, inúteis, mas eu tinha carisma como advogado.*

*E depois eu fui fazer a minha psicoterapia, a minha psicanálise pessoal e, também, minhas buscas. Aí, entrou muito o zen-budismo e também o karatê. Eu tive o privilégio de afinizar a prática do karatê e o estudo do zen-budismo, sabe? Até que, um dia, eu simplesmente cheguei no escritório, e disse para os meus colegas que eu não queria mais advogar. O pessoal achou que eu definitivamente tinha enlouquecido, porque eu tinha uma ótima clientela, tinha um escritório muito bom no Conjunto Nacional, na Avenida Paulista, que era o máximo na época, e eu cheguei e falei: não quero mais.*

*Aí eu fiquei um ano e meio só andando na rua Augusta. Subia e descia a rua Augusta. Ficava andando na rua Augusta, que era para mim uma espécie de Califórnia de pobre. Então, eu ficava andando por ali, e tendo as minhas revelações, as buscas, as soluções. Foi um período muito intenso. Eu, então, resolvi fazer o curso de psicologia.*

*Quando terminei a Faculdade de Psicologia, na Católica de Santos, no último dia do quinto ano, uma professora virou pra mim, e perguntou (eu já era um homem de mais idade do que os outros alunos e, provavelmente, de mais idade do que ela). Então, ela me perguntou: "Mas você pretende clinicar? Pretende montar um consultório?" Eu disse que sim, e ela falou: "então, eu pretendo ser a sua primeira cliente". Aquilo me impressionou muito, porque eu era, obviamente, um aluno criador de caso, absolutamente heterodoxo e, bom, ela foi minha primeira cliente. Aliás, o segundo, foi um amigo meu, que tinha feito a faculdade comigo. Nós estudávamos juntos, ele se sentava do meu lado, e quando eu disse que eu ia montar um escritório, ele falou, "Ótimo, agora em vez de a gente conversar como nesses últimos anos, eu passo a te pagar as conversas", o que eu achei ótimo. Foi assim.*

## O hassidismo e a contracultura

*Na realidade, eu me fiz psicólogo e psicanalista muito pouco nos cursos. A minha formação foi de autodidata, essa é a verdade, o meu aprendizado também.*

*As influências que eu acho que foram as mais importantes para mim foram filosóficas, e elas começam lá no hassidismo. Se você me perguntar o que me interessava em termos da magia da interação pessoal é o hassidismo. Me interessava muito a contracultura norte-americana, demais. Eu tive uma grande influência da contracultura. Martin Buber, Walter Benjamin, e, dentro da psicologia propriamente dita, seria o Ronald Laing e o David Cooper, da antipsiquiatria.*

*Depois eu recebi muita influência, eu considero uma influência importante, do J. L. Moreno no psicodrama, uma influência do Reich, em termos da importância do corpo, do significado do corpo, da linguagem do corpo.*

*Em linhas gerais, você sabe, a base filosófica do Martin Buber, a grande contribuição do Martin Buber é o conceito da descoberta do outro em si mesmo, e é muito curioso porque eu tenho em relação à obra dele uma posição de muita admiração e respeito, mas eu fico pensando o quanto a experiência do Martin Buber é diferente da minha, e eu faço uma comparação entre o conceito de que você só se descobre através do outro com a oposição do Sartre: "o inferno são os outros". Então, em vários aspectos, eu acho que a minha vida corre muito nesse sentido.*

## A antipsiquiatria e a posição anarquista

*No trabalho do Ronald Laing (na antipsiquiatria) você nem pode falar em sessão de análise. Não existe isso, essa é a minha posição. Aliás, hoje sou mais conservador do que eu já fui. Eu fiz trabalhos, por exemplo, na feira do Pacaembu, eu levei grupos para fazer trabalho lá, e, um dia, recebo um telefonema de um jurista escandalizado. que me telefonou e falou: "Quem você pensa que é para afrontar a sociedade desse jeito?" Aí eu respondi: "Eu sou a sociedade". Eu faço o que eu quiser da minha vida.*

*Agora, o fato é que a camisa de força cronológica da sessão, acho que faz parte de uma tradição autoritária, na qual a vida, o tempo tem um preço, e eu não vejo sentido nenhum nisso. Agora, é claro que, na medida em que a gente trabalha numa sociedade capitalista de certa maneira isso já está corrompido. Eu considero que a psicanálise, a psicologia, como também a literatura, tudo isso está condicionado a este vício de origem que cada um de nós, de alguma maneira tenta escapulir, eu como guerrilheiro tento escapulir, mas devo confessar para você, em linhas gerais, por exemplo, se você me perguntar, "Ah, você se sente realizado e faria diferente alguma coisa na sua vida?", essa pergunta padrão.*

*Eu faria sim, muita coisa diferente, quase tudo, aliás, diferente. O que eu posso dizer para você é que a frustração é absoluta, absoluta. Eu não gostaria de ter nascido, nem vivido nesse tempo maldito. A minha posição é a do Brecht, eu quisera viver num mundo de paz e num mundo de igualdade, o mundo em que a gente vive é um mundo de corrupção e prostituição absoluta. Eu não tenho a menor idealização a respeito, exatamente por isso eu não faço parte de nenhum grupo político, de nenhum grupo partidário, porque eu não acredito em nenhum. A minha posição é anarquista.*

*Minha formação profunda em termos culturais e filosóficos é a formação de esquerda anarquista, Jorge Amado, Drummond, sempre tiveram um tônus anarquista. Eu atribuo a minha estrutura anarquista de* weltschaung, *grande parte das dificuldades individuais e de caráter livre-atirador. Muitas vezes, eu tomei atitudes de esquerda, mas, como eu sempre tive uma atitude de crítica também em relação à esquerda, eu sempre acabei incomodando, fosse em qualquer posição; o fato é que eu me nego a fazer parte de grupo ou de bando.*

## Judaismo, literatura, terapia e ascese

*Uma vez, numa entrevista, uma moça disse que desconfiava que eu era messiânico. E eu respondi para ela que sim, que ela não precisava desconfiar, ela podia ter certeza. Uma das críticas que eu faço ao judaísmo moderno é ele ter perdido o caráter proselitista que ele já teve em outras épocas. O judaísmo só deixou de ser proselitista quando, por ameaça das autoridades cristãs, os judeus foram proibidos de fazer conversos, mas eles interiorizaram de tal maneira essa proibição que, hoje, acabou ficando quase um tabu a conversão. Se faz, mas é quase um tabu, e esse é um dos grandes absurdos do self-hate, do ódio de si mesmo que o tirano imprime sobre o subserviente. Porque o judaísmo só é compreensível, na minha opinião, como uma aspiração universal de monoteísmo. A não ser assim, se transforma num ritual e numa prática sem nenhuma singularidade, passa a ser uma das centenas das religiões que os homens criam.*

*Porque se eu uso, em grande parte, a literatura como instrumento de uma ação messiânica e se, a partir do momento em que eu passo a trabalhar como psicólogo, encontro esse caminho também para esse trabalho..., porque eu acho que reduzir o trabalho psicoterapêutico a um trabalho frio de conserto dos transtornos mentais, eu acho que isso é uma forma de redução.*

*Na realidade, eu acredito que a psicanálise e a psicoterapia têm de servir a uma ascese. É uma ascese que é comportamental, intelectual e espiritual, que foi, aliás, o objetivo da minha tese de doutoramento, o título é bem claro, que é nessas três direções que corre o sentido que eu empresto ao conceito de psicólogo.*

*O que eu acho que eu fiz de importante em termos de psicologia no Brasil, e tenho feito, seguem três grandes linhas de atuação. A linha de clínica, individual e de grupo, que eu acho que eu tenho um trabalho característico, singular.*

*O trabalho de psicologia social através da mídia, com a sistemática de pesquisa de campo de comportamento e mentalidade, do qual eu fui um dos pioneiros, e acho que tem muita importância, essas pesquisas, por exemplo, sobre a morte, acho que eu ajudei a decodificar o tabu da morte no psiquismo coletivo brasileiro, o trabalho de defesa da posição da mulher, com uma atividade intensa nessa área, e, em relação à criança, eu fui presidente da comissão nacional de defesa dos direitos da criança. E o trabalho de psicologia de imagem (com atores, músicos, apresentadores de TV e jogadores) que eu venho fazendo há muito anos.*

## A psicologia de imagem: da personalidade à personagem

Jacob propõe um alargamento do campo literário que não ficaria só restrito aos livros, mas incorporaria suas outras atividades como psicólogo. Uma delas é o trabalho da Psicologia de Imagem. No comentário abaixo, ele relaciona psicologia da imagem com o campo expandido da literatura:

*Na verdade, o conceito de* "Psicologia de Imagem", *nesses termos, foi criado por mim, quer dizer, internacionalmente tem psicólogos que fazem um trabalho semelhante, mas, esse conceito fechado de psicologia de imagem, que inclusive é muito polêmico e controvertido foi criado por mim. Agora, se a gente lembrar que o J.L. Moreno, que fazia psicodrama, e o Stanislavski, que fazia teatro, tem grandes tradições ancoradas no conceito judaico do voluntarismo, eu acho que isso poderia explicar essa relação entre a literatura como uma preocupação verbal de transmissão de sentimentos e a elaboração desses sentimentos, transformando criaturas em personagens e que, no fundo, é o trabalho da Psicologia de Imagem.*

*O que acontece é o seguinte. Nada impediria que você, Marília, escrevesse sobre o trabalho que eu fiz com os âncoras da MTV, cada um deles é um personagem na televisão brasileira. Isso não deixa de ser literatura, você está criando um personagem que não existia, mas ele queria ser esse personagem. "Eu me transformei em outra pessoa". O que quer dizer isso? Ninguém se transforma em outra pessoa. Na verdade, a pessoa se fez um personagem. Não deixa de ser uma forma literária, na qual se junta imagem, corpo, mas também desempenho verbal. O Seninha é um personagem, nós inventamos o Seninha, eu, a Cecília Yoshizawa e o Airton Senna. Não é trabalho psicanalítico, é trabalho feito com a personalidade, por isso eu posso citar nomes.*

*Esse processo do perfil de imagem, para mim, é altamente emblemático. E agora você vai me dizer: "bom Jacob, mas como é que fica isso. Você, que se considera um desordeiro, um* outsider *como é essa coisa de você ajudar o cara a, teoricamente, se integrar ao* establishment*?". Eu não ajudo, nem desajudo ninguém. O que eu acho divertido é sempre desorganizar o* establishment.

*Agora, essa ideia de que o personagem é uma máscara e, portanto, é falsa, para mim é uma das ideias mais hipócritas da sociedade hipócrita na qual nós vivemos porque, na verdade, todos nós de alguma maneira somos máscaras. A diferença é que a máscara forjada pelos outros é aceita como autêntica, e deveria ser exatamente o contrário. A máscara que você cria de você, que você quer criar, que você faz de si, essa, em geral, é considerada falsa. E um dos trabalhos, que eu acho dos melhores que eu faço, é entregar essas duas possibilidades para o indivíduo e ele que escolha.*

*A ideia é ir da personalidade à personagem – mistura literatura, ficção, vida e realidade, porque muda, quebra tudo, é um material, antes e acima de tudo, humanístico. E não é só meu. Tem muita gente por aí, no mundo inteiro, dizen-*

*do: bom, o que é mais artístico do que a derrubada das torres de Nova York? Foi avisada em dezenas de filmes, preparada filme por filme, não é?*

*Eu acho muito atual você discutir e incorporar essa discussão no seu trabalho a respeito da minha literatura ligada e transposta para esses outros campos de atuação. Na medida em que, numa linha próxima a do André Malraux, exatamente na medida em que eu não me detenho, esse esforço meu de usar os recursos como psicólogo, como militante de causas sociais e políticas, eu acho que exatamente isso pode, tranquilamente, depois de algum tempo, a obra ser considerada uma obra menor, talvez, até no sentido de ficar incorporada à grande dinâmica de transformação da sociedade brasileira.*

*Agora, é claro que o preço que você paga quando fica muito perto desses processos de transformação social, você sai do encastelamento que, às vezes, consagra, por exemplo, numa literatura fria e aristocrática. Na medida em que você está falando do zé-ninguém, muito perto do zé ninguém, corre o risco de virar também um zé ninguém.*

*A meu ver, é exatamente esse dialógico que justifica o teu trabalho, Marília, porque esse dialógico é o que eu tenho mantido com a sociedade brasileira, o lado mais fértil do meu trabalho. Por exemplo, quando falo num programa de rádio para 16 milhões de pessoas e o radialista disse que me chamou e tinha pensado em mim porque achava que eu falo dura e contundentemente. Agora, o preço que eu pago é de que o soi disant intelectual vira o nariz para mim, e considera que eu esteja fazendo uma concessão. Quer dizer, esse trabalho tem uma repercussão, que, talvez, a tradição acadêmica brasileira, fundada num viés muito discriminatório e aristocrático, acabou jogando em posição de solidão.*

## "Uma estética de confissão"

Perguntei ao Jacob:

– Por que você acha que sempre apareceu mais envolvido nas causas sociais como psicólogo do que como escritor?

*– Eu acho que eu divido de certa maneira a minha atuação da seguinte forma. É como se, na escrita, eu quase fizesse questão de um trabalho mais elaborado e, por isso, não sensibiliza da mesma forma, quer dizer, a mídia se sensibiliza mais pela minha linguagem como psicólogo. Mal me comparando, eu vejo uma atuação parecida com intelectuais na linha de participação do Sartre e do Malraux. Quer dizer, nos livros, tem uma escrita mais difícil, mais complexa, e, quando atuo como agitador social, atuo de uma maneira mais simples, que é o que eu faço no rádio, na TV, no jornal. E, como esse outro lado é o lado mais combativo, mais polêmico e, talvez, o mais diretamente solidário, então, eu fico sendo mais simpático, e o antipático está sendo considerado mais elitista, quase esotérico, elucubrativo na forma da escrita.*

*Sua colocação é boa porque eu nunca tinha pensado da maneira que vou colocar agora, mas é curioso, porque, como psicólogo, eu talvez seja um dos psicólogos mais conhecidos do Brasil e, como escritor, talvez o mais desconhecido. É curioso, não tinha pensado nisso. Mas que coisa incrível, talvez até, no fundo, haja qualquer coisa minha mesmo, de eu querer me esconder. De um lado, eu apareço muito, de outro, eu me escondo.*

ML – Eu pensei outra coisa em relação a essa questão. Talvez você nem queira que seus textos apareçam tanto, porque neles é onde você mais se coloca em termos biográficos, pessoais, interiores, enquanto nas causas sociais você está sempre falando do outro, defendendo causas.

JPG – *É boa essa ideia porque, ontem mesmo, eu ouvi isso de um amigo meu, de que nos textos eu sou quase intimista e biográfico ...*

ML – Talvez nem interesse a você que o público fique sabendo.

JPG – *Talvez não. Talvez, sirva mais de um elemento de uma estética de confissão.*

# 3. Tais Livros, Qual Obra

## As sete faces da poesia de JPG de 1952 a 2002

Se no capítulo anterior focamos em dados de sua vida em Juiz de Fora e em sua atuação como advogado e psicólogo até finais dos anos 1990, neste capítulo o foco é a poética, o imaginário expresso nos livros publicados, especificamente aqueles em que o literário predomina.

De 1952, quando Goldberg publica *Ritmo Esquerdo*, até 2002, data de *Monólogo a Dois*, apresento cinquenta anos de seu percurso literário que separei em sete momentos principais, as "sete faces", para lembrar o título homônimo do poema de Carlos Drummond de Andrade, "Poema de sete faces". Descrevo seus livros de poesia e literatura apontando suas principais características, o modo como foram editados e a recepção que tiveram, assinalando afinidades com outros escritores. Assim denominei as sete faces: Tempo exilado (de 1952 a 1968); A cura pela escrita (1971 e 1972); Viagens e iluminações (1974 e 1975); Canto Indo-Americano e o livro infantil (1975 a 1979); O psicólogo-escritor (1979 a 1983); A clivagem (1983 a 1997); A virada para o século XXI (1997-2002).

## Tempo exilado (de 1952 a 1968)

De 1952 a 1968, encontramos seus três primeiros livros marcados por uma poesia social, engajada nas questões políticas da época (incluindo também as questões do judaísmo). Em 1952, aos 19 anos, Jacob publica *Ritmo Esquerdo*, cujo título anuncia a posição política, reafirmada, em 1960, com *História que a Cigana (nua) me contou*, dedicado "à Cuba, de Fidel". Mas será com *Tempo Exilado*, publicado em final de 1968, que a escrita engajada desses primeiros livros alcança uma forma poética efetiva, até porque, os dois primeiros livros incluem textos de diversos gêneros mesclados (poemas, artigos, cartas), e apenas *Tempo Exilado* é inteiramente composto de poemas. Trata-se de um livro importante na história da literatura brasileira por conseguir incorporar a tensão política na sua estrutura e dicção poética (com o AI-5 recém-decretado e com o início do período conhecido como os "anos de chumbo"). Nesse período (1952-1968), Goldberg serve o exército em Juiz de Fora, forma-se em Serviço Social e em Advocacia. Como advogado, publica o estudo *A Discriminação Racial e a Lei Brasileira* (1966) e duas coletâneas de artigos: Ética e Tecnologia (1968b) e *Teoria Social da Comunicação--Fragmentos* (1969).

### Ritmo Esquerdo, 1952

Em 1952, aos 19 anos, Goldberg conclui o terceiro ano científico no Instituto Granbery, em Juiz de Fora, participando ativamente no movimento estudantil local como Vice-Presidente do Diretório de Alunos e como Presidente da Comissão de Recepção ao líder estudantil, Tibério Cesar Gadelha, do Partido Comunista Brasileiro, que, convidado a ir a Juiz de Fora, causou celeuma entre os estudantes em ampla distribuição de panfletos a favor e contra a sua presença na cidade. Esse é também o ano em que Goldberg vai servir o exército.

Seu primeiro livro, *Ritmo Esquerdo,* foi impresso em uma gráfica no Rio de Janeiro. Goldberg contou-me que deu uma entrada em dinheiro e combinou que pagaria o restante na entrega dos livros. Depois, não tendo como pagar, ficou com cinco ou seis exemplares e os demais permaneceram retidos na gráfica: *Então esse é um não-livro. Está aí, ficou um para contar a história*, conforme me disse em depoimento.

O livro contém quarenta poemas divididos em três partes. A primeira tem como tema a "exploração do homem pelo homem"; a segunda, as "lembranças do passado". Já a terceira é composta de um grupo de quatro poemas que narram a vida de Jesus como judeu.

Livro da adolescência, *Ritmo Esquerdo* importa por algumas imagens que vão voltar a aparecer nos livros seguintes. O título anuncia a opção política do autor na época, mas também uma questão existencial do ser *gauche* que irá percorrer seus livros, relacionada a imagens recorrentes como a do canhestro, a do excluído, que caminha na contramão ou em marcha a ré, e que adquire, nos textos de Jacob, um significado bastante singular, que é o de caminhar, também, na contramão de si mesmo: "Eu quc, às vezes, vinte gentes em mim mesmo, caminho por isto, e, portanto, ao inverso...", como dirá num belo texto de *A Ógea e a Calhandra*. E nesse outro: "Na contramão um menino, pedalando cascatas, a mão sem guidão, e pé rente ao vão" ("Iankele", *Ritual de Clivagem* 1989), e esse outro, que sugere o projeto de uma poética que também caminha na contramão: "A tribo corre sempre na mesma direção. / Mas para ineludível decepção, / a beleza caminha em marcha a ré" (*A Ógea e a Calhandra*, 1997). O "ritmo esquerdo" pode também ser lido como descompasso rítmico, não harmonioso, e que se relaciona com a "estranha orquestração dissonante", como dirá em um poema de *Tempo Exilado*.

O prefácio "Algumas Palavras" explicita a intenção de uma poesia engajada como denúncia dos males sociais, escrita para comover e mudar. No livro, sucedem-se poemas que contam a história de personagens oprimidos, marginalizados, como os operários, as prostitutas. As situações escolares, que eram as suas e, são expostas transfigura na pele de algum personagem como no poema "Oratória", que fala do garoto que não tirava o paletó na escola porque sua camisa estava rasgada, ou poemas pelo bem comum, esperançosos (como "Minha Oração"), ou "O sonho de ser um general de brinquedo", escrito no ano em que vai servir o exército. No entanto, lendo-o, *a posteriori*, percebe-se que a noção do escritor-psicólogo já vem indicada aqui:

> Essas histórias são chagas, doenças da humanidade. E as doenças precisam de médico. [...] Nós temos que encontrar um remédio para a Marsha. Mas antes de procurar curá-la temos que diagnosticar o mal. [...] E nestas páginas eu vou tentar apontá-lo.

Escrever para "diagnosticar o mal" é preocupação constante em seus textos, essa arqueologia nos "descaminhos da alma", a procura em exorcizar o mal, a cicatriz, a ferida social e pessoal. Imagem similar aparece no prefácio "Minha posição", do livro seguinte, *História que a Cigana (nua) me contou*, com a frase que remete, mais uma vez, ao escritor-médico, aquele que "precisa enfiar a caneta na vida que falece, como bisturi, mostrando-a. Seus erros, seus crimes, suas angústias". Nesse prefácio, aparece também a dúvida sobre se o que escreve é ou não é poesia ("Alguém acha que isso não é poesia. Prosa eu sei que não é. O que é? Para mim é poesia, sim. Eles podem querer publicar ou não, mas que é poesia, isso é. Boa ou má, isso não sou eu quem deverei dizer").

No livro, há também alguns exercícios de estilo como uma paródia a "No meio do caminho", de Carlos Drummond de Andrade, influência, como vimos, sempre presente para Goldberg. Há também título indicativos como "Ruídos em um cinema de bairro", já que o cinema aparece tematizado em todos os seus livros. Destacamos também o poema "Ode" por referir-se ao "não, nunca e ninguém", figuras da ausência e do contra, que continuarão a aparecer em muitos outros textos de Goldberg. No final, os quatro poemas refazem a história do nascimento e origem de Jesus como judeu. Esta última parte dá-nos uma chave de leitura para os versos que abrem o livro:

Que procuras na vida?
Um roteiro?
Não.
Uma cruzada.

Que sentido adquire aqui a palavra "cruzada", como os primeiros versos do primeiro livro de um escritor judeu brasileiro? Tendo sido as cruzadas o combate cristão contra muçulmanos e judeus, estaria ele aqui se referindo à empresa de uma cruzada ao inverso (na contramão?), entendendo-o, então, como o escritor que precisa combater e situar-se frente ao catolicismo predominante da sociedadc brasilcira, já que ele vivia em Juiz de Fora, segundo ele "uma das cidades mais católicas do estado mais católico do Brasil que é Minas Gerais"? Indaguei o escritor a esse respeito:

*De certa maneira a minha escrita é heterodoxa nesse ponto de vista. Eu sou um judeu que tem uma visão passional de Jesus. De outro lado, a minha escrita tem todo um repasse cristão sob a ótica protestante, e que culmina nos trabalhos posteriores de minha vida, e até em posições pessoais, de profunda divergência com as linhas ortodoxas judaicas, mas também com as linhas ortodoxas do catolicismo. Quer dizer, eu fico entre o judaísmo e o protestantismo.*

Em outro depoimento, ele reafirma a influência protestante na sua formação:

> *Quer dizer, durante toda a minha infância e parte da adolescência, durante uma hora, todos os dias, eu participei de assembleias evangélicas, e é curioso porque havia ali um cuidado na relação com o judeu, que era um cuidado de muito respeito por parte dos professores, não dos alunos. O fato é que era apresentada uma figura de Jesus, já naquela época, muito próximo ao Jesus histórico, não ao Jesus mítico, e eu acho que isso, você percebe por exemplo no meu primeiro livro,* Ritmo Esquerdo, *e acho que isso depois perpassa todo o meu trabalho, que é essa influência, eu não diria cristã, acho que a palavra não seria essa, eu diria a influência de um Jesus protestante, e, por isso mesmo, aparentado ou com raízes judaicas, e que, posteriormente, eu reconheço na obra do Harvay Gallagher Cox e na grande revolução da aproximação de uma visão cristã do judaísmo que, no catolicismo, começa com João XXIII.*

Aqueles versos iniciais também assinalam que a sua proposta não é procurar na vida um roteiro, mas uma cruzada, expondo o caráter de disputa e combate que vai estar presente em seus escritos. Trazem também um elemento contraditório, porque existe uma afirmação peremptória: "procuro", só que o que se procura é uma situação na qual ele seria vítima, enquanto aqui ele se mostra sujeito.

### História que a Cigana (nua) me contou, 1960

*História que a Cigana (nua) me contou* foi publicado em São Paulo, em 1960, quando Jacob já atuava como advogado e assistente social. Logo após página com foto do jovem autor, texto de apresentação diz que o escritor: deu aqui, num imenso quadro de fundo, à moda de John dos Passos, Nelson Rodrigues e Vão Gogo, a visão arrebatada do mundo, em São Paulo, 1960.

De John dos Passos, romancista norte-americano que vivenciou de perto a Primeira Guerra Mundial como motorista de ambulância e depois trabalhou como jornalista correspondente na Espanha e em outros países, Goldberg incorpora o modo como ele inclui reportagens jornalísticas em meio à narrativa ficcional e, principalmente, a sua linguagem de corte, lembrando procedimentos cinematográficos. Vão Gogo, também citado acima, era o pseudônimo de Millôr Fernandes nas sátiras dos anos 1950, publicadas na seção "Pif-Paf", da revista *O Cruzeiro*, e o dramaturgo Nelson Rodrigues é citado pela expressão dos conflitos familiares e pelos escândalos que causava com seus textos.

O livro de Goldberg reúne sessenta e sete textos e é dedicado "a todos os que são sacaneados em qualquer lugar" e à "Cuba de Fidel", reforçando o tom de engajamento político. Na maioria de seus livros, há uma mistura de gêneros literários – poemas, prosa, crônicas, artigos – compondo um todo heterogêneo. Caso máximo dessa mistura é *História que a Cigana...*, composição propositadamente plural, espécie de colcha de retalhos, na qual o escritor faz colagens, incluindo notícias de jornais, cartas inventadas (ou não) dirigidas ao advogado, fatos biográficos (na escola e no exército), texto escrito em forma de receita, artigos sobre psiquiatria e serviço social. O livro parece uma reunião de anotações, semelhante ao que se faz em um diário ou em uma agenda, registrando contas, nota esparsas, resumos, rascunhos de futuros poemas, bilhetes, artigos, conferências, lembranças, nomes, números e letras soltas, recortes de jornais, textos panfletários, não havendo obviamente, ao contrário do que o título enuncia, nenhuma cigana nem história narrável, mas sim uma nudez ou desnudamento de sua escrita tal como lhe acontecia como produto de uma espontaneidade rebelde ou de um anarquismo construtivo.

Ao final do livro, são transcritas duas "Opiniões". A primeira é assinada por Saneo Shiroma, que considera o livro "uma produção de vanguarda no aspecto estético e no seu conteúdo revolucionário, predispondo-nos à ação e à luta contra a atual conjuntura". A segunda opinião é uma carta do diretor de teatro e TV, Paulo Afonso Grisolli, muito interessante como reação de um leitor imediato, pois manifesta a sua perplexidade, acentuada pela indagação final: "Terei entendido seu livro?". Grisolli se solidariza com a mensagem engajada, reproduzindo versos e frases de Jacob, que ele incorpora ao seu comentário, que reproduzo abaixo:

> "Jacob: aceito o seu livro como oferecido para mim também. Porque, em algum lugar incerto, eu também estou sendo sacaneado, muitas vezes. [...] Pelo menos, foi assim que eu entendi o seu livro. Um grito, um gemido, um desabafo – de quê? Da primeira crise – a sua crise, dos seus mistérios mais interiores, da sua procura, dessa insatisfação que leva a gente a ver a crise de fora, esquecendo que há uma crise, também, dentro da gente. [...] Você é judeu. Eu, além de ser herdeiro de calabreses porcalhões, provenho também de uns austríacos fracassados. Mas sou negreiro. E sou seu amigo. Não fará isso também parte da história que a tal cigana (nua)! lhe contou? Você tem razão: "o sol nasce todo dia, mesmo depois de uma noite chuvosa". E, enquanto atravessamos a longa noite dos malditos, o jeito é lembrarmo-nos do sol e perguntar por ele: Onde está o sol para que haja algo de novo debaixo dele? Terei entendido seu livro?"

A carta de Grisolli destaca o que há de mais presente no engajamento poético de Goldberg neste livro: a escrita que fala pelos "sacaneados", o livro como "grito, gemido, desabafo" e como manifestação de uma "crise", a imagem da caneta-bisturi e a tonalidade escura dessa escrita quando indaga: onde está o sol...

O título do livro, *História que a Cigana (nua) me contou*, fazia sucesso entre os leitores e o editor resolveu fazer uma edição pirata, como me contou Goldberg nessa divertida passagem:

*Um dia eu passo numa rua dessas que tem bancas vendendo livros (como na rua da Consolação), e vejo o meu livro com uma capa diferente. Era uma capa de sacanagem, pornográfica. Eu liguei para o dono da editora Junco, que me disse que todo mundo que apreciava literatura pornográfica gostava muito daquele título, então ele tinha resolvido fazer uma edição pirata. Só que o sujeito comprava o livro por causa da capa e do título e depois ficava indignado quando via que o conteúdo não tinha nada a ver com a capa nem com o título...*

## Tempo exilado, 1968

*Tempo Exilado* marca o que se pode considerar como a efetiva estreia poética de J. P. Goldberg. O livro é composto de setenta e nove poemas e é dedicado a Carlos Drummond de Andrade. A capa, na cor vermelha, é uma foto onde se vê, por detrás de um arame farpado, o corpo de um homem morto estendido no chão e um grupo de pessoas à sua volta.

Num período polarizado entre as produções participantes dos Centros Populares de Cultura (os CPC's da União Nacional dos Estudantes), com os poemas da série *Violão de Rua* (1962, 1963) e as produções da poesia concreta, o livro de Goldberg não se situa nem de um lado nem de outro. Talvez, se for para situá-lo, esteja mais próximo da dicção de *Dentro da noite veloz*, de Ferreira Gullar, que reúne os poemas de 1962 a 1975, mesmo assim com a diferença que pode haver entre um poeta com uma vivência nordestina, escrevendo no exílio a partir de 1971, com presença ativa nos movimentos artísticos do período (Concretismo, Neoconcretismo, CPC) e a dicção de um poeta judeu-mineiro de Juiz de Fora e psicólogo escrevendo não sobre um espaço, mas sobre um *tempo exilado*.

Flora Sussekind, quando analisa a literatura brasileira no período de 1964 a 1984, critica o neonaturalismo presente nos textos autobiográficos, nos depoimentos de presos políticos escritos em uma linguagem oratória para comover e que só alcançam seus melhores momentos quando o conteúdo tensiona a forma ou quando, mais tarde, a literatura incorpora a elipse, o silêncio e a lacuna. Como ela diz, seu estudo reavalia "o rendimento estético-ideológico de muitos textos tidos como 'críticos' ou 'de denúncia' à época" – porque nos obriga a "*perceber a diferença entre os 'cacoetes literários antiautoritários' e os textos que incorporam a tensão política à sua própria linguagem, ao invés de apenas descrevê-la de modo mágico ou naturalista*" (Sussekind, 1985, p. 27). Se há algo que os poemas de *Tempo Exilado* fazem é justamente isto: *incorporam a tensão política à sua própria linguagem*. Perguntei a Goldberg:

> – Por que o título *Tempo Exilado*?
>
> – *A percepção de que vivíamos um tempo que tirava o humano de sua dimensão social, pelo menos no Brasil. Era o período dos "anos de chumbo" e era assim mesmo que a gente se sentia. Eu fui perseguido várias vezes. Eu vivia o clima de terror que aparecia, então escrever era uma catarse.*

Essa catarse operada no livro não é apenas individual, pois seus versos compõem uma enunciação coletiva no sentido de serem a expressão de uma tensão política e social muito intensa naqueles anos. O livro é publicado logo após o anúncio, em dezembro de 1968, do Ato Institucional n. 5 (AI 5), e concentra, de modo notável, inclusive pela sua imediatez, o clima de terror que vai marcar o governo Médici (1969-1974).

Assim, por exemplo, na concisão do seguinte poema, que inverte o famoso verso de John Donne ("nenhum homem é uma ilha"), e, nas suas poucas palavras, compõe a "música de fundo" da época como uma marcha fúnebre. O poema foi, inclusive, musicado pelo maestro Achille Picchi: [11]

---

11. A partitura encontra-se nos arquivos do autor.

MÚSICA DE FUNDO

Somos,
neste dia de pedra,
Ilhas.
sombrio dia.
Conto, estremunhado,
as cartas não enviadas.

Aflições noturnas,
sem luas.

Irmão batido,
o fruto colhido.
por tudo,
havido e não havido,
desejado,

Somos,
neste dia de pedra,
ilhas.

O isolamento, marcado pela situação de quem se encontra ilhado, impede também a comunicação ("cartas não enviadas") em um poema que parece uma carta de despedida ("por tudo / havido e não havido, desejado"), mas que, agora, surge como impossível: "dia de pedra", "dia sombrio", marcado pela noite ("Aflições noturnas / sem luas"), e o sujeito o enuncia "estremunhado", isto é, na situação de quem acorda de repente, aturdido, desnorteado e desorientado. Destaco esse outro importante poema, que transmite o clima da época:

TEMPO MORTO

Alegoria de tempo,
morto.
Uma só nuvem,
cinzenta
cobre, leprosa, a rua,
sob a tepidez morna do sol
apagado.

De capuz preto,
homem
traiçoeiro atravessa
a alameda,
irritante,
doente,
insistente, tenaz.

Ensaio de tinta preta,
à tonelada,
cobre, sujando,
todo
o papel branco,
a superfície clara,
na mentira revelada,
pragmática.

Com o consolo
trepidante
do ritmo alucinado,
na batuta assexuada

de nenhuma esperança.
Alegoria de tempo morto
Alegoria de tempo morto

Reza hipotética da falha
divina,
na hipérbole que antevê o
amanhã terrível
de todo animal.

Redução consciente do esforço conjugado,
da Fé,
da Força
da Moeda.
Sem meandro ou curva no horizonte,
toldado pela tácita
transação

Como uma oração ("reza hipotética da falha/divina"), este é um poema-réquiem pelo tempo que morreu e pelo "sol / apagado", alegoria do tempo "de nenhuma esperança", "sem meandro ou curva no horizonte". O que se antevê é o "amanhã terrível", e o que se vê é a sinistra figura do homem com "capuz preto", "traiçoeiro", atravessando a alameda. A cor preta junta-se à cor cinza, que, no poema anterior, aparecia como "sombrio dia", e, aqui, como "nuvem cinzenta". Interessante notar a analogia que o poema estabelece entre a nuvem cinzenta que "cobre, leprosa, a rua,", escurecendo o dia, e apagando o sol, com a "tinta preta" que "cobre, /sujando/ todo o / papel branco, / a superfície clara, /" – reforçando a intimidade que a escrita de Goldberg estabelece entre a escrita e o que acontece na rua, na praça, *enquanto se escreve*. O que podia haver de conspiração e ilusão, agora aparece impossibilitado – "toldado pela tácita transação", estabelecida pela união dos três aparelhos de poder estruturantes da sociedade: a Fé, a Força e a Moeda, diante dos quais não há "ilusão" possível. E este outro poema, que completa a descrição do "desconsolo" no período em questão:

Somos, em cada instante,
os embriagados
companheiros da morte.

Cada tormenta infeliz é o ninho
dos agravos reprimidos.
Vê-se, na geração afivelada,
um compromisso de extinção.

As vozes da poesia e o canto dolorido
poderão estancar o leito tortuoso,
das mansões invadidas.

Tendo que somos,
em cada instante,
os embriagados e desconsolados

Companheiros da morte.

Nesse tempo exilado de uma "geração afivelada", um "quase--corvo" aparece como animal-símbolo completando o *réquiem* e a alegoria da morte e da escuridão:

QUASE UM CORVO

A solitária
ave noturna
desconhece a palavra e o
som da
música.
Apagou-se o lume
da revolta.
O muro é
intransponível.
E nada,
nada,
lhe foi poupada, em falta

Esse é o tom de *Tempo Exilado*. O conjunto do livro constitui-se de poemas-manifesto e poemas-protesto, como afirma no prefácio: "o poder de mensagem da poesia, que será da denúncia e da transformação". Nele, comparecem a Guerra no Vietnã, Maio de 68, o exílio, a incomunicabilidade, a repressão e a censura.

O poema abaixo não apenas fala sobre a censura, mas a incorpora ao seu modo de dizê-la, juntando informações e imagens de situações díspares e estranhas, como se a censura mesma dificultasse a expressão de clareza. O poema é marcado também pelo tom de ironia mesclado à crítica, quando mostra ser o capital (indiciado pelo "duplo cachê", "nas caixas dos grandes bancos" e na "conta do freguês") o definidor das regras da arte, cuja censura é feita em prol de uma "vida sem sustos e sem escândalo" (lembrando que o "susto" é uma das definições e estímulos para a poesia de Goldberg, como no subtítulo "Fragmentos sobre o susto" de *A Ógea e a Calhandra*, de 1997):

Uma certa censura proíbe que se mate
nas vielas escuras e nas salas-de-jantar,
ao som do arlequim ou de programas
dominicais.

Que o teatro fica proibido e se fechem os cinemas,
fuzilando Bergman na força de Antonioni.
todos os atores, em compensação,
recebem duplo cachê para desfilarem na Quinta Avenida,
pelo Exército da Salvação.

O balé será punido pelo Código Penal e
substituído pelo salutar esporte
da esgrima, no qual a poesia será
ensinada aos velhos de vida provisória.

Nas caixas dos grandes bancos se
uma certa censura permitir fantásticos
bilhetes distribuirão ingressos privilegiados,
de acordo com a conta do freguês que esta sim,
é uma certa norma de censura,

para assistir à vida, sem sustos e sem escândalo.

A epígrafe do livro assinala a sua intenção: "Fazer dos pesadelos sonhos, versos e o futuro". Assim, ao lado dos poemas de desconsolo, há os poemas que convocam e apelam à resistência ("por entre choro / os enclaves da esperança"). Nos versos iniciais de outro poema: "Do medo / nasce a vogal, / exclamada na sufocação do terror"), no qual propõe "tomar a praça perdida numa noite de / covardia".

Em tom afirmativo, com os versos no tempo do imperativo, esses poemas são endereçados aos interlocutores ao afirmar que "existirá fartura de sorrisos, justiça / e gente decente":

CARTA AZUL À REVOLUÇÃO

Derrame a desordem na rua,
onde os formigueiros repelem,
a ordem mal querida.

Nos seus dias festivos de galas,
deite no leito teu brilho e meu credo.
Feche,
uma a uma, as portas da mentira,
e prenda,
em jardins,
os donos das verdades, junto com seus companheiros,
animais soltos dos zôos e do álcool.

Arrombe todos os cofres,
dos trilhos de bondes,
e que cada motorneiro ou moleque arrependido,
dance as marchas triunfais,
nos canhões aposentados.

E leve um recado, para as noites de insônia,
dizendo,
em rubras lamparinas,
que existirá fartura de sorrisos, justiça
e gente decente.

E nesse outro, intitulado "Votos", que refere Allen Ginsberg, o poeta judeu norte-americano, autor de *Howl* (*Uivo*), de 1956, livro que causou furor junto com os demais na geração Beat, nos Estados Unidos. Refere também ao suicídio de Maiakovski, o poeta revolucionário russo que se mata aos 36 anos de idade diante da opressão stalinista:

Que os cativos jornaleiros
alegres mensagens,
anunciem aos berros e prantos.

Que os coveiros se foram,
nas flores que se partiram,
das pétalas que se amaram,
demasiadamente.
[...]
E você envie um recado
a João e Maria,
contando nossas atribulações que
arrebentam trincheiras,
no Oriente,
e fazem subir as cotações
nas bolsas das capitais.
que descem em Praga, Varsóvia e
Missouri,
os delírios de Passa Quatro.

Corte os cabos telefônicos,
dos olhos de Buchenvald, instalando
discos de Bach, Vivaldi e o canto de Ginsberg.

Ressuscite Maiakowski,
naquele quarto de hotel,
[...]
Relate, item por item,
os desencontros dos namorados, beijos e abraços,
amores encantados,
sentidos e guarnições.
[...]
Interrompidas por uma greve geral.

Outro tema presente é a correlação problematizada entre a informação dos jornais e a poesia (nos poemas "Abro o jornal da manhã e vejo teu nome" e "Informações"). Cito também o poema "Esperança", que consegue falar a pobreza, metonimicamente indiciada pelos objetos de cozinha:

ESPERANÇA

Num barraco de favela mora
insuspeitado desejo de combate
pelos leitosos adornos de cozinha.

O aquecimento dum par de sapatos,
o remendo da troca de pão, na tosse,
no mercadinho,
que verte mentira e fáceis senões.

Certifique-se num papel almaço
cada gemido
e prenda-se o resultado,
numa estatística calibrada em que

água, luz e mortadela,
ocupam plano transcendental.

O vestiário, os tendões, e o feixe de nervos,
mudam todos de posição,
dependendo do horário da condução,
dos repentes do patrão,
dos amores da patroa,

do silêncio e da chuva,
no eterno pensamento
do dia do amanhã.

Manifesta-se o dilema do escritor engajado, que fala do "vale de mortos em Biafra", e avisa "isto não é o luxo da poesia". Há os poemas que podemos chamar místicos, como o que se refere à espera do "ônibus no sheol" e o forte poema do "judeu errante", ("As chamas do inferno são minhas vizinhas/ esperanças, / de retorno e de triunfo" – que citamos integralmente no capítulo 1), semelhante ao poema "Conciliação" ("Durmo com meu/ Demônio. / Com ele / terei que tranquilizar / o sono. / Vem do reino / da morte, / Terminou o dia do / Anjo"). Outros falam da infância. A miséria e a situação política da ditadura unem-se às dores da lembrança de um passado sofrido, como neste outro poema, cujas estrofes finais fazem o seguinte percurso:

Meus medos são de Varsóvia,
o coração de pedra e raiva são de Berlim.

Numa cidade mineira,
furtei um deus sem olhos e sem memória.

Arranco os trilhos da fronteira, e escrevo em cada estação:
Allan Poe, Goethe, Grinberg, Heine, Whitman, Evtuchenko,
Cecília Meirelles, de Este a Oeste, de Norte a Sul.

Por último, quero falar do poema:

TIRO O CHAPÉU

Aragem daninha da orelha
do menino perdido,
no campo maldito, Vietnã.

Do negro,
xingado,
em qualquer lugar.

Do escarrado,
excomungado,
encurralado,
discriminado,
em qualquer lugar.

Erva rebelde da
aflição,
discórdia,
medo.

A ser extinta
sem piedade,
com fero instrumental,
de raiva e desilusão.
Sempre que se forje um cercado,

crispado de fel,
na linha de gente,
e dentro se isole,
gente.

Como o vento
que desce a montanha,
sou a semente
esfuziante
da nova revoltada.

Em aleluia,
proclamo
tempo novo.

Água limpa
em riacho caudaloso,
trovejo contra o lento burrico.
A andar,
a andar,
seu passo vacilante.

Com o instrumental de "raiva e desilusão", o poeta mostra com quem se solidariza: o "menino perdido" no campo do Vietnã, o negro xingado, o "excomungado, encurralado, discriminado, em qualquer lugar". Afinidade que tem a sua história marcada em campo de concentração. E a atitude de luta contra essas dores, do sujeito que proclama *tempo novo*. Como um Quixote, esse "eu" proclama o tempo novo montando em um burrico, compondo o aspecto a uma vez irônico e melancólico desse final. Conhecendo o histórico do escritor, que relatamos no capítulo 2, compreende-se melhor de que modo a sua passagem pelo exército é aqui transfigurada, pois, como nos contou em entrevista, ao servir o Exército, ele era obrigado a montar burros de carga para subir as montanhas pelo interior de Minas Gerais.



### Recepção a Tempo Exilado

A orelha do livro é assinada por Rui Geraldo. A contracapa é assinada por Sérgio Góis, que o considera como "produto de uma consciência intransigente", e o qualifica como "mergulho expressionista" e "um livro impacto para a literatura brasileira".

Além desses comentários publicados no livro, não houve outra recepção registrada e o livro passa despercebido. Por isso, também, o comentário de maior valia é o que foi escrito por Carlos Drummond de Andrade, a quem o livro é dedicado. Ao associar o nome de Drummond "a esse testemunho generoso", Goldberg recebe de volta carta de apoio do poeta que maior influência teve na sua trajetória poética e com quem ele manterá contato nos anos seguintes. Na carta, citada em nossa introdução, "No tempo do enquanto", a frase que melhor registra a afinidade entre um e outro poeta é mesmo a que diz: "Muito me tocou a lembrança delicada de associar o meu nome a esse testemunho generoso", quando Drummond, através dos adjetivos que usa, ressalta duas qualidades fundantes na poesia de Jacob: a delicadeza e a generosidade presentes em seu testemunho poético.

## A cura pela escrita (1971 e 1972)

Os livros *Segunda Madrugada* (1971), *Monólogo do Medo* (1972) e *Memórias do Abismo* (1972) formam uma tríade e marcam o encontro de

Goldberg com a psicanálise. Esses livros representam o mergulho nos "abismos de cada um" e são escritos como uma "autobiografia, consciente, inconsciente, poética, fantástica e científica" ("Vamos afinizar? Dá pra ligar?", em *Memórias do Abismo*). Momento em que o escritor, ainda trabalhando em seu escritório como advogado – "Deus, / O que é que eu estou fazendo, aqui, engravatado, escrevendo petições, arrazoados e ouvindo/ gente falar de decência, honestidade e moda? ("Tenho vergonha de escrever poesia", em *Monólogo do Medo*), escreve compulsivamente tudo o que lhe vem à mente, *atropelando as palavras*, sem usar pontuação alguma, numa prosa em fluxo contínuo marcada por cortes bruscos de assunto (inclusive graficamente na página), em uma forma de autoterapia pela escrita. Os leitores são avisados que ou criam uma empatia na leitura, ou, diz-nos o escritor, é melhor "desligar", da mesma forma que os livros, entre o convite e a recusa aos leitores, terminam questionando-se até porque foram escritos. Esses textos são os relatos doloridos do passado: a vida em Juiz de Fora, os traumas escolares, as brigas, sempre mesclando passado e presente e sempre manifestando suas dúvidas em relação ao que escreve, ao porquê e para quê escrever. Assim, ele lerá esses livros, em autocrítica posterior, como me disse:

> *Hoje, quando eu olho para trás e vejo essa opção por uma escrita sem ordem lógica, além de outras explicações, eu acho que boa parte dos conteúdos eram tão proibidos, inclusive para mim mesmo, que eu preferia escondê-los através do caldo das palavras, e isto, na realidade, embora inconsciente, tinha um sentido político, porque alguns desses livros foram escritos na época da ditadura, outros foram escritos em época de repressão sexual, de alta repressão, então eu não poderia revelar. Mas essa é uma observação que eu só faço agora, à distância, na época eu achava que era só estética, mas talvez eles tenham mesmo mais um caráter de catarse do que de estética.*

Recorro, mais uma vez ao estudo de Flora Sussekind (1985, p. 66), quando destaca os textos que escapavam à tônica "neonaturalista" dominante na época: "A literatura-verdade, com suas certezas, pode falar de abismos, mas jamais se debruça demasiadamente sobre eles". (Dentre os textos que escapariam a esse modelo, Flora cita *Hospício é Deus* e *O sofredor do ver* (1968), de Maura Lopes Cançado, o diário de Engenho de Dentro de Torquato Neto, *Saudades de Copacabana* de Sérgio Santeiro e os romances *Armadilha para Lamartine*, de Carlos Sussekind (1975) e *Quatro Olhos*, de Renato Pompeu.

Medo e Abismos. Os títulos de Goldberg: *Monólogo do Medo* e *Memórias do Abismo* (ambos de 1972), indicam que o escritor *se debruça demasiadamente sobre eles*, de tal modo que se tornam quase ilegíveis para o leitor. Nesse início dos anos 70, Goldberg "se utiliza terapeuticamente das letras" (na expressão que Flora Sussekind usa para definir a tônica que será dominante na literatura apenas em início dos anos 1980, após a voga dos depoimentos políticos e do "tom biográfico-geracional da poesia marginal"). Em Jacob, é sempre a expressão tensionada ao limite, de tal modo que grande parte desses textos não concede em nenhum momento em prol da comunicabilidade. Assim, o "neonaturalismo" que buscava "atenuar a experiência cotidiana da contradição e da fratura", como diz Flora, é o oposto do que aparece nos livros de Goldberg, que são bem a auto exposição da fratura e da contradição intermitentes.

Para compreender a relação saúde e doença na literatura de Jacob, recorro a Gilles Deleuze quando diz que "A literatura é uma saúde":

> "Não se escreve com as próprias neuroses. A neurose, a psicose não são passagens de vida, mas estados em que se cai quando o processo é interrompido, impedido, colmatado. (...) Por isso o escritor, enquanto tal, não é doente, mas antes médico, médico de si próprio

e do mundo. O mundo é o conjunto dos sintomas cuja doença se confunde com o homem. A literatura aparece, então, como um empreendimento de saúde" (Deleuze, 1997, p. 13-14).

Os textos de Goldberg desse período ficam nessa fronteira entre a catarse da terapia e o delírio da saúde poética. Nos textos destes três livros, a loucura pessoal, coletiva, histórica, social, linguística, mística, psicológica é tematizada como assunto, a começar pela loucura de Deus (chamado de "Deus esquizofrênico oligofrênico neuropata psicopata"; ou quando pergunta: "Quem foi o poeta americano que disse: Se perdoardes Senhor todos os pequenos pecados que cometi lhe perdoarei o único e grande pecado que cometestes contra mim..." ("Morreu o engenheiro do 6º andar", de *Memórias do Abismo*) , a loucura do homem que desobedece a Deus, a loucura nos corredores dos hospitais, a morte como a única realidade que se faz questão de ignorar, a loucura inquirida pela psicanálise, a loucura de quem se sente obrigado a escrever mesmo não querendo. Do mesmo modo, pode-se ler como "louca", a forma disforme como lemos em "Que forma onde está aonde a forma?" (em "O que é que está acontecendo agora", de *Memórias do Abismo*) de uma escrita que gostaria de romper com a sintaxe, proclamando as letras soltas e impávidas na página, testemunho liberto de quaisquer regras, inclusive as literárias. Uma escrita que se constrói para apontar a "estética da crueldade", através de textos que não são apaziguadores e que expõem a consciência dessa dificuldade.

Assim, no texto "Segunda noite de amargura" (em *Segunda Madrugada*), que termina dizendo: "Isso é conversa de louco. Mas é uma afirmação. E tem a força, bem, tem a força de uma decisão", ou quando diz escrever "Num ritmo de loucura, / Os abismos e saltos do teu eu" ("Anjo Levi vem me salvar", de *Segunda Madrugada*).

Ocorre que a radicalização dessa proposta, mais do que aproximar, afastou seus possíveis leitores. O que ele ouvia frequentemente como resposta era invariavelmente o juízo do "isto não é poesia", como se percebe nas reações que ele incorpora e reproduz em seus próprios escritos, sem deixar de fazer a crítica destas:

> "eu preciso tomar cuidado com a forma gráfica que está saindo porque ontem já uma moça me perguntou de maneira meio esquisita
> isto que você faz não é
> poesia.
> Não não é não você acha que eu sou tão louco assim de escrever poesia?..."
> ("O homem de cigarro na mão", *Memórias do Abismo*)

E nesse outro:

> "Você escreva LINEARMENTE, claramente, de forma que qualquer imbecil possa entender"
> ("Dois e meio marcianos", *Memórias do Abismo*)

E ainda:

> "pareceu-me um amontoado de palavras, sem nexo e sem sentido; 'é um trabalho ilógico, devia até ser proibido'; 'estou decepcionado, comprei o livro esperando respostas e estou agora, mais confuso do que antes'. Eu também meu filho, eu também"
> ("Auto Elogio. Compre Quem Quiser", *Memórias do Abismo*)

Ou, então, as sugestões dos leitores:

> "Olha se você separasse os textos por impressões de idade ficaria mais fácil de entender e atingiria um público maior"

Mas como separar aquilo que está junto somado acumulado interpenetrado possuído numa só redoma de louca paixão loucos sentimentos desame e tudo fica mais fácil
Seja honesto e verdadeiro mas
Sem idealização e aí o que sobra senão as mentiras dos arranjos dos óculos embaçados
("Visão da Janela, *Monólogo do Medo*)

A crítica às "mentiras dos arranjos" voltará a aparecer nos livros posteriores, nos quais, cada vez mais, irá defender a escrita como um ato de "soltura", como anunciava nesse texto:

ESCREVA COM CLAREZA
essa mania de ajuntar palavras, sem sentido, dificulta muito o entendimento da linguagem.
É preciso dizer as coisas com clareza.
A MANIFESTAÇÃO DE CLAREZA deve ser feita nos arrazoados jurídicos e nos diagnósticos médicos e nos relatórios dos acidentes rodoviários.
AGORA QUANTO AO MAIS,
Não existe mais nada a ser esclarecido quanto ao segredo da vida.
Que está nos peixes.
("Segredo", *O Dia em que Deus viajou*, 1974)

## Segunda Madrugada, 1971

*Segunda Madrugada* foi o começo, no que eu escrevia, de uma nova jornada. [...] A vida (sem adjetivos) numa certa curva disse: vai e escreve como homem, e começamos a tentar.
(JPG, "Outra explicação", *Monólogo do Medo*)

Em *Segunda Madrugada*, ele diz, no prefácio "Tentativa de explicação":

> "O início da colonização e da conquista dos corpos celestes, nos apanha, inteiramente, sem condições subjetivas para a empreitada da conquista, esta sim, muito mais importante e decisiva, de nossa condenação ao existir."

Para essa conquista, diz ele, é preciso operar uma "ruptura consciente da forma". O livro reúne cinquenta e dois textos, a maior parte em prosa poética, prosa em fluxo contínuo, e outros em forma de poema. O livro abre com uma citação de Jean-Luc Godard: "Os romancistas... Nunca analisaram a linha narrativa. Por quem foi inventada? Para quem e contra quem?". E outra de Samuel Beckett, que indica a situação de um sujeito poético encurralado: "Onde estou, eu não sei, nunca vou saber, no silêncio nunca se sabe; é preciso continuar, eu não posso continuar, eu vou continuar".

Nos textos em prosa poética não há linha narrativa, em conformidade com a proposta de Godard, mas uma sequência de afirmações, indagações, vozes e estórias díspares, que se misturam e se confundem. A leitura é difícil, provavelmente pela autoexposição impiedosa da subjetividade e pela ausência de limites separando ficção de biografia, terapia e confissão, acentuada, inclusive, pelo ritmo contínuo em um texto sem pontuação, que obriga os leitores a seguirem o fluxo antinarrativo sem descanso.

O último texto do livro "E começa tudo outra vez..." mostra que o tema central é a "danação do inferno", que tem como espaço privilegiado os quartos de hospitais e apela a um Deus-médico, também ele aterrorizador: "Eh, Deus do corte cirúrgico que abre e fecha e despedaça". Os textos mudam de assunto a cada parágrafo, assim como aparecem em cortes gráficos nas páginas. Sucedem-se cenas de hospital, cadáveres e preces.

Na leitura integral dos textos, alguns trechos se destacam com mais força, manifestando o absurdo da condição humana, um dos temas mais fortes e definidores de sua escrita no período (Goldberg, 1975, p. 105).

## A recepção a Segunda Madrugada

A recepção a esse livro confirma sua estranheza, a começar pela indefinição de gênero: o livro ora é chamado de romance (por Luis Reis Severino que, em "Duas Palavras de Apresentação"), ora de "antiromance". Já Hélio Fernandes, em resenha publicada na *Tribuna da Imprensa*, de Ribeirão Preto, em 6 dezembro de 1971, considera-o um livro de poesia. Luiz Martins, em crônica em *O Estado de São Paulo*, dá destaque ao poeta que escreve "uma prosa nada prosaica":

> "Um livro bem estranho e certamente nada vulgar, que abre novas perspectivas à poesia, presente em todas as páginas, mesmo nas escritas em prosa – uma prosa nada prosaica, se assim me posso exprimir. Quanto a mim, confesso que prefiro os poemas propriamente ditos, pois *Segunda Madrugada* me convenceu de que o seu autor é principalmente poeta.[12]

Ao final, Martins transcreve o poema em prosa "Conversa de dois mortos", qualificando-o como "impressionante e grave". Importa anotar o que escreve Goldberg, muito tempo depois, em texto de 1997, comentando a leitura de Luiz Martins:

12. L. Martins, "Crônica: Segunda Madrugada", *O Estado de São Paulo*, 7 janeiro de 1972.

quando publiquei *Segunda Madrugada*, Luiz Martins, o cronista L.M., escreveu em *O Estado de São Paulo* um comentário sublinhando certos versos de forma elogiosa. Acontece que estes versos, antes da edição, eu havia retirado, literalmente, da lata de lixo e, por preguiça de escrever outros resolvera editá-los. A palavra hebraica *pardes* significa pomar. Mas também é uma sigla de quatro letras representando quatro níveis de leitura de um texto: literal, analítico, simbólico e "sod" – secreto. Quero imaginar que para o próprio escritor este último significado lhe seja defeso e aberto para certos leitores.
(JPG, *Judaísmos*, Ético e não Étnico, 1997)

De *Segunda Madrugada* destaco dois poemas: "O que me diz respeito" e "Maioridade", e também os poemas "A mulher amada" e "Fala o silêncio". Destaco também o breve texto em tom de parábola, "Uma viagem e um bilhete ", que conta a chegada de Deus em Recife, em um jato da Varig. O poema "Fala o silêncio" proclama estarem "mudos os muros do mundo". Imagem esta que Goldberg irá comentar vinte anos depois em seu livro *A Ógea e a Calhandra*:

> "Na altura de 1960, publiquei num livro: 'Estão mudos os muros do mundo'. Só trinta anos depois, ao ler em Susanô-no-Mikoto que 'as nuvens se assemelham a muros', compreendi o que havia escrito antes. Não era um protesto contra o silêncio do Mundo, era contra o silêncio do Céu."

## Monólogo do Medo e Memórias do Abismo, 1972

*Monólogo do Medo* reúne cinquenta e seus textos. *Memórias do Abismo* contém quarenta e quatro textos. É um livro sem índice, como anuncia na primeira página, e é composto de duas partes ou dois "monólogos" (o primeiro, "do aparente bom-senso" e o segundo, "do aparente mau-senso"). Nos dois primeiros textos, "Auto-elogio. Compre quem quiser" e "Vamos afinizar? Dá pra ligar?", o escritor convoca os leitores e ao mesmo tempo os provoca. Quanto à forma de sua escrita, indaga:

> Que forma onde está onde a forma?
> Nos campos de arroz bombardeados nas narinas das meninas de lágrimas nas orações vomitadas nos ônibus atravancados nos jornais mentirosos nas trombadas das esquinas na prisão hospício avenida de luzes apagadas e pequenos deslizes?
> ("O que é que está acontecendo agora?")

Nesse trecho, é relevante o modo como J. responde à possível acusação de ausência de preocupação formal através de imagens que mostram que a forma só pode aparecer como forma rompida, fraturada e ferida em seus textos desse período.

O texto "Meu papel no filme da minha vida" compõe um roteiro de cinema, lembrando, novamente, a prescrição da não-narrativa de Godard, pois mescla cenas, reflexões, monólogo interior, monólogos de "bom senso" e de "mau-senso", cenas do filme que assistia quando garoto e cenas do filme da sua vida. Em outros textos, ele mistura referências ao Yom Kipur, comentários a Kafka, diálogo com o filho, sempre com várias vozes expostas em um mesmo texto. O título "O que é que está acontecendo agora" revela o modo de composição, ou seja, o registro imediato do que *acontece agora* com técnica da livre associação e da escrita automática.

Muitos textos têm a forma de sonhos e pesadelos, com suas condensações e deslocamentos violentos, que os fazem uma espécie de narrativa do absurdo. Outro título revelador do seu processo de escrita é "Tenho que contar tudo", pois é isso mesmo que ele faz, eliminando ao máximo a censura, ao revelar tanto as reações contrárias como a resistência; quer dizer, quanto mais havia censura lá fora, na rua, mais abertura aqui dentro. No espaço em branco do papel, o escritor buscava liberar-se em livros que têm o caráter de diários de prisão ("Na prisão", inclusive, é o título de um texto desse livro) ou diários hospitalares.

O texto "As palmas neste disco e a espera no pronto-socorro" fala de cenas das filas no Pronto-Socorro junto com a lembrança do nazista Eichmann e seu famoso processo analisado por Hannah Arendt, e mistura cenas, tempos e vozes para falar da doença humana. E um dos últimos textos do livro, "Fim do Primeiro Tempo", que diz:

> Vou-me embora vou-me embora até chegar na cantiga de roda vou embaraçar os pés do demo e tentar ajudar a derrubar a peste que vai desde o forno de
>
> Dachau até as fogueiras da Santa Inquisição desde a batalha ganha por Roma até os sagrados conhecimentos das pitonisas cujo destino um dia quem vai escrever
> vamos ser os outros.

Por último, vale notar uma situação de antecipação biográfica em relação a um texto desse livro. No texto "Estão compondo o livro", há um trecho perdido em meio ao turbilhão das frases, que diz assim:

> "Mas o que eu queria era uma frase e não uma viagem eu te compreendo eu te compreendo bem meu filho
> Mas quem disse a frase sofria de diabete do coração e tinha colesterol e devia fazer regime e seu filho era médico e *disse deixa ele comer*

*porque vai morrer de qualquer jeito e gostava muito de empadinha e comeu uma empadinha e morreu doce e suavemente será será será que alguém morre doce e suavemente" (grifo meu)*

Em conversa com J., ele me relatou o modo como seu pai veio a falecer:

> *– Meu pai: um dia de manhã, num sábado, ele vai comer uma coxinha e cai morto por sufocação. Eu contei isso uma vez para uma amiga que tempos depois encontra esse livro num sebo, o* Memórias do Abismo, *e lê esse texto, escrito uns dez anos antes da morte de meu pai com essa frase que fala num sujeito que morre desse mesmo modo. Vai entender. O que é a condição humana, não?*

## Viagens e Iluminações (1974 a 1975)

Na terceira face, em meados dos anos 1970, depois do turbilhão dos livros anteriores, J. publica *O dia em que Deus viajou – Histórias curtas, mas sem sentido* (1974), que permite uma melhor entrada dos leitores, como se percebe pela recepção positiva que teve, enquanto os anteriores dificultavam ao máximo esse contato. Em linha semelhante, segue-se *Cidade dos Sinos* (1975), com acento maior no aspecto místico, unindo a influência do judaísmo à do zen budismo. Nesses anos, Goldberg trabalha ativamente no "Laboratório de Literatura". Além desses livros especificamente literários, J. escreve *Comunicação e Cultura de Massa* (1972), composto de uma reunião de artigos, e publica o texto *O Problema do Excepcional*, transcrição de uma conferência na Apae (1974). Os livros que comento a seguir distinguem-se dos anteriores, apesar da pouca distância temporal, pela mudança de tom e de forma, pois o que havia de dilacerado e angustiado ao extremo nos três livros anteriores, agora aparece em uma dicção mais tranquila,. Nos dois livros, a maioria dos textos é em prosa poética; algumas crônicas e contos breves.



### *O Dia em que Deus Viajou – Histórias curtas mas sem sentido*, 1974

*O Dia em que Deus Viajou* compõe-se de cinquenta e cinco textos e é dedicado a seus pais. O texto de abertura diz:

> Vim da Terra do Nada para o País
> de Ninguém, num barco de papel.
> Este livro foi o meu guia turístico de viagem.

O livro é escrito sob o signo da viagem, título também de um dos textos que explicitam a sua proposta: "O que o leitor vai conhecer neste trabalho, é o fruto de uma sucessão de viagens que comecei a empreender, faz, aproximadamente, um ano". Essas viagens aproximam-se da experiência de um *insight* ou do "satori" oriental, marcando o contato do escritor com o zen-budismo, escrevendo "iluminações" (e o livro é mesmo cheio de luzes que acendem e apagam).

A cidade e o automóvel estão presentes em cada página. O ritmo desenfreado da metrópole faz-se sentir no ritmo das frases ininterruptas dessas "Histórias curtas mas sem sentido", como indica o subtítulo. Depois, há os textos que podemos chamar de místicos como "Visita" "Viagem" e "Conexão". Alguns são escritos como fábulas, ("A Cidade da luz eterna" e "A Gargalhada de Deus", e os que se intitulam "Felízmetro" e "Fábula").

## Cidade dos Sinos, 1975

O livro traz cinquenta e três textos divididos em três partes. Na primeira, o foco é o "País da Insônia" e sua capital a "cidade dos sinos", país imaginário, descrito ora como o pesadelo de um país "sem história", "sem crianças", onde desfilam "milhões de angústias", ora como espaço para a utopia e a anarquia com o mote da bandeira ("A lei salva / o espírito anarquiza"). A parte segunda, tem como tema os indígenas e a América (já prenúncio do livro que virá posteriormente) e vários artigos sobre a presença judaica na literatura e na história brasileira. Na parte terceira, o tema é o absurdo, com a transcrição do diálogo do autor com Ely V. Lanes.

Não há poemas, apenas textos em prosa, como o que relata a presença de Deus nos dias de hoje fazendo psicoterapia de grupo para curar a depressão, o Deus insone. Aqui também está presente o texto em prosa "Anais da História" que versa sobre "o que é a poesia" e que mais tarde, quando republicado em jornais, ganhará outros títulos. Como prefácio, *Cidade dos Sinos* traz uma entrevista realizada por Luthero Maynard Araújo, que assim apresenta Goldberg:

> Apresentação sumária:
>
> Jacob Pinheiro Goldberg – JPG –; 41 anos; paulistano de Juiz de Fora, homem e escritor judeu-brasileiro-indo-americano, vizinho do Absurdo, egresso da Cidade dos Sinos ("A Lei salva, o Espírito anarquiza"), reprovado no ginásio por não saber a extensão da Estrada de Ferro Madeira-Mamoré (continua sem saber, a estrada desapareceu), descendente de Antonio "o Judeu" José da Silva, Branca Dias, Isaac Aboab da Fonseca, Machu Pichu, *Macunaíma* e *Serafim Ponte Grande*. Trabalhador da palavra.

Nessa entrevista, Goldberg revela o modo como pensa a literatura, invertendo a concepção habitual. Para ele, a literatura não seria o espaço do fingimento do "jogo de máscaras", nem da "representação", mas uma forma de "entrega total":

> A literatura é a forma das pessoas se comunicarem sem o jogo de máscaras. É uma entrega total e permanente. No cinema, teatro e tv a gente representa. Na literatura a mistificação é logo percebida pelo leitor. Não adianta você tentar vender uma imagem que não é a sua.

Ele também diz:

> Hoje procuro, através da literatura, o entendimento com o "outro". Ela é uma manifestação de minha violência, da violência contra a inércia. Escrevo como fruto de um conflito. (Pausa). Depois sinto uma tranquilidade que é, talvez, a tranquilidade que o sádico sente depois do golpe certeiro.

## O Laboratório de Literatura, 1975

Em meados dos anos 1970, a convite de Pietro Maria Bardi, Jacob cria o Laboratório de Literatura, no MASP, atuante por dois anos. Essa experiência levou à criação de "Laboratórios de Sensibilização e Criatividade", implantados em algumas faculdades de Letras do interior paulista.

Em agosto de 1974, Goldberg funda o "Museu de Literatura Monteiro Lobato", na cidade de Monteiro Lobato.

A ideia do laboratório era realizar "experiências vivenciais coletivas em torno da arte" (JPG, entrevista a Helena Marques, publicada em *Memórias do Abismo*). Os encontros são chamados "sessões", a partir de técnicas da psicoterapia. Em um dos laboratórios, foi criado o Prêmio Carlos Drummond de Andrade, oferecido a alguns participantes. Essa atividade está registrada no livro de Ely Vietes Lanes, *Perspectivas da Literatura segundo Goldberg* (1975). O livro traz uma série de entrevistas com Goldberg, que fala sobre vários escritores, sobretudo Sartre, André Malraux, Kafka, Jorge Luís Borges e Brecht. Na introdução, ela analisa alguns dos livros publicados de Goldberg até o momento, e seu estudo constitui o trabalho de maior extensão sobre a literatura de Goldberg daqueles anos.

No laboratório, busca-se vivenciar os processos diretos de literatura, sem uma ordem ou tema preestabelecidos – só é possível fazer dele uma "antiteoria" diz Goldberg, e a ideia básica é a de se afastar o mais possível da prática de um curso formal de literatura, por isso, também, o nome "Laboratório" para assinalar tratar-se de um "anticurso", mais próximo de um *happening*, um acontecimento literário de portas abertas, e sempre partindo da ampliação do campo do literário na vida:

> Quanto mais depressa o participante souber que ele faz literatura sempre e em todo tempo, na medida em que ele impõe um crivo relativo para este conceito, o trabalho desenrola-se mais espontaneamente. Tomar um bilhete [ou] examinar a gravação de um texto de um telefonema, para ser discutido em termos de criação literária pode perfeitamente desencadear aspectos sedutores para o desenvolvimento do trabalho. Enfim, não admitir os compartimentos estanques que separam a arte da vida; pelo contrário, tentar promover a sua furiosa conjunção, que deverá ser tanto mais carnal quanto mais carnal deve ser a literatura.
> (JPG apud Lanes, *Perspectivas da literatura...*, 1975, p.81)

O Laboratório defende uma arte que surge do depoimento: "O gravador, o microfone, a criação feita em comum, na frente do outro, apresenta riscos quase insuperáveis. Na realidade, o depoimento feito diretamente, sem preparação nenhuma é um convite ao desconhecido." (idem, p.41). É o que Jacob chama de "a Obra da Multidão".

> Por que não usar como um dos recursos de complementação das sessões do Laboratório de Literatura, a gravação de conversas que lembrariam o chamado romance-verdade ou cinema-verdade? [...] Gravar perguntas e respostas, observações esparsas em veículos coletivos, em filas de ônibus, em feiras livres e trazer depois estas gravações para serem discutidas no Laboratório? (idem. p. 85).

É o que ele chama também de "Literatura coletivizada": "Fazer a obra de arte, escrever a quatro mãos, a oito mãos" ou "Escrever refletindo sentimentos e aspirações de grupos", e propondo a leitura de livros em auditórios, a recriação e a audição antes da publicação: "[...] fazer e refazer o livro, até que ele não seja mais produto unicamente individual e egoístico de uma mente ou duas, mas o produto elaborado de toda a aspiração de todo o sentimento de um grupo social" (idem, p. 24).

## Canto Indo-Americano e o livro infantil (1975 a 1979)

Na segunda metade dos anos 1970, surgem dois novos tipos de produção textual: as poesias indo-americanas com a composição de *Cantata para o Brasil* (1975; 2ª ed.,1978), série de poemas depois incluída no volume *Indo-Amérika* (1976) com poemas dedicados a todo o continente. Este livro voltará a ser publicado, em 1992, com o subtítulo *Jamo Panka Pixipre Jamo*, que na língua aché dos indígenas do Paraguai significa "aquele que cai nas garras do jaguar, tem que ser jaguar". Trata-se do registro poético realizado a partir de uma ampla pesquisa sobre a história do continente americano, inspirando-se no conceito de "Indoamérica" proposto por Victor Raúl Haya de la Torre, fundador, em 1924, do partido peruano APRA (Acción Popular Revolucionária Americana). J. também escreve e publica seu primeiro e único livro infanto-juvenil, *Maneco Nheco-Nheco* (1979; 2ª ed., 1986).

### O Feitiço da Amérika 1976/1992

Goldberg escreve *Cantata para o Brasil* (1975) e *Indo-Amerika* (1976), depois reunidos em um só volume e reeditados, em 1992, com o título *O Feitiço da Amérika*. Na edição de 1992, os poemas de Goldberg são comentados por Oscar d'Ambrósio, argentino radicado no Brasil, jornalista, crítico literário e professor de linguística, que expõe o significado simbólico das imagens nos poemas. O livro inicia-se com a seguinte epígrafe, que dá a importância do tom geral de sua elaboração:

> Ao contrário do que se concebe, a verdadeira maravilha,
> o Espanto, o Escândalo, o Encanto são filhos do Desterro
> e não do Encontro.
>
> Por isto, para mim, mergulhar nos fantasmas da Amérika e
> adivinhar suas palavras mortas foi também um
> re-Encontro com o Desencanto

O canto à América é escrito como desencanto no contato com civilizações destruídas por implicar o reencontro com "suas palavras mortas". Ao mesmo tempo em que descortinam a violência, os poemas também celebram a beleza e maravilha das culturas e línguas indígenas. O poema "Em Hokan-Coahuiltecan" é um canto em 13 estrofes, e começa com o seguinte relato:

> Antes dos espanhóis e de Portugal, havia um mundo nas terras da Amérika. As nossas palavras e a nossa mente não podem traduzi-lo. Mas podem chorar por ele. Este mundo tinha, em 1492, entre 2.000 e 2.200 línguas faladas. Choremos e oremos. Estão mortas como os desertos costeiros do Peru e do Chile. Mas uivam nas lembranças como os povos que riram, sonharam, caçaram, amaram e foram traídos.

Oscar D'Ambrosio associa o poeta à figura do xamã: "O poema torna-se então a voz de um xamã, de um intermediário que procura transmitir ao leitor do século XX a vivência do continente há quinhentos anos". Ele também alude à noção de serem textos que compõem "fragmentos caleidoscópicos". São, assim, poemas que choram e oram, como diz o poema Amerika: "não são sinos de finados, / são sinos de alerta que eu ouço/ no assobio da invocação".

O livro é composto por setenta e sete poemas, a maioria de até dez ou mais estrofes, ao lado de outros curtos. Destes, trinta e oito poemas são dedicados ao continente americano, citados em ordem alfabética – Antigua e Barbuda, Argentina, Bahamas, Barbados, Belize, Bolívia, Brasil, Canadá, Chile, Colômbia, Costa Rica, Cuba, Dominica, El Salvador, Equador, Guatemala, Guiana, Haiti, Honduras, Jamaica, México, Nicarágua, Panamá, Paraguai, Peru, República Dominicana, Santa Lucia, São Cristóvão e Nevis, São Vicente e Granadinas, Suriname, Trinidad e Tobago, United States of America, Uruguai, Venezuela, Pelas terras da Amérika, Groenlândia, Guiana Francesa, Porto Rico. Em *Cantata para o Brasil*, que também integra o livro, há trinta e nove poemas que fazem uma viagem pelo país. Em depoimento, disse-me Goldberg:

> *Quando saiu o livro em 1976, ainda no governo militar, a oposição não quis saber por que via com desconfiança esse canto ao Brasil. A situação também não quis saber por que via com desconfiança a defesa da Indoamérica. Então, mais uma vez, eu me coloquei numa situação isolada.*

Em entrevista a Ely Lanes, ele afirmou:

> Tomara que os horizontes sejam abertos de tal maneira, que possamos estabelecer intercâmbios intensos entre a Literatura Brasileira e a Literatura da América Espanhola; possamos entrosar nossa preocupação de entendermos que o colonizador português e o colonizador espanhol realizaram aqui uma obra de violência que tem que ser posta numa catarse cultural absoluta e inteira para que possamos ser entendidos pela dor e pelo sofrimento dos outros povos (JPG *apud* Lanes, p.26).

## Recepção a Indoamerika

Gilberto Mansur, no artigo "Poesias em portunhol e dialeto indígena", publicado em 1976, comenta o desconhecimento do destino latino-americano no Brasil, e diz:

> "Mas essa marca de pioneirismo é apenas uma das qualidades de *Indoamerika*. E não é a maior. A força dos versos – trazendo ecos e rastros de grandes poetas hispano-americanos, Pablo Neruda, Nicolas Guillén, Cesar Vallejo ou mesmo do brasileiro Ferreira Gullar – envolve e aprisiona o leitor mais insensível. Como nesta "Cantata para o Panamá": "vamos acremar el banano / ya que vale tan poco. / Vale, vale muito, / vale sangue, / vale ouro, / vale, vale..." Ou, nesta outra, para o Haiti: "No túmulo do tonton-macoute / corre o Rio Artibonite, / corre o Rio Trois, / e suas águas não levam a perfídia, / não lavam

a raiva, / os ritos de dor, os ritos de desamor, / da loucura tropical" (Mansur, 1976).

Radhá Abramo anota, na coluna que escrevia para o jornal *Folha de São Paulo*: "Maria Inez Mimeo, com sua letrinha miúda, me escreve a propósito do livro *Cantata para o Brasil*, de Jacob Pinheiro Goldberg, afirmando que não entende como um livro importante, como esse e outros do mesmo autor, não tem a divulgação que merece.[13]

O artigo "As veias poéticas da América", de Jorge Leão Teixeira, na *Revista Problemas Brasileiros*, em 1992, comenta os "versos viajores, que percorrem as três Américas e todos os Brasis":

> Alguns desses poemas são autênticos haicais de sabor tropical, capitosos ou rascantes como o sumo das frutas dos lugares que descrevem. [...] Estar preso nas garras do jaguar equivale a render-se incondicionalmente às raízes telúricas e culturais do continente, o que exige uma opção corajosa e que raramente tem sido feita pelo homem americano, o qual não parece disposto a imitar aquele caçador de onças, personagem de *Meu tio o Iauaretê*, de Guimarães Rosa, que acaba se transformando num bicho-homem, meio gente e meio onça... Mas *O feitiço da Amérika* não é apenas um livro-jaguar. É também um livro ímpar, que resgata a dívida pendente com um mundo que precisa ser redescoberto [...].[14]

Em 2013, o livro foi tema de dissertação de mestrado de Aline de Moraes Pernambuco, na Universidade Federal de Juiz de Fora, orientada pelo professor Gilvan Procópio Ferreira.

---

13. R. Abramo, nota no Suplemento Mulher, *Folha de São Paulo*, 16 de dezembro de 1984.
14. J. L. Teixeira. "As veias poéticas da América", São Paulo: *Revista Problemas Brasileiros*, maio/junho de 1992, p.14.

## Maneco Nheco-Nheco, 1979-1986

Em 1979, Jacob publica o livro infanto-juvenil *Maneco Nheco-Nheco*, relançado em 1986. Na contracapa, lemos, divertidamente:

> Um livro de adulto sobre criança? Não.
> Um livro infantil para adulto? Não.
> Um livro de criança sobre criança? Não.
> Um livro de adulto sobre adulto? Não, não. Que confusão.
> O Maneco tá pensando... Eu, hein?
> Vão acabar achando que é um livro de Monlato Labeiro. Ou será que é Labeiro Montado?
> Ah, não. Quem pode escrever livro infantil mesmo é aquela francesa Gata Cristi ou é a Gata Borralheira.
> Não essa é a outra... Ih... É melhor eu parar de pensar senão acabam dizendo que é um livro psicodélico, quer dizer, psicológico e aí são capazes de dizer...
> Escrivido pelo
> Janeco, quer dizer, Macob, ah... deixa pra lá!

O livro é composto de doze estórias que mostram o pensamento da criança num fluxo verbal repleto de jogos de palavras como pequenas "confusões" de um menino que está aprendendo a pensar e a decodificar o mundo. Disse-me Jacob:

> *Sobre o Maneco, eu recebi centenas de cartas de crianças do Brasil todo brigando com o Maneco. Até hoje as crianças ficam impressionadas, como o Flávio meu filho, que diz que o Maneco é burro.*

No fluxo contínuo da fala de Maneco, que engata uma ideia na outra por associação de palavras, vão aparecendo as personagens de seu mundo: o pai, a mãe, os bichos no galinheiro, a dona Rita, colega de sua mãe, a professora, o médico Dr. Celso, o amigo Tulinho, a empregada Maria, o louro Chico – na tentativa de escrever segundo a lógica do pensamento infantil.

Assim, na estória "Maneco vê o vento azul", a percepção da criança quando vê a mãe e a empregada fazendo a "arrumação geral" que, para ele, corresponde à "desarrumação geral": "Porque, na verdade, elas tiram os meus brinquedos e as revistinhas do lugar e eu tenho que arrumar tudo de novo". Ou a cena do louro que tem olho grande: "Porque eu acho que com olho grande, dá prá ver tudo, até Deus, se fizer muita ginástica de olhar, que a gente grande não faz".

## O psicólogo e o escritor (década de 1980)

Na década de 1970, Goldberg publica onze livros, sendo cinco de literatura, intimamente ligada, nessa época, à psicanálise, juntamente com as poesias indo-americanas e o livro infanto-juvenil. Em 1970, Goldberg apresenta-se candidato à Academia Brasileira de Letras, na vaga de Álvaro Lins, pela cadeira número 17, sendo o primeiro candidato judeu a concorrer e o mais jovem candidato. João Cabral de Melo Neto, então na Embaixada brasileira no Paraguai, escreve um bilhete, datado de 28 de agosto de 1970, dizendo: "Sua eleição significará, sem dúvida, um enriquecimento para a Academia". Sua plataforma era: "transformar a Academia numa das entidades promotoras da literatura, principalmente junto aos universitários, organizando debates e usando até a rádio e a televisão." Luiz Martins escreve uma nota sobre preconceito na ABL, dando a entender que não votavam em um candidato judeu. Jacob volta a se candidatar em 1979, para a cadeira nº 32, do jornalista Elmano Cardim. Dessa vez, apresenta-se como anticandidato e se recusa a cumprir o ritual das visitas, propondo pelos jornais outro conceito e prática de Academia:

> Não vou cumprir um ritual que considero ultrapassado e sem sentido. Tinha sentido no tempo de Machado de Assis, hoje não. Acredito que uma eleição dessas deveria orientar-se por outros critérios (...) A Academia Brasileira de Letras, ao contrário, lembra muito mais um clube de amigos, não obstante eu tenha amigos lá e com grandes qualificações. (...) A Academia deveria ser um centro de ativação cultural, com experiências que, por exemplo, ensinassem a juventude brasileira a escrever e, consequentemente, a pensar. Poderia para isso utilizar fórmulas novas, condutos modernos de informação, de forma prática e culturalmente objetiva.[15]

Na década de 1980, o escritor Goldberg dá lugar ao psicólogo que atua na clínica e na mídia, escrevendo em jornais, falando na rádio e na TV. Ele publica *Psicologia e Reflexões do Inconsciente* (1978b) e *Psicoterapia e Psicologia* (1979), que mesclam textos de caráter dissertativo e textos poéticos. Os temas passam pelo campo do direito, da psicologia, do serviço social e da literatura:

> Desrespeitei, propositadamente, a fronteira fictícia que pretende separar a ficção da ciência. Depois de Freud e Einstein, *nada é mais ficcional que a realidade. Nada mais real que a ficção.* Com ambas temos que conviver na sociedade baseada na moral da solidariedade, no Direito das gentes, na Psicologia do Absoluto e não no caos e no medo. ("Duas Palavras", em *Psicologia e Reflexões do Inconsciente*, 1978).

15. J. P. Goldberg, entrevista ao jornal *O Estado de São Paulo*, 11 de maio de 1979 (arquivo do autor).

Nos anos 1980, Jacob escreve sobretudo artigos e crônicas. É o período em que ele retoma uma atividade jornalística intensa. Dando aulas e palestras, escrevendo artigos, participando de programas televisivos, Jacob alcança popularidade e sucesso como psicólogo, contrastando com a menor visibilidade de sua literatura, que precede e se desenvolve nesse contexto de atuações.

Durante dois anos, ele mantém uma coluna bissemanal no jornal O *Estado de São Paulo*, colaborando, eventualmente, com artigos e crônicas nos jornais *Folha de São Paulo*, *O Globo* e *Jornal do Brasil* e, semanalmente, no *Correio do Povo*, em Campinas. Goldberg passa a analisar temas do cotidiano social, político e cultural e desenvolve uma intensa atividade como conferencista, apresentando pesquisas e análises sobre o excepcional, o idoso, a criança, a obesidade, a violência etc. Convidado a presidir sessão no XV Congresso de Neurologia, Psiquiatria e Saúde Mental, ele é apontado, juntamente com Thomas Roth, Robert Hoffman e Mano Piñeda, como uma das eminências mundiais em saúde mental. Em 26 de março de 1982, Jacob recebe o título de Cidadão Benemérito de Juiz de Fora. Em 1984, ele defende sua tese de Doutorado em Psicologia, intitulada: *O entendimento psicológico do homem deve ser promovido a partir de sua dimensão peculiar, de seu universo social e espiritual*, publicada em partes em *Psicologia da Agressividade*.

Dentre suas atividades na mídia, destacam-se alguns trabalhos, como o artigo publicado na *Folha de São Paulo*, em 25 de março de 1988, ""O Sadomasoquismo na Economia Brasileira", quando ele levanta a tese de que, no Brasil, o rico trava uma guerra com o pobre, e se cria o "sociodrama sadomasoquista", um texto que começa com a frase: "O rico brasileiro é, antes de tudo, um sádico. O pobre brasileiro é, antes de tudo, um masoquista.". Ou quando ele faz uma análise bastante contundente, criticando os humoristas brasileiros, numa matéria intitulada "Os anti-Carlitos de nossa televisão", ao mostrar de que modo a sátira se volta contra índios, negros, mulatos, mulheres, em caricaturas que prolongam os preconceitos, quando diz: "O genial Chaplin fazia rir, CONTRA as injustiças e os poderosos. Nossos anti-Carlitos fazem rir CONTRA as minorias, os injustiçados, os sofridos".

Ele participa, com Marília Gabriela e Xênia Bier, de um debate inserido na novela *Sétimo Sentido*, na TV Globo, mesclando ficção e realidade e do programa Globo Repórter sobre a morte de Tancredo Neves, intitulado por ele "Somos todos Tancredos". Assim, também, as análises de candidatos políticos, os comentários sobre a morte de Ulisses Guimarães, numa série de artigos na imprensa, entrevistas, programas de TV e rádio.

Em 1986, falece sua mãe, Fanny Goldberg, e, dois anos depois, seu pai, Luiz Goldberg. Jacob volta a publicar poesia em 1989, no livro *Ritual de Clivagem*, que marca efetivamente uma nova fase na sua escrita.

## A Clivagem e a Clave: ponto de virada (1989/1992)

Em 1989, Jacob publica, pela editora Massao Ohno, o livro *Ritual de Clivagem*, que situamos como um ponto de ruptura, dissociando o que veio antes e preparando o que vem a seguir. Esse livro marca uma outra etapa de sua trajetória poética. Em 1992, Jacob publica *A Clave da Morte*, uma reunião de poemas com comentários de Oscar D'Ambrósio. Passo a comentar cada um deles.

### Ritual de Clivagem, 1989

Publicado por Massao Ohno, conhecido editor de poetas à margem do sistema editorial maior no Brasil, *Ritual de Clivagem*, é, em termos editoriais, o livro mais bem realizado de Goldberg em comparação aos anteriores, e, em termos estéticos, o livro que assinala uma mudança na forma de sua poesia.

A capa reproduz parte da tela "Romeu e Julieta", de Siron Franco. Nela, em fundo escuro, preto e roxo, vê-se, no alto, um rosto de perfil estilizado; logo abaixo, um corpo nu deitado de costas com a face voltada para o espectador da tela e, entre o rosto e o corpo, um olho solto na tela do qual emana uma luz roxa; no lado direito, aparece o contorno reconhecível de um relógio. A escolha dessa tela, com o rosto, o corpo e o olho partidos combina com a noção de "clivagem", fragmentação e divisão do título. O livro contém cento e doze textos, sendo apenas três poemas, os restantes em prosa poética e alguns aforismos.

*Ritual de Clivagem* marca um momento de luto, sintetizado na expressão ídiche *Oi vai gewalt*, significando "o quanto dói", título de um dos textos do livro dedicado à sua mãe e no belo "Saudade em dó maior" que, numa passagem, indaga:

> Quanto vale poder, com ombros curvos, olhar para a morte sem lágrimas furtivas nos olhos, encantado, sentindo a aragem de vento e se entregar ao manso sereno do nada?

A morte da mãe em 1986 e dois anos depois a de seu pai levam o escritor a acentuar o cunho autobiográfico, a memória da infância e a reflexão sobre a morte. *Ritual de Clivagem* marca a divisão (clivagem) de um antes e um depois que esse ritual de passagem efetiva:

> Despeço, em nome da surpresa, dúvida, silêncio, este vazio absoluto que delibero no incontestável. Agora tudo terminou. O estatuto singular da luz, o sal derramado, a obra finita no inacabado, os sons inarticulados jamais. Restará para sempre a procura.
> ("Memorial")

Agora, ele encontra uma expressão muito singular nos poemas em prosa, que parece ser a forma mais afim à sua língua porque, neles, ele consegue ser denso e conciso, compondo um texto que concentra imagens insólitas, que são as suas, e que caracterizam propriamente sua língua poética, numa sintaxe também entrecortada, diferente, inabitual, como no seguinte poema:

> Viagem ao longo, ao curto da inexpressão, como a *délivrance* de uma gardênia.
> O sabor de uma trufa, gosto de almíscar ignorado, a respiração angustiada do corte umbilical.
> Nem a família, nem a raça, nem a espécie, nem o sexo, somente, tolamente, a ilusão, duma endeusada paixão pelo nem insólito.
> ("Bem-me-quer, Mal-me-quer")

Seu texto passa a ser lacunar, ganha em elipse, e ganha também em memória. A partir daqui sua infância, o passado, a memória dos pais, a cidadezinha de Juiz de Fora, tudo o que antes aparecia de forma difícil passa a ser visto à distância como o mundo que se procura reencontrar, mas que se sabe para sempre perdido, ganhando outra tonalidade, um efeito de calmaria, um tom mais baixo.

Digamos que, a partir deste livro, as características de seus livros anteriores se acentuam e se depuram. O fragmentário, também presente antes, se acentua, dando lugar a textos-aforismas que vão aparecer de modo mais intenso nos livros posteriores a este. O destaque vai para o biográfico e para a notação de reflexões filosóficas, místicas, psíquicas.

As dúvidas sempre presentes sobre a literatura aparecem de outro modo. Antes, havia uma briga com a estética e com a sua escrita. Tratava-se de um questionamento que chegava às beiras do autodestrutivo ("por que escrevi esse livro? Talvez não houvessse livro algum a ser escrito", dizia ele). Agora, surge uma autorreflexão poética marcada pelo que resolvemos denominar de "Poética do Nem". É em *Ritual de Clivagem* que surgem os poemas em prosa que louvam o "nem" como a não-nomeação do inominável, que continuará a aparecer daqui em diante, como nessa notação, em texto de 2002:

> Uma versão linda da desconstrução do Nome de Deus, na Cabala Judaica, reportada por Martin Buber. O Nem.
> ("Labirintite – Psicologia da Perdição", em *Monólogo a Dois*, 2002)

O "nem", em *Ritual de Clivagem*, une-se à expressão fraturada pela dor da perda, da morte, do irrecuperável. Outro tema relacionado a esse, é a reflexão a respeito da distância entre Deus e o homem e que se manifesta na infinita distância entre o eu e os astros. Os três textos: "A Morte e a Lua e no Espelho", "Saudade em Dó maior" e "Em Busca de Cronos" dão conta deste aspecto em dois movimentos contrários e complementares: de um lado, a perspectiva do homem diante dos astros, percebendo a impossibilidade de um encontro ou espelhamento: a lua é a "fria majestade", e, entre ela e o homem "se contrata eterno descaminho", restando apenas a possibilidade de compor uma "poesia estelar ribombante na proporção do anão" (como dirá no texto "Culto à Fealdade"); de outro lado, a pequenez do homem (a dor do existir) se agiganta frente ao absoluto que não oferece respostas, como nessa forte passagem:

> Quanto vale o cometa Halley, se um murmúrio informa... está doendo... não quero sofrer. Que interessa a trajetória e a circo evolução das estrelas nos espaços siderados, de um deus obcecado pelo canto sedutor das vestais, enquanto murcha uma doída reconciliação, da trama amorosa que nunca existiu?... ("Saudade em dó maior")

Voltaremos a falar detalhadamente desse livro, sobretudo a respeito da noção da "clivagem" no capítulo 4, "Qual eu, Tais Textos".

**A recepção a Ritual de Clivagem**

O livro traz, na contracapa, texto de apresentação de Rodolfo Konder, que ressalta a *divisão, a fragmentação e o estilhaçamento* presentes no ritual de clivagem que ele associa a uma "imagem borgeana", talvez pela presença marcante de espelhos, de imagens estilhaçada e, talvez, mais sutil, mas também presente, a cegueira (a sombra). Em curto texto, "Adeus a Borges e a Fanny", Goldberg esclarece a relação:

> O tema das coincidências estranhas alimentou seus livros. Fanny Goldberg dedicou *Meu caminho sem fim a* Jorge Luís Borges. Ele, de manhã, ela, de tarde, morreram no dia 14 de junho. Ele, cego, ela, perdendo a visão, tinham encontro marcado em Buenos Aires. O destino alterou a combinação. Borges escreveu sobre a arbitrariedade e a privação. Fanny disse que rios de peixes protestam nos lares das águas. Adeus, mãe e Jorge Luís. Até a próxima esquina, no infinito.
> (JPG, "Caderno 2", *O Estado de São Paulo*, 22 de julho de 1986)

Na orelha do livro, texto assinado por Massao Ohno relaciona o livro a um "mergulho kafkiano [que] assume os contornos de uma ópera traumática". Provável alusão à expressão de um mundo a cujo sentido não se tem acesso pelo contato com a morte, lembrando que o livro seguinte a *Ritual de Clivagem* será inteiramente dedicado ao tema e chama-se *A Clave da Morte*.

No *Jornal da Tarde*, é publicada resenha de Oscar D'Ambrosio, "Percorrendo veredas interiores doloridas", que assinala: "*Ritual de*

*Clivagem* é uma cerimônia da fragmentação. Poemas e trechos em prosa são justapostos de modo a proporcionar *flashes* de nítido caráter autobiográfico e, acima de tudo, do estilhaçamento do homem contemporâneo". E a comparação agora é de outra natureza:

> Guardadas as devidas proporções, a obra tem o tom agoniado de Clarice Lispector. Há um clima de estranhamento no mundo que transforma o leitor em um ser igualmente fragmentado. [...] Cada pequeno texto cria um complexo imagético que se assemelha ao efeito caleidoscópico provocado por uma experiência inesquecível. Além do seu mérito intrínseco ao trabalhar com a linguagem, a obra traz em seu bojo um convite implícito ao leitor atento. A única maneira de fluir amplamente os fragmentos é exercer um progressivo ritual de clivagem no ato da leitura. Mais do que nunca o texto de Jacob Goldberg exige um público ativo que veja o poema como o início de um lento processo de preenchimento das próprias lacunas em busca do cristal interior.

### A Clave da Morte (1992)

Três anos depois, Jacob lança *A Clave da Morte* (1992), publicado pela Editora Maltese. O livro reúne poemas breves, aforismos e curtas anotações (grande número delas concentra imagens relativas à sombra). O título *Clave* dá o tom, e define o modo de aparição dos poemas, cada um como se fosse uma breve nota de uma partitura musical. Cada pequeno texto de Goldberg é acompanhado de um comentário de Oscar D'Ambrosio, referenciando as imagens dos poemas, e explicitando o seu simbolismo. O prefácio é assinado por Luiz Carlos Lisboa. Em depoimento, disse-me Goldberg:

*Meu livro* A Clave da Morte *foi escrito para compreender a morte de meus pais. Manifesta uma posição ambígua frente à eternidade. É um livro que fala sobre a arte de se aprender a morrer.*

*A Clave da Morte* compõe, assim, uma *ars moriendi*. O tema, presente nos livros dos anos 1970 com as cenas terríveis nos hospitais, foi por ele desenvolvido nos anos 1980, nas primeiras pesquisas realizadas no país sobre o que o brasileiro pensa da morte. O mesmo tema retorna nos poemas fraturados de *Ritual de Clivagem* com o sofrimento da morte de seus pais, e retorna em *A Clave da Morte* como notas de reflexão. Neles, o judaísmo de Goldberg une-se ao pensamento da filosofia oriental. Já, em *Ritual de Clivagem*, aparecia o seguinte aforisma:

> Foi em Buda e não no Ocidente que numa noite de amargura e desesperança. O Zen, não a dialética. Um sutra, não a parábola. ("Samurai").

## Virada para o século XXI (1997-2002)

Em 1997, Jacob publica *A Ógea e a Calhandra – Fragmentos sobre o susto* (1997) e *Judaísmos – Ético e não étnico* (1997) , ambos publicados pela Sefarad Editorial. Esse é também o momento dos ensaios de final dos anos 1990, nos quais ele mescla o relato médico ao texto ficcional como "Eva será Deus", apresentado em Londres; "Labirintite: Psicologia da Perdição" e o texto "Não me deixe morrer" (transcrito no livro *Aids-Hiv*, do Instituto Emílio Ribas e distribuído na "Marcha do Orgulho Gay" em San Francisco, Califórnia, em 1999). O livro *Monólogo a Dois* (2002) é a reunião de textos dos livros anteriores, acrescido de alguns inéditos, incluindo esses ensaios psicológicos.

## A Ógea e a Calhandra – Fragmentos sobre o susto (1997)

*A Ógea e a Calhandra – Fragmentos sobre o susto* é um dos melhores livros de Goldberg e, infelizmente, um dos piores em termos de realização editorial. Sem revisão, os textos aparecem em letras pequenas demais para a leitura e com pouco espaço entre um e outro, dificultando a leitura. O livro reúne poemas, poemas em prosa, prosa poética, aforismos, frases soltas, rascunhos de poemas, anotações de estudo, comentários sobre outros livros, escritores, cineastas, filmes, chegando ao número de duzentos e cinquenta e oito textos (muitos de uma só frase) em setenta e cinco páginas. A brevidade é a característica principal de seu caráter aforismático ou epigramático. Textos como o seguinte, que parece uma nota musical soando e desaparecendo:

Ao entrar e ao sair,
o destino
livre do
puro
impulso

Notações aforismáticas como "No paradoxo, o bafejo do além"; "A certeza é / o deserto. E que se complementam nesse outro: "Mais que erótico, estético ou mercantil, a dúvida". Os textos desse livro acentuam a visualidade, a sonoridade e a plasticidade. Quanto mais os textos se condensam, mas ficam alusivos e sutis. Neles, há menos um "eu" se expressando e mais espaço para um distanciamento e abstração, assinalando um novo "horizonte possível" de escrita poética:

HORIZONTE POSSÍVEL

Por entre a fresta na cortina,
sóis em lâminas descrevem
viagens.
Sugestões absurdas em que os
olhos desviam o pensamento
do mar, paisagem na aquarela
quieta.

Ou nesse belo e instigante poema:

IMAGENS

Para cima não existem bosques,
Nem para baixo, rios caudalosos.
Assim, pergunta-se,
como escrever com a
mão esquerda, sobre delicados
prados ou luas visionárias

O lugar à esquerda (lembrando o primeiro livro, *Ritmo Esquerdo*) permanece, mas agora visando à expressão de "delicados prados, ou luas visionárias". O barulho ensurdecedor do externo, que G. fazia questão de transpor e registrar em sua escrita, dá lugar agora, num "Contra-parto", à admissão e à presença de "sons harmônicos", como assinala nesse outro belo poema:

CONTRA-PARTO

Lá fora os tempos e os cães enraivecidos,
Aqui dentro, asas de anjos, sons harmônicos,
uma linha diametral que traça os
ontens e os múltiplos talvezes.

Espécie de poeta atônito com as imagens que lhe aparecem, demonstra a permissão e ao mesmo tempo a dificuldade que a mão esquerda tem de inscrever a delicadeza, que abre espaço para a calmaria e a tranquilidade.

O título refere à relação que se estabelece entre a ógea, uma ave de rapina, e a calhandra, um pequeno pássaro. Com o temor que causa apenas com sua presença, a ógea paralisa pássaros pequenos como a calhandra, o que explica o subtítulo do livro: *fragmentos sobre o susto*, que explicita o procedimento técnico da brevidade e rapidez do *fragmento* produzido a partir de um sentimento como o do susto. Em texto do livro anterior, *A Clave da Morte*, lia-se:

A ÓGEA E A CALHANDRA
A ave rapineira paralisa
a calhandra pelo medo.
Talvez a paralisia, além do medo,
esconda uma soberba indiferença,
sentimento interdito
de vertigem comprimida.

O livro não teve recepção, em grande parte, aos problemas da edição referidos acima.

## Judaísmos (ético e não étnico), 1997

Livro composto de poemas, poemas em prosa, artigos, comentários e reflexões. No plural, os seus *judaísmos* posicionam-se contra a noção de matrilinhagem:

Ao contrário do que prega a tradição posterior, a base do judaísmo autêntico é o *casamento misto*. A importância do laço sanguíneo (a matrilinhagem para identificar o judeu) é racista, étnica. O judaísmo de Buber e Espinosa na linhagem moseísta é ético e não étnico e depende só da opção espiritual. A identidade se faz pela auto-afirmação, pela escolha. É judeu quem se acredita judeu.

J. lembra a leitura freudiana de Moisés como um príncipe egípcio, reafirmando que a matrilinhagem é discriminatória. Nem a patrilinhagem caracterizaria o judeu: "O desalinho é a convergência, na espiral, que leva o pacto no Espírito e não na ordem. O judaísmo deve ser ético, não étnico". O escritor posiciona-se contrário à circuncisão, que chama de "prática de horror, em nome da fé", e contra um "Desjudaísmo de regras, imposições, hierarquia, ritos, mitos, superstições, restrições". Ele defende o ímpeto messiânico, dizendo que "o verdadeiro judaísmo mágico não é o do rito, mas o da contradição, do viés".

Uri Lam escreve na orelha do livro:

> Este é um texto que navega por entre autobiografia e a busca arqueológica do perfil psicológico e religioso do povo brasileiro, com o qual Jacob contribui para somar ao famoso trio branco-negro-índio o espírito judaico. [...] para ele o judaísmo de Abraão e Moisés é sinônimo de uma prática acessível a qualquer ser humano que queira assumir como sua. O judaísmo proposto por Jacob é, de fato, apropriacionista – como também o é, diga-se de passagem, a língua ídiche, que de forma dinâmica sempre se apropriou de palavras e expressões por onde quer que passasse, sem perder a sua identidade.

No livro, há poemas dedicados às personagens bíblicas, Moisés,

principalmente, mas também Caim e Abel, que aparecem em muitos de seus textos como uma divisão interna do sujeito (como no texto "Monodiálogo"), e outras figuras bíblicas, como este poema sonoro e enigmático:

EXALTAÇÃO A ESTHER

E mataram Paisandatá, Dalfão, Aspatá, Poratá,
Adaliá, Anidatá, Parmastá, Arisai, Aridai e
Vaisaté.
Nem a pieguice, nem a hipocrisia, mas
o perfume discreto dos frutos mais pesados

No texto "Meu percurso ideológico como judeu", J. descreve a linha de seu judaísmo:

> Nas idas-e-vindas adivinhei o fanatismo da ortodoxia judaica, talvez uma resposta ao nojento antissemitismo cristão e venho arranhando a possibilidade da conjugação inteligente, da linha sinuosa de Abrão, Moisés, Einstein, Marx, Freud e que sinaliza, ao de longe (Kafka), o Castelo, o ditado irreverente dos irmãos Marx.

Termina o livro com o poema longo *O Golem*, uma composição única, dividida em seis poemas, de caráter épico, narrando, em tom de parábola, o percurso do povo judeu no exílio, figurado como o albatroz: "o maior dos pássaros / oceânicos, / que aceitou no Sinai, / as tábuas da Lei".

Rebelde ingênuo, o albatroz enfrenta a tempestade.
E, por prêmio ou castigo, sempiterno, evolui, vertiginoso.

Nas seguintes estrofes, vai-se estabelecendo a correlação do albatroz com o povo judeu:

o maior pássaro oceânico,
as asas imensas que intermediam o ghetto e a
Idade Média.

Capaz de iluminuras em
Sefarad, trinta e três dias sobre o
mar,
trinta e três vezes,
Shemá.

Diomedea Axulans,
albatroz-vagabundo, vagabundo,
albatroz-gritador,
o personagem de todas
as novelas e narrativas,
da inquieta aventura,
desventura,
humana, desumana.

Em busca da Terra Prometida,
milhares de quilômetros,
em busca de comida,

Israel, a paisagem das
Ilhas Crozet,
a chuva por trezentos dias,
o vento,
desfazendo as imagens do
Paraíso.
[...]
As noites, as trevas, as

bruxas, a Inquisição.
[...]
A lenda dos marinheiros,
o azar e a maldição para quem mata o
albatroz,
o suicídio no "bunker" de Berlim.

Mas igual aos golfinhos, [que] morrem arrastados na largas
redes dos pescadores,
os "pogroms" europeus, as fêmeas que buscando
comida em água sub-tropicais,
saem dos limites cristãos.

O resguardo nos
mares antárticos,
a leve brisa de liberdade.

Vinte mil espécies,
no Pacífico, Atlântico,
Antártico,
as tribos viajantes.

Ao vento, voam.
Na calmaria, à deriva,
entre os trovões, a chuva,
o sol, o sal, a luz, a noite -
as estrelas, galáxias adormecidas,
em sonhos encantados.

**Monólogo a Dois, 2002**

A primeira parte, intitulada "Canção das Carpas", traz poemas inéditos, incluindo o poema longo "De Maria Fumaça até Picadilly Circus", escrito após viagem a Londres e uma seleção de textos dos livros anteriores. Na segunda parte, são publicados dois ensaios bastante significativos de um gênero característico da escrita de Goldberg em íntima relação com a psicologia e a literatura, o que ele denominava "Reflexões e mapeamentos sobre a formação da mentalidade", gênero que se situa entre o relato científico e a escrita ficcional: "Eva será Deus', apresentado em conferência no Instituto de Neurologia da Universidade de Medicina de Londres em 1998, e "Labirintite – Psicologia da Perdição".

"Eva será Deus" propõe uma releitura da cena do pecado original para contestar a dominância do discurso masculino na formação da mentalidade. Por que, para quem e contra quem foi criada essa narrativa? Essa é a pergunta lançada por Goldberg, sugerindo que, se no início encontra-se já a disparidade homem-mulher, como será possível reconstruir a relação em bases igualitárias sem rever, reler e mesmo recriar suas gêneses? Seu texto discorre sobre a dificuldade de pensarmos a face de Deus como uma face feminina: sempre referido como "Ele", "Senhor", "Pai", e nunca como "Ela", "Senhora", "Mãe". A intenção de Goldberg mostra como isso é formador e deformador do pensamento ocidental, encontrando-se, diz ele, na origem da maior violência da relação humana que é a relação do homem e da mulher como sendo a do protagonista e a da coadjuvante. A tarefa então não é apenas repensar, mas questionar: "Pensar e duvidar, para alguns heresia e blasfêmia".

> Do mesmo jeito que a arte, a filosofia, a própria psicologia, têm um diapasão de mando masculino, elas têm uma perda do aporte da pers-

pectiva feminina, caminhando debaixo dessa distorção, que tende sempre a se radicalizar, inclusive nas ciências de saúde.

O campo de estudos desenvolvido na Inglaterra por Goldberg nesses anos relaciona-se à área da psico-imunologia e psicossomática, atuando na contracorrente da pesquisa genética, e apontando para o componente emocional de toda doença.

No mesmo sentido, ele escreveu o ensaio "Labirintite – Psicologia da Perdição", abordando a doença que atinge 10% da população mundial. Partindo de sua experiência como psicólogo clínico e psicoterapeuta, ele recria literariamente, ficcionalizando os depoimentos e testemunhos, quando diz:

> Como em *As Mil e uma Noites*, o terapeuta não morre, porque ouve.

Tanto em "Eva será Deus" como em "Labirintite -Psicologia da Perdição", a voz que se faz ouvir é a voz da mulher. No primeiro caso, o escritor incorpora a perspectiva feminina – "La donna é mobile". No segundo ensaio, ele cria uma personagem mulher, cuja fala é o fio condutor que permite aos leitores entrarem e saírem do labirinto textual e vivencial. Neles, a escrita fragmentária e aforística de Goldberg foge do esquema linear de exposição para dar vazão a um procedimento poético que mescla e sobrepõe frases, citações e falas:

> Começamos a entender, se desconectamos. Entendendo, começamos a conectar.

Ou seja, para alterar a história e o mito é preciso desmontar a sua narrativa, desconectá-la, rompendo com os liames do enredo transmitido de geração a geração para criar outros e novos sentidos, e, no revés, uma outra aventura. Como ele mesmo diz:

Prefiro esta rota ou ela se me dita. Ou falta de rota, fronteira da poesia, esquizofrenia, mística.

Acordo de manhã dr. e ao levantar-me, fico tonta, o mundo gira, não consigo ficar de pé. Deito e tudo continua a girar. Dá vontade de morrer. O que é isso, o que é que acontece comigo? Qual é a minha doença, dr.?...
*Weltschmerz. Maladie d'amour. Mala sangre.*

Desse modo, casos clínicos ganham forma literária. A labirintite é abordada a partir da experiência do tratamento de uma paciente e transformada em ensaio literário. Incluem-se nesse gênero também o texto "Não me deixe morrer", um relato impactante a partir do depoimento de um aidético.

Quando Jacob, em seu ensaio sobre a labirintite, um mal que atinge o conduto auditivo e cujos sintomas são a tontura, a perda de equilíbrio e o medo à claridade, não fala *sobre*, mas fala *como se*, construindo um texto que é ele próprio um labirinto, com diversas vozes se interligando numa polifonia e num processo de *cut-up*; ele não explica o que é a labirintite, mas fá-la sentir pelo texto como uma incursão pelo labirinto... Explicando esse procedimento, ele me disse tratar-se de uma linha de pesquisa que afirma que, se a pessoa está desequilibrada, para lhe devolver o apoio, para fazer com que ela se sinta firme, é preciso caminhar com os pés no pântano, em uma aparente contradição, pois o pântano afunda e não é possível se equilibrar. Do mesmo modo, Goldberg propõe o trabalho psicanalítico como este entrar em contato com o movediço. Caminhar com a pessoa até o abismo (quando aparentemente não há saída), ou seja, ir até o fim do desespero porque entrando no abismo a pessoa pode perceber que ele tem fundo e, então, pode sair, subir de novo, e rever outras possibilidades.

Por isso, não se trata de fazer um relato clínico nos moldes científicos, mas usar processos literários de ficcionalização, em textos que ficam na fronteira dos gêneros – não é romance, não é conto, não é crônica, não é poema, mas também não é o relato médico. Sugiro defini-lo, lembrando a sua proposta do Laboratório de Literatura, como um gênero de "Texto-Laboratório", nos quais Jacob mescla a ciência médica e a ficção literária.

Com isso, lembro a frase de Gilles Deleuze, em seu *Crítica e Clínica*, quando ele se refere ao escritor como *médico de si mesmo e do mundo* e à literatura como um "empreendimento de saúde" e cita o escritor Le Clézio: "Um dia talvez saberão que não havia arte, mas apenas medicina".

# 4. Qual Eu, Tais Textos

Proponho, agora, uma análise da literatura de Goldberg, indagando: quais os temas principais e os procedimentos formais da poesia de J. P. Goldberg? Entendo por poesia tanto os textos na forma de poemas como em prosa e em prosa poética. Nesse momento, mergulho na psiquê poética desses textos realçando algumas de suas imagens centrais.

## A escrita como um ato de soltura

> ESTÉTICA DA DESORDEM
> Algo errado com a simetria, os mapas.
> Alinhamentos, o esforço, enquanto morte, o funeral do prazer.
> A desarrumação, o desmazelo, a bagunça:
> cerimonial a devir.
> (JPG, *Ritual de Clivagem*, 1989)

A escrita de J. é uma escrita toda de afetos, que recusa a ordem e a estruturação. Nela, propõe-se a *(des)ordem do discurso* através de uma *proliferação indefinida* de textos, sem um controle, por exemplo, editorial, sem uma ordenação que separe poesia / de artigos / de textos soltos. Por isso, proponho que, na sua prática poética, G. quer romper com as interdições identificadas por Michel Foucault em *A Ordem do Discurso*.

Em sua análise, Foucault mostra que os princípios de classificação e ordenação dos discursos atuam como procedimentos que controlam o que há de acontecimento e de acaso na escrita e na fala. Os textos de Jacob aparecem com essa dimensão de acontecimento e de acaso, – não são nem classificados, nem ordenados, acontecem ao poeta e são escritos de modo a eliminar, ao máximo, o controle que os censuraria. Ao lado da logofilia, da veneração ao discurso, se esconderia uma logofobia em relação ao que pode haver de violento, de combativo e de perigoso no "grande zumbido incessante e desordenado do discurso", diz Foucault (1996, p. 21). O violento, o descontínuo, o combativo, a desordem e o perigoso são sinônimos da poesia de J. Como ele diz em um de seus textos de *Ritual de Clivagem*, seu projeto literário opera contra a "esquizofrênica mania" de escrever arranjando, corrigindo, enfeitando, e defende a escrita como um ato de soltura. Esse ato de soltura põe em suspenso noções centrais do texto literário.

Trata-se, então, de mostrar seus textos como acontecimento. Não buscar a unidade da obra, mas a condição de sua possibilidade. Para compreender melhor essa questão, lanço a seguinte hipótese: a de que a poesia de Goldberg compõe-se de textos que abalam as noções de obra e de autoria. Os termos *obra, gênero, autores, leitores* constituem-se interligados e dependentes, um sendo condição do outro, pois sem leitores a obra não se efetiva, assim como a obra precisa de autores para existir, assim como os autores definem para ela um gênero literário, assim como o gênero orienta a leitura, assim como a leitura demanda a autoria, numa corrente entrelaçada. Portanto, suspendendo um desses termos, os restantes, se não desaparecem de todo, têm a sua função posta em crise.

A noção "obra literária" pressupõe um conjunto de textos reunidos segundo critérios de classificação e descrição que unifiquem o material, definindo-os como tal para os leitores. Por exemplo: "obra poética" indica a reunião de um conjunto de poemas, escritos por determinada(o) poeta. Quando comecei a pesquisa (em final dos anos 1990), a "obra" de JPG não existia enquanto organização que a tornaria classificável como obra poética, mas sim como os escritos de um psicólogo: – "Que forma onde está onde a forma?", indagava ele, no livro de 1972, *Memórias do Abismo*, em um texto, não por acaso, intitulado "O que é que está acontecendo agora", indicando a imediatez de sua escrita, que se apresenta, assim, menos como obra e mais como um processo contínuo e em aberto.

"Quando eu 'consumo' uma obra – que seria necessário denominar de outro modo, pois ela pode ser igualmente ausência de obra...", escreveu *Félix Guattari* (Guattari, 1992, p. 121). A partir de sua prática no campo da psicoterapia institucional, Guattari criou o termo "caosmose" para designar a transferência do paradigma estético para a criação "de complexos de subjetivação", que agem de modo semelhante aos procedimentos artísticos. A caosmose, diz ele, é um "paradigma ético-estético", uma "catálise poético-existencial", que incorpora procedimentos da arte na experiência e na vivência, de modo a tornar possível "uma autopoiese dos meios de produção da subjetividade" (Guattari, 1992, p. 24). A escrita de Goldberg corresponde a essa autopoiese de produção da subjetividade na criação artística.

Gilles Deleuze, falando do processo de subjetivação tal como entendido por Foucault, define o estilo como sendo um estilo de vida: "Trata-se da constituição de modos de existência, ou a invenção de possibilidades de vida que concernem também a morte, nossas relações com a morte: não a existência enquanto sujeito, mas como obra de arte" (Deleuze, 1990, p. 127). Diz ainda: "O estilo, em um grande escritor, é também um estilo de vida, não alguma coisa de pessoal, mas a invenção de uma possibilidade de vida, de um modo de existência" (Deleuze, 1990, p. 138).

É assim, como um modo de existência que Jacob pensa e pratica a sua arte. Não com uma preocupação estrita com a boa ou melhor realização do produto enquanto artefato criado a partir de uma *techné* dominada, mas como o processo de elaboração subjetiva, às vezes próxima de uma auto catarse. O "inacabado" ou a "bagunça" propostos surgem como produto que se oferta à reelaboração pela recepção. Ao mesmo tempo, há também uma certa intransitividade, como se ele escrevesse para si mesmo como modo de cura, entendida, médica e terapeuticamente, sem se preocupar em como seu texto vai ser julgado por outrem, mas esperando que a escrita colabore para que os leitores a reescrevam para si próprios.

> *Uma amiga me disse que só era capaz de entender a minha poesia quando a comparava com aquele caminhão de arte e de literatura do Garcia Lorca.*

A partir dessa referência ao teatro ambulante fundado por Federico Garcia Lorca, em 1932, denominado "La Barraca", que percorria as cidades da Espanha apresentando clássicos da dramaturgia nas ruas, podemos dizer que este "caminhão de arte e literatura" mostra que a escrita de J. propõe a colisão arte/vida:

> Se as palavras atropelam o mundo no seu envolvimento global,
> retrate sua vida atropelando as palavras.
> Será esta a forma sem-forma?
> (JPG, "Aqueles que sabem não falam. Aqueles que não sabem, falam". *Memórias do Abismo*, 1972)

Sua escrita situa-se, assim, sobretudo nos anos 1970, contra "o produto acabado, arrumadinho que começa e termina em si, nada deixando à liberdade inventiva do leitor" (JPG, "Uma explicação talvez desnecessária", *Monólogo do Medo*, 1972). Por isso, interessou-me o desafio de estudar uma poesia que suspeita do "produto acabado", e que irá questionar a beleza como fundamento da estética, defendendo também a feiura (como veremos adiante). Interessa-me, na prática da sua poesia, o fato de situar-se contra o ideal de clareza e a favor do desalinho, do desacerto, de uma forma solta como forma de soltar-se das amarras estéticas, históricas ou biográficas. Vejamos, por exemplo, o que pensava o escritor em meados dos anos 1970:

> "Em termos estilísticos, eu sei perfeitamente que não respeito nem a forma, nem a gramática, nem sequer a semântica, digo adeus às convenções da escrita e realmente não me apego a nenhum formalismo e nem sequer ao mais discreto. Já fui acusado por isso, de preguiça, já fui acusado de comodismo. Na realidade, *o que procuro fazer quando escrevo é captar a intensidade do momento presente* e para que isto aconteça estou inteiramente convencido, não é possível aceitar qualquer norma rígida [...]. Aplicar a rigidez dogmática às regras de escrever, na verdade, é minimizar *a tentativa de captação do existir.*"
> (JPG, apud *Lanes*, 1975, p.51, grifo meu)

Ou então, quando dizia:

> Acho que a cultura e a arte tanto são mais válidas e férteis, quanto mais desordenadas, anarquizadas e cambiantes em aspectos os mais opostos e contraditórios.
> (*Idem, ibidem*, p.81)

## Contra a noção de obra literária: Blanchot, Foucault, Barthes.

A noção de obra literária como ordem, unidade estilística, coerência, coesão e completude é tributária do ideal clássico que prescreve a forma igualmente como ordem, equilíbrio, harmonia e integração das partes. Se a arte moderna rompe com esses preceitos clássicos, acontece muitas vezes de a recepção e certa tradição de leitura crítica buscarem os princípios de unidade, coerência e organicidade, mantendo assim intacta a noção de obra, mesmo diante de produções que visam romper com esses parâmetros.

Me aproximei, então, de teorias que, acentuadamente nos anos 1960-70, colocaram em suspenso a noção de obra, propondo outra forma de interação entre leitores e texto, sobretudo coparticipativa. Com modos e com estratégias de enunciação e atuação distintas, esses pensamentos que põem em questão o estatuto da obra convergem na direção dos leitores e acentuam sua maior cooperação e importância. Começo lembrando Maurice Blanchot.

Os escritores passam a vida visando escrever uma obra literária, mas o que escrevem são livros e nunca poderoã vir a ler a sua obra. Assim inicia Blanchot (1995) a sua reflexão sobre "a obra, o livro". A obra, diz ele, só acontece por um ato de violência que a faz ser quando a intimidade de quem a escreveu se encontra com quem a lê. Esseacontecimento escapa a quem escreve, pois depende dos outros para ocorrer, votando o escritor à sua *solidão essencial*. Os escritores, diz ele, pertencem à obra, mas o que lhes pertence é somente um livro, *um amontoado mudo de palavras estéreis, o que há de mais insignificante no mundo* (Blanchot, 1995, p. 11). Pensando que sua obra está apenas inacabada, os escritores põem-se mãos à obra, mas, buscando terminá-la sozinhos, a obra permanece interminável, e, por fim, quando se constitui na sua afirmação impessoal e anônima, a obra os ignora. Por isso, a frequência com que se nota que os artistas só terminam sua obra quando morrem, sem jamais poder conhecê-la. Essa a aporia na relação escritores-obra: tendo em vista a obra, o que se escreve é (apenas mais) um livro.

Temos aqui enunciadas algumas questões complexas. A primeira delas refere-se à "solidão essencial". Na sua prática de escrita, J. parece sempre ter tentado escapar dessa *solidão essencial*. Nas suas colocações e no modo como produz, ele não visa escrever uma obra, mas, através da escrita, praticar e promover uma ação. Engajado, G. escreve "para mudar" e deixa claramente expresso, nos prefácios dos livros, que essa tarefa deve ser realizada pelos leitores, mais ou menos dizendo assim: se você entendeu o que eu escrevi, é para mudar; se não entendeu, é para mudar do mesmo jeito porque eu também não entendi. Esse anseio por uma escrita-ação mais do que por uma escrita-obra literária é, em parte, responsável pela relação tensa e conflituosa que ele manteve com a literatura: visando uma ação social, o que ele atinge compor são textos, nesse sentido, entendidos, então, como "palavras sem sentido" e impotentes, como nos disse em depoimento: *Na minha escrita é um encontro permanente com a impotência que eu revelo*. Mesmo assim, a escrita sempre lhe apareceu como a presença de uma força que o impelia a escrever até contra a vontade, seguindo uma voz que lhe diz:

> Vai enquanto está claro e escreve porque daqui a pouco vai escurecer e as letras ficarão impregnadas de preto. Mas menino assustado eu não quero escrever, eu quero desperdiçar o meu tempo como se tivesse todo o meu tempo a viver. (...) Mas quem é que vai me defender não dos golpes das rudes armadilhas ou dos sorrisos boçais, mas desta voz quente que repete insistente: eia, avante, vamos escrever, vamos crescer!
> (JPG, "Ida e Volta" em *O dia em que Deus viajou*, 1974a)

Nessa época, é como se ele escrevesse como quem deseja livrar-se da escrita ou, como deixa ainda mais claro no título deste poema, "Tenho vergonha de escrever poesia":

Mas que fazer?
Às vezes, por mais que se disfarça, ela sai,
em forma de prosa, até.

Neste meu mundo onde todo mundo corre tão depressa
e parece
que sabem pra onde.

Como se dar ao luxo de ficar sentado com mundos
estranhos
terríveis, tumultuados a percorrerem a veia
fantasmas correndo na mente
pesadelos de mortos rindo em nossa cara e
depois sentar e contar isto numa folha de papel?
[...]
que fiquei pensando em
pedir desculpas afinal cada um tem algum defeito.
[...]
coisa de louco ou
quem sabe?
(JPG, *Monólogo do Medo*, 1972)

Tensão em relação à escrita também por ser ela um território de "mundos estranhos", "coisa de louco", que o leva a "pedir desculpas", como se fosse um defeito, no qual manifesta outro questionamento constante naqueles anos, que é o da escrita culpada: "Como se dar ao luxo de ficar sentado...", ou seja, "como se dar ao luxo" de assumir a *solidão essencial* do escritor ("sempre e só os mundos de quem escreve") quando há um mundo lá fora de dor e sofrimento, diante do qual a escrita pode tão pouco:

Com um pulôver você não pode escrever sobre o frio com suas entranhas.
(JPG, "O que você pode fazer com um pulôver", *O Dia em que Deus Viajou.*) 1974)

Tensão que volta a se manifestar neste outro texto, "Desconfio", com a violência do que vê nos hospitais, nos necrotérios, na morte, e que o faz desconfiar de "certos luxos da linguagem" que se são capazes de dizer o horror, mas não são capazes de alterá-lo:

> Eu acredito que isto aqui é só um monte de palavras sem valor porque não dá pra escrever este cara que tem um aparelho pregado na garganta com esparadrapo e que fala por ali o seu olhar esgazeado andando de um lado pro outro com seu terno surrado.
>
> E os 14 corpos das crianças que ficaram expostas no necrotério para estudo dos estudantes internos de Medicina que de brincadeira para assustar os novatos deixaram espalhados braços e pernas pela sala.
>
> Estes braços e pernas que foram carregados por pai e mãe de um lado pro outro nos corredores dos hospitais esperando remédios que não vieram, horários lotados, clínicas fechadas, e que eu desconfio que ouviram muitas vezes a palavra sem, sem vaga, sem lugar, sem horário, sem dinheiro.
>
> (JPG, "Desconfio", *O dia em que Deus viajou*, 1974a)

Retomando a colocação de Blanchot de que o escritor visa a obra e não a ação, diria que a escrita de Goldberg visa a ação e não a obra e sua dificuldade tensa com a escrita advém disso – visando a ação, o que ele atinge, quase sem querer, é a escrita de textos. G. não visa e não visou escrever isolado, mas sempre que pode fez de sua escrita uma ocasião dialógica, quando encontra leitores/escritores dispostos a atuarem junto com ele, como quando me disse:

*Minha obra é desconhecida para mim, e eu preciso do processo do teu trabalho para conhecer a minha obra. Ele é novo, quando você me lê, são versos novos de um poeta que eu desconheço. Por isso também, posso ser um crítico isento e distante da própria obra.*

A escrita é tarefa interminável à qual só se pode por fim ao fim da vida, disse Blanchot. Assim, a rigor, ao se trabalhar com qualquer escritor vivo não se pode falar em obra constituída, pois essa está se fazendo.

Além disso, Foucault (1995, p. 37) pergunta: "O que é uma obra? Em que consiste essa curiosa unidade que designamos por obra? Que elementos a compõem? Uma obra não é o que escreveu aquele que se designa por autor?" Ele aponta as dificuldades em encontrarmos uma justa definição. Se alguém escreveu sem ser autor, o que essa pessoa deixou pode ser considerado obra? O que seriam os papéis de Sade se ele não fosse um autor? Ou um autor, como Nietzsche, por exemplo, tudo o que ele escreveu, incluindo anotações, rascunhos, ou até um recibo de lavanderia, deve fazer ou não fazer parte de sua obra? E se não, por que não?

Roland Barthes (1988), em ensaio de 1971, "Da obra ao texto", indica que, a partir dos estudos da linguística, antropologia, psicanálise e marxismo, ocorreu uma mudança em relação à concepção de obra literária, o que o faz substituí-la pela noção de "texto". O texto, diz ele, não segue hierarquia nem gêneros. E pergunta como, por exemplo, classificar um autor como Georges Bataille? Romancista, poeta, ensaísta, economista, filósofo ou místico? O texto seria uma experiência deste limite sempre paradoxal. Indagação semelhante podemos fazer em relação a Goldberg: psicólogo, advogado, escritor, poeta, filósofo ou místico?

Barthes lembra que a noção de obra implica um processo de filiação: os autores como pais e proprietários de sua criação. O texto para Barthes seria órfão de pai e passaria a ter como nome, "Legião. Como o texto solicita uma colaboração prática dos leitores, Barthes propõe abolir ou diminuir a distância escrita-leitura ligando-as numa mesma prática significante que seria a da "escritura".

Chegamos então à última concepção de obra que importa ressaltar e que, de certo modo, sintetiza o objetivo desse caminho que percorremos:

> A arte se define então como um processo impessoal onde a obra se compõe um pouco como um *cairn*, esse montículo de pedras trazidas por diferentes viajantes e por pessoas em devir (mais do que de regresso), pedras que dependem ou não de um mesmo autor" (Deleuze, 1997, p.78).

## A escrita em algaravia

Para Goldberg, assumir a autoria é um tabu, pois, na sua visão, a única escritura legítima seria a de Deus, na Torá, e as palavras de Jesus e suas parábolas. Como situa João Adolfo Hansen (p. 17): "Em latim, desde o período itálico, à *auctoritas* – como/ autoridade/ e / autoria/ - parece pertencer à língua religiosa e do direito. Émile Benveniste propõe que a *auctoritas* qualifica a ação própria de um deus". Nesse sentido, a escrita de Goldberg é vivenciada como apócrifa e herege. Assim me disse Goldberg em importante depoimento:

> *Para um judeu ortodoxo, ler qualquer livro que não seja a Torá é um pecado, porque considera que é desperdício ou demoníaco. Ainda hoje isso ocorre nas escolas tradicionais. Meu avô pertencia a essa grei. Uma das possibilidades dessa minha escrita em algaravia seria o cumprimento desse mandamento – o que escrevesse não pode ter sentido. Como vou escrever algo que tem sentido, se isso já*

*foi escrito? Eu não estudei a Torá, mas o Velho Testamento num colégio cristão. A minha negação da literatura viria de algo muito primitivo.*

E complementa:

*O "sofer" é o homem de letras que copia a Torá, e passa a vida fazendo isso. O Talmud é uma espécie de quebra-cabeça ou tapete persa – que parece não ter nenhum sentido, todos tecidos de maneira inconsciente. O que eu venho fazendo na minha poesia é um comentário de um Talmud sem Talmud.*

Ou seja, uma literatura que se quer e não se quer literatura. E a partir daí perguntar: o que a poesia de JPG nos *ensina*? Nas passagens a seguir delineio algumas das principais imagens que se repetem em sua escrita poética: a clivagem, a estética da feiura, a sombra.

## A Clivagem: Literatura e Psicanálise

Para uma análise da imagética da poesia de Goldberg, começo pelo meio, elegendo o livro *Ritual de Clivagem* (1989) como paradigma. O título assinala a presença de um ato, um rito de dissociação, corte e descentramento que configura um dos núcleos centrais de sua poesia e que marca um ponto de intersecção em relação a seus livros anteriores e posteriores. Assim, ao invés de pensar o conjunto da obra e do pensamento enquanto unidade ou sequência evolutiva, proponho que esse conjunto seja lido a partir de suas interrupções, cortes e fraturas.

Publicado em 1989 pelo editor Massao Ohno, os textos de *Ritual de Clivagem* compõem o conjunto de uma crise. A principal delas é a própria crise da *clivagem* que irei abordar, propondo, inicialmente, um histórico do termo e de sua conceituação na psicanálise aplicada à literatura para depois mostrar de que modo a clivagem configura-se nos textos de JPG. Sigo dois caminhos na análise: a clivagem do eu (expressão que é a tradução do termo *Ichspaltung* e sua conceituação na psicanálise) e a clivagem da escrita, segundo a noção de "schizographia" de Lacan e que em Goldberg aparece como crise do verso, rupturas, palavras soltas, revolta contra a gramática, a sintaxe, a ortografia e a escrita do absurdo.



## A clivagem do eu

A clivagem (do francês *clivage;* de clivar, "fender") é um termo da mineralogia, e designa a propriedade que têm os cristais de se fragmentarem seguindo o mesmo sentido e orientação dos planos que os constituem. Assim, os cristais se partem e se dividem de modo coeso e predeterminado por sua estrutura interna, o que faz com que cada uma das partes de seus fragmentos seja por si mesmo um cristal.

O termo "clivagem do eu" (*Ichspaltung*) é uma das principais noções da metapsicologia freudiana e um dos conceitos fundamentais do método freudiano aplicado à análise literária ao lado das noções de "romance familiar", "devaneio criativo" e "narcisismo" (Assoun, 1996).

Em 1933, em uma série de conferências destinadas a divulgar a psicanálise, Freud lembra a gênese da conceituação da "clivagem do eu" como um processo de "divisão" intrapsíquica que, notada a princípio a partir da experiência com doentes mentais, irá ser definida como constituinte das pessoas ditas normais. Se até então a psicose era tida como um *déficit*, Freud irá definir a "clivagem do eu" como um processo constituinte da estrutura psíquica na segunda tópica (referente aos termos "eu", "isso" e "supereu"). A clivagem do eu (*ichspaltung*) traduz para Freud duas posições do eu: "uma que levava em conta a realidade, outra que produzia uma nova realidade, tão "verdadeira" quanto a primeira (Roudinesco, 1994, p. 68-69). É nesse ponto que a conceituação freudiana servirá para a compreensão de procedimentos inventivos na literatura, ou seja, na produção de textos ficcionais tão verdadeiros quanto o que se tem por realidade primeira.

No texto inacabado, publicado postumamente, *A Divisão do Ego no Processo de Defesa* (1940 [1938]) (*Die Ichspaltung Im Abwehrvorgang*), Freud situa a clivagem como uma decorrência da pressão de um conflito que obrigaria o indivíduo a ter de optar entre a satisfação de um instinto e a proibição deste pela realidade. Ao reagir a essa pressão, tendo de se dividir para satisfazer duas pulsões contrárias, a clivagem seria o resultado de uma operação *engenhosa*. Freud ilustra a situação com o exemplo clínico de uma criança que, ameaçada verbalmente de ser "castrada" pelo pai caso não abandonasse o hábito da masturbação, reage inicialmente negando a proibição até acatá-la parcialmente, transferindo a satisfação para outro objeto (e dando início a um outro processo, o do fetiche). Assim, do mesmo modo que a pressão que se exerce sobre o cristal leva a fragmentá-lo, a pressão do conflito leva à clivagem do eu influenciada pelo trauma psíquico, o que Freud também chama de "uma fenda no ego, a qual nunca se cura, mas aumenta à medida que o tempo passa. As duas reações contrárias ao conflito persistem como ponto central de uma divisão (*splitting*) do ego" (Freud, 1996, p. 293).

Em sua *História da Psicanálise*, Elizabeth Roudinesco fornece um histórico do termo "spaltung", desde as disputas entre Freud, Bleuler e Jung na definição das psicoses, que eram então descritas como sendo três principais: esquizofrenia, autismo e *spaltung*. A clínica freudiana irá distinguir-se da psiquiatria dinâmica (Bleuler) e da psicologia analítica (Jung) por não edificar uma classificação das doenças mentais. Nas duas tópicas, Freud propõe uma distinção estrutural entre neurose, psicose e perversão, e a paranoia passa a ser o modelo de toda psicose. O termo alemão usado por Freud, "spaltung", presente em *Ichspaltung* (traduzido por "clivagem do eu") é uma das traduções do termo grego "schize", dissociação e ruptura. O conceito de clivagem será elaborado juntamente com o de inconsciente: "O eu clivado não é um eu à parte, a consciência não é mais a parte racional de um subconsciente oculto, mas ao contrário esse eu, essa consciência são eles mesmos pensados sob a categoria de um inconsciente, em obra, em ato, em movimento" (Roudinesco, 1986, p.131). A *spaltung* freudiana será relida por Lacan em termos de *sujeito dividido* ou *barrado*.. Mais adiante veremos que a *spaltung* se relaciona também com a noção de "discordância verbal" definida por Lacan.

**Escritores criativos e a clivagem**

Paul-Laurent Assoun propõe uma leitura da conjunção literatura *e* psicanálise a partir da postura e do modo como o próprio Freud formulou essa relação em seus textos. O escritor (*dichter*), diz ele, é visto por Freud como um aliado e uma testemunha. Assoun (1996, p.4) destaca que para Freud interessava compreender o processo de criação e o efeito desse processo nos leitores, e entender de que modo escritores-poetas inscrevem sua atividade fantasmática inconsciente na sua criação ou escrita e conseguem produzir *efeitos de afetos* (*affektwirkungen*) sobre quem lê.

Deixando de lado o enigma do dom, talento ou genialidade, Freud tratava de compreender os procedimentos do processo criativo. Como defende Assoun, essa postura não implica necessariamente a formulação de uma psicologia dos autores, que procura no inconsciente a chave da obra, nem tampouco tratar os textos como se neles estivesse imerso o inconsciente. Freud, diz Assoun, não propõe nem a "Psicobiografia" nem o "Inconsciente do Texto", mas acentua o processo criativo que ele não separa jamais do *sujeito do inconsciente* nem do texto já que o sintoma se inscreveria nesse produto que é a obra.

Como título do livro de Goldberg, o ritual de clivagem revela um procedimento propulsor de sua escrita literária e é para compreender a relação entre clivagem e poeticidade que a conceituação psicanalítica é utilizada. Lembramos a divisa expressa por Deleuze, é da saúde da literatura que se trata e não da literatura como "doença".

No capítulo "Do narcisismo à clivagem do eu: o sujeito da escritura", Assoun lembra as associações feitas por Freud entre narcisismo, sonho diurno e clivagem para a compreensão da literatura. Ao aproximar a escrita literária dos mesmos procedimentos encontrados no "trabalho do sonho", Freud define a literatura como "sonho diurno" e detecta o que seria um traço comum a ambos: a organização do relato em torno de um herói ou personagem principal, "sua majestade, o Eu", daí a íntima relação com o narcisismo, entendido como o auto investimento da libido. Assoun ressalta que esse narcisismo deve ser pensado em termos estruturais, pois não se trata mais uma vez de reduzir o texto à psicologia e autobiografia dos escritores. O narcisismo é um estágio do desenvolvimento libidinal, no qual "o objeto coincide com o eu", retraindo-se o investimento no mundo. Na "operação literária", através desse recolhimento ou investimento narcísico, os autores alcançariam, de um lado, manter e explorar a atividade fantasmática (o devaneio) e, de outro, o seu oferecimento aos leitores. Através desse mundo interior partilhado com os leitores dá-se o ganho de prazer, uma *jouissance* em comum.

Em um de seus textos, G. expõe o anseio de "criar o mais violento dos manifestos, o manifesto do Eu". É por isso que a clivagem é uma noção fundamental para compreender o modo de produção dessa escrita, pois ela permite compreender que esse "eu", que pode parecer inteiro, autorreferente e expressivo, configura-se como um "eu clivado".

Na psicanálise aplicada à literatura tem-se que a "clivagem do eu" exerce uma função principal na compreensão dos processos criativos como uma divisão intrapsíquica e que atua como o mecanismo que permite passar do "eu" ao "outro". Na escritura, o eu se multiplica em outros em diversos papéis, como nos romances povoados de personagens e nesse ato de divisão se multiplica, se desmembra, operando assim um complexo processo de projeção--personificação.

Em "Escritores criativos e devaneio", Freud (1976, p. 149-160) realça a clivagem como uma tendência do que ele chama "romance psicológico", no qual o escritor, ao se auto-observar, se divide em muitos egos parciais. Assoun considera a clivagem uma atividade de "desdobramento-personificação" e toda escritura sendo a escritura de si como um outro. A necessidade de uma prática literária advinda dessa disposição clivada ressoa na seguinte fala de Goldberg, quando ele diz *usar* a literatura como modo de manter a lucidez:

> *Eu faria a seguinte consideração. Às vezes, a intensidade da existência para mim ela é tão perturbadora que, se eu não uso alguns instrumentos, e a literatura é um deles, fica difícil manter a lucidez. É como se eu usasse a licença da ultrapassagem da lucidez para poder manter o equilíbrio e pudesse se esvair esse processo. E, às vezes, isso para mim é quase palpável em termos de exuberância, intensidade. Frequentemente as pessoas sentem isso mais na dor, na agonia, no sofrimento. Eu sinto também, mas muito mais no amor, na alegria, que é quando eu preciso criar um ladrão para permitir isso* e esse ladrão é o ladrão das trevas, é a literatura, na expressão de (Arthur) *Koestler, no livro* Darkness at noon, *"e eles vieram como ladrões nas trevas". Esse é o assalto que eu percebo e que eu sinto.*

**O outro eu**

Leiamos como ilustração essa entrevista que fiz com o escritor a respeito do tema "clivagem":

JPG – *Quando você me cita eu vejo um estranhamento, porque na realidade fica muito claro para mim quando eu me ouço através de seu recorte que é o outro eu do qual eu tenho uma distância muito grande e as vezes nem sei bem o que esse outro eu está dizendo, e é muito engraçado porque isso me lembra um pouco alguns recursos do* Machado de Assis, *quando, por exemplo, no* Dom Casmurro *passa a haver um imbróglio entre ele, o personagem, a Capitu, entre o possível filho ou não, então essa multiplicidade de papéis, acho que todas elas de alguma maneira poderiam ficar no encaixe do outro eu.*

ML – É interessante porque muitas vezes você não se lembra do que escreveu...

JPG – *A maior parte das vezes não lembro, vou dizer para você, chego perto de renegar a paternidade porque não me é íntimo, definitivamente íntimo não me é. É de algum cantão da personalidade que provavelmente fica no exílio, que pode ser uma das explicações para aquilo que você tanto procura, que é a minha relação dificílima com a literatura, provavelmente, porque ela revela esse outro-eu pelo qual eu não quero ser responsável, principalmente porque eu não tenho controle.*

ML – Mas esse distanciamento você acha que acontece assim que você acaba de escrever, depois que você publica o livro, passa-se um tempo...

JPG – *Eu diria para você que, no próprio ato da escrita, eu já não tenho paternidade sobre ele. Existe um nítido distanciamento de mim comigo, principalmente quando é um trabalho melhor. Quando o trabalho é torto, é postiço, quando é sofrido, elaborado, aí não, aí esse é meu mesmo, assumo* (risos).

ML – Você sente essa coisa meio febril na hora de escrever?

JPG – *O que há de melhor sim, absolutamente. Aliás, quando é aquilo que posteriormente eu acho bom, aquilo que eu releio e digo, puxa eu gostaria de ter escrito isso, lamento não ter escrito, aí sim é um estado, vamos chamar, de não–eu, aí eu não estou presente mesmo não, como foi o caso desse poema para Londres, eu acordei de madrugada e escrevi sem alterar uma letra, esse é um dos vários casos.*[16]

A clivagem "eu-outro" continua entre o "eu escritor" e o "eu terapeuta". Como vimos no capítulo anterior, J. escreve e publica livros desde os 19 anos, e só posteriormente ele irá dedicar-se à psicologia, levando para a escrita essa contribuição e elaborando uma escrita na fronteira entre a literatura e a psicanálise, entre a autoanálise e a autopoiese. Vejamos a continuação da entrevista, pois ilumina essa relação escritor/psicoterapeuta:

ML – Na biografia de Lacan, escrita por Elizabeth Roudinesco, em um determinado momento, ela fala de Alexandre Kojève, filósofo russo cujos seminários sobre Hegel Lacan assistia. Ela conta que Kojève teve uma iluminação sobre "a ironia do *cogito*". Ele pensou em Descartes como exemplo do pensamento ocidental e em Buda, do oriental, e lhe veio à mente a frase: "penso, logo 'eu' não existo". Eu achei isso muito interessante. Ainda não entendi direito, mas acho tão interessante.

JPGL – *Em linhas gerais, eu acho interessante e aí vem também um pouco essa divisão minha entre a psicanálise e a literatura. A psicanálise é basicamente um pensar sobre o pensar. O fato é que quando você pensa, você tem que fazer um distanciamento, um exercício de distanciamento sobre a sua própria existência, é*

16. O poema para Londres referido chama-se "De Maria Fumaça até Picadilly Circus", *in: Monólogo a dois*, São Paulo: Centro de Estudos da Mentalidade, 2002.

*um debruçar e nesse debruçar você se afasta; agora, é claro que existe por exemplo a posição do Sartre que é exatamente oposta. Sartre acha que você só existe enquanto você pensa, através do pensamento é que você afirma o seu eu. Se você me perguntar o que eu acho, eu acho as duas coisas, quer dizer, enquanto psicanalista eu acho isso, que o indivíduo só existe enquanto ele é um ente mental vivendo a sua vida; diria para você, enquanto pessoa, e acho que a gente pode fazer todas essas divisões, por isso mesmo a clivagem, enquanto pessoa eu acho que sempre o pensamento é uma traição, é uma mentira. Vamos chamar de traição consentida: você se consente em se trair. Acho muito interessante porque esse é um exercício que muitas vezes eu fiz na minha vida, sempre com um resultado de exuberância, de intensidade de vida muito grande, é quase lúdico mesmo, que é levar ao extremo a arte de viver contrapondo-se à ciência de viver, que seria fruto do pensamento. É uma ruptura do pensar e fica bem perto da alienação, da psicose, da ingenuidade, da pureza.*

## O "estilo sem o parênteses"

O estilo sem o parênteses,
O pecador, lágrimas amarelas,
O inocente, sorriso verde,
e o cético, tosse renitente.
O estranhamento em que a ostra se percebe,
cenas do alegre cometa azul.
(JPG, *A Ógea e a Calhandra*, 1997)

A definição de um "estilo sem o parênteses" aparece nesse poema de Goldberg e se aproxima da noção de uma "estética da desobediência" e de uma "estética da desordem", que, como estamos vendo, ele defende e pratica em seus textos. Esse "estilo sem o parênteses" pode ser entendido a partir de uma breve observação, que encontrei no seguinte texto da escritora Hélène Cixous quando ela comenta a questão da autoria em *A Hora da Estrela*, de Clarice Lispector:

> [...] não existe um autor verdadeiro, só existe autor suspenso entre (...). O autor está na reserva – enquanto verdade – a verdade é reservada. Ser autor de verdade é estar na reserva. De lado. Texto com reservas. Rico em verdade, mas obliquamente (Cixous, 1999, p. 143).

O que me impressiona nos textos de Goldberg é a tentativa de escrever sem esses parênteses, ou seja, a tentativa de romper a barreira entre escrita e vivência, entre o "autor" e a sua pessoa, o que o leva muitas vezes a uma autoexposição radical via catarse ou expiação pela escrita. Literatura de confissão, como ele definiu, próxima do testemunho, seu texto não é "reservado". No entanto, mesmo sem reservas, não deixa de ser oblíquo, pois quanto mais o "eu" se expõe, mais parece se esconder ou fugir, quanto mais ele diz "eu", mais parece ou se reconhece "outro".

O "outro" é também o que distingue o psicólogo – que ouve os sonhos dos outros – do poeta – que ao se escrever se descobre outro, como neste lindo poema reflexivo:

> Eu, dono de todos os sonhos dos outros, os mistérios dos outeiros, o mergulho sem licença no inferno, madressilvas nas janelas, corretas indignações. Quem sou, senão o Outro que me rompe, arrebenta, arrebata, roubando a graça da madrugada.
> (JPG, "Retângulo", *Ritual de Clivagem*)

A clivagem, na sua escrita, atinge também uma duplicidade frequentemente referida nos seus textos em todo o seu percurso – a dos irmãos Caim e Abel, como um conflito internalizado entre Abel, figuração do poeta, do pastor, do pacífico, do predileto, e Caim, o terrível, o marcado, o desprezado, o criminoso, e que encontra sua plena realização no texto "Monodiálogo", que merece ser lido integral.

MONODIÁLOGO

Eu,

Quem, si mesmo, ousa realizar meus secretos sonhos, e, supremo ultraje, adivinha os meus desejos ocultos?

Este dragão-demônio que se inspira em Abel refulge até a plenitude?

Pois hei-de assustá-lo e, se não desistir de seu maligno destino, vou destroçá-lo.

Eu não me conformo e não sossego. No dia trabalhando, o desgraçado me mata, aos poucos, de inveja.

Usa meu nome, meu rosto, meu corpo, minha energia, minha vontade, minha identidade, minha alma.

E até proclama, atrevida, infame criatura que é Eu mesmo!

Pois vou desmascará-lo e, Caim, depois enterrá-lo, ainda que ao custo de um suicídio enraivecido.

Inimigo atroz, só assim poderei descansar minha inveja, rancor, por sua galhardia que sempre tentou se alcançar.

Sim, sim, mil vezes sim eu, ele, tenho razão.

Sou um crápula, de todos os crimes cometi e se não, ao menos, imaginei a própria autoria.

Não existe infâmia que não tenha sonhado.

Mas será que mereço tão drástica sentença? Matar-me e esquecer-me, trair a voz que, íntima, ordena seguir?

Ou, este estranho que habita minhas entranhas deverá ficar aprisionado, invejosa serpente, e assistir, em funeral, à glória de si mesmo?

De polo a polo, em todo o universo, errante, encontro o meu caminho, e num cometa, distraído, risco meu nome e o seu no céu distante.

Louca bravata, visão divina, no entretanto, serei Eu mesmo.

Eu

Se o mundo todo sentir que me ama, só eu sei a verdade. Sou a farsa bem-sucedida.

Eu

Convicto, que importa o juízo alheio. Insone, vejo no espelho a rútila esperança e, Adão, juro que seduzi Eva e o fruto é nosso: Vou-me embora do paraíso, mas um dia voltarei, e a viagem confirmará que de mim nunca saí.

(JPG, *Monólogo a dois*)

O outro eu, o outro do eu, o inimigo interno e íntimo. Sem o outro, disse-me ele em depoimento, *nós somos absolutamente ignorantes de nós mesmos*:

> *Você não se impressiona com o fato de que todo mundo pode ver as nossas costas menos nós mesmos? A sua metade, que você nunca vai enxergar? Ver as costas num jogo de espelho, num filme ou foto, é apenas um registro, uma edição, uma montagem. Na verdade, o que nós estamos falando não é nem das costas, é de nós mesmos. Eu olho para você e te vejo de um jeito que você jamais será capaz de perceber, e aí a importância do outro. A importância do outro não é exatamente para nos dar o contato da diferença, é para nos dar alguma pálida e desesperada informação sobre nós mesmos. Sem o outro nós somos absolutamente ignorantes de nós mesmos.*

O "eu" também pode se reconhecer ou se perder quando visto através dos olhos de um animal, como neste outro poema significativo:

O CAVALO E EU

Extasiado fiquei olhando os
olhos do cavalo. Mas enxergava
mais o êxtase que os seus olhos.
O cavalo, porém, me olhava e
(parece) me enxergava.
E assim ficamos tão perto nos
olhando, e, no entretanto, as
infinitas distâncias,
sei que jamais o enxergaria.
E, ele, o cavalo, quem sabe,
pudesse, realmente, me enxergar,
como eu mesmo, jamais me veria.

O pintor Franz Marc, morto aos 36 anos durante a primeira guerra mundial, figura chave do expressionismo alemão, conhecido por suas brilhantes pinturas coloridas de cavalos e diversos animais, diz o que o que lemos no poema de Jacob:

> "Existe ideia mais misteriosa para um artista do que imaginar como a natureza se reflete nos olhos de um animal? Como um cavalo vê o mundo? E uma águia? E um corço? E um cachorro? Como é mesquinha, desalmada, a atitude por nós convencionada de dispormos animais em uma paisagem tal como a vemos, ao invés de nos aprofundarmos na alma do animal para tentarmos vislumbrar o modo como ele vê o mundo" (Marc, 1988, p. 178).

## "De frente e de perfil"

O livro *Ritual de Clivagem* abre-se com o texto "De frente e de perfil", que compõe a primeira clivagem do ritual em um retrato pessoal que segue a divisão (de frente e de perfil), e une, na mesma imagem, as várias faces de um mesmo perfil ou uma só face de muitos perfis. Nesse importante texto de autodefinição clivada vão se confundindo Polônia e Brasil, Juiz de Fora e Ostrowiec, o ídiche e o português; assembleias metodistas e "loucuras psicodélicas" de rabis, pai e filho, a criança e o adulto, a sombra e o protagonista, o sonho e a realidade, a fantasia e o real, as máscaras e os fatos, em uma sucessão de papéis, nos quais o eu que se pronuncia é um, mas também seis milhões.

> Nasci em Juiz de Fora, entre montes, Minas Gerais, geografia dos meus limites horizontais. Transitei, intransitivo, assembleias metodistas do Instituto Granbery ouvindo missionários yankees. Mas meu coração estava ancorado em terras não palmilhadas. A cabeça, no mormaço mineiro depois do almoço. Os nervos e o coração, nas terras geladas da Polônia antissemita, onde nunca estive e nunca estarei.

A geografia dos "limites horizontais" é habitada por um corpo que se despedaça – "A cabeça, no mormaço mineiro"; "os nervos e o coração" na Polônia. É o *trânsito, intransitivo*: sem sair do lugar e do corpo, o eu se espalha e põe o coração em terras não palmilhadas – as da Polônia. Surge aqui uma imagem-matriz dessa escrita, e que pode ser descrita como o movimento de um nomadismo não-nômade, de uma viagem sem viagem, de um caminhar sem sair do lugar. Gilles Deleuze (1990, p. 110), que tanto defende o nomadismo em seus textos, comenta, em alusão à sua própria postura de não gostar de se deslocar em viagem: "[...] a viagem persegue um ideal nômade, mas como voto derrisório, porque o nômade ao contrário é aquele que não se mexe, que não quer partir e se agarra à sua terra deserta, região central". E completa: "Eu fui surpreendido por uma frase de Toynbee: 'Os nômades, são aqueles que não saem do lugar, eles tornam-se nômades porque se recusam a partir'" (p. 188). Em J., a recusa em partir aparece junto com a constante afirmação "Eu não sou daqui", assim no texto "Cidade interior", que finaliza o poema *De Maria Fumaça até Picadilly Circus*:

CIDADE INTERIOR

Se, em grego, drama é movimento, os estreitos espaços da minha subjetividade têm pouca geografia. Abomino as estradas. Talvez, a repulsa ao ditado externo da Errância.

Abrão (*lech-lecha*). "Vai-te".

Arrastado, fico enquanto posso.

Juiz de Fora, o porto de partida, paraíso de meus pais, egressos da antissemita Ostrowiec, na Polônia. Amsterdã, onde as artérias explodiram em liberdade. São Paulo, onde me construí. Jerusalém, de onde fugi como quem escapa da eternidade. Paris, as lágrimas de alegria corriam paralelas ao Sena. Mas não é possível morar num rio. E algumas outras, poucas.

Os índios ressaltam a alma do "lugar" de cada um, ligando o conceito ao "poder". Estranho ao deslocamento, estranho, também, a morada.

De onde vim, onde estou, para onde vou.

Vadio numa praça qualquer, num *pub*, livraria, olho para a metrópole febricitante, e vejo uma serenidade bucólica que pousa na própria visão.

(JPG, Monólogo a dois, 2002)

Lendo com o poeta o texto "De frente e de perfil", Jacob foi comentando comigo o seu próprio escrito:

*JPG – Eu acho que, de certa maneira, ao contrário do que eu já pensei muitas vezes antes e depois disso, eu acho que nascer em Juiz de Fora não foi um mero acaso geográfico e muito menos um atalho no exílio, porque a geografia a serviço da política, da religião e das etnias é na verdade a imensa prisão do espírito. Então, quanto mais você nasce longe de onde a lógica ordena, menos você é abortivo.*



Pela lógica, G. teria nascido em Ostrowiec, Polônia; pela não--lógica, nasceu em Juiz de Fora, Minas Gerais, Brasil. O exílio surge e é assumido como libertação do espírito numa geografia que condena à prisão, política, religiosa e etnicamente. Não pertencer como condição de escolha: em Juiz de Fora, sonha com as terras não palmilhadas da Polônia, onde, no entanto se recusa a pisar. Voltando ao "De frente e de perfil":

> Quando olho para trás, vejo nas fotografias amarelas e desbotadas, um Jacozinho montado num cavalinho de madeira, ganho num aniversário, na rua Espírito Santo. Um cavalinho num arremedo de Natal que não era o meu.
>
> JPG – *Durante muitos anos e, inclusive, quando eu escrevi o* Ritual de Clivagem, *eu tinha uma distância de mim mesmo muito dolorida e um estranhamento que vinha através do reflexo de olhos alheios, e hoje é o contrário. Adoro cavalos, mas para vê-los livres, correndo em filmes de* cowboy. *Detestei montar cavalos no 12º regimento de infantaria hipomóvel em Juiz de Fora, sob as ordens de um oficial fascista que, posteriormente, soube que, durante a ditadura, se transformou num torturador. Acho que criar cavalinho de madeira é uma perfídia anti--infantil. As crianças nasceram para amarem os animais e não montarem neles. E o Natal foi a suprema maldade que o cristianismo cometeu contra o estranho milagreiro Yeshua que, provavelmente, nasceu numa Juiz de Fora perdida nas bandas da Galileia.*

O texto prossegue aludindo às "paisagens adivinhadas" do *schtetl*, referindo seus antepassados, a sua descendência da linhagem de profetas-visionários, os *hassidim*, que tiveram como centro e lugar as cidadezinhas na Polônia do século XVIII (como narramos no capítulo 2), aquele mundo totalmente destruído e que é lembrado inventivamente por quem não o viveu. Continua o texto:

> Mas os olhos dos sonhos perdulários, em loucuras psicodélicas se prendem ao rabi Baal Schem, cantando músicas frementes de amor a Deus, em paisagens adivinhadas. Encarnações no começo do século XVIII, feiras das cidadezinhas que realizam as profecias de Ezequiel. Uma linhagem de profetas, visionários e pregadores, apaixonados por Deus, o Deus único, torturada angústia da minha infância, da infância que me arrebata, destrói nos delírios concretos de um presente passado.

Importa realçar essa expressão dos "delírios concretos de um presente passado", que ele, em outro texto, define como "memória retroativa" que presentifica o que não foi sequer vivido, somente imaginado: "Quem sabe um Reb Yankele, um outro Jacozinho, este sim, de carne e osso, estudando o Talmud e a Torá, numa tarde envolvente, entre neves proibidas?".

Aqui, a clivagem: entre o Jacob, que cresceu em Juiz de Fora, e aquele Reb Yankele [Em ídiche, 'Rabino Jacozinho'], que poderia ter crescido e nascido em Ostrowiec. O devaneio da escrita literária permite a possibilidade dessa imaginação, do que poderia ter sido e não foi, levando através do "sonho diurno" a vivência das duas possibilidades. Não foi, mas ao ser escrito, o que poderia ter sido passa a ser na literatura. Chegamos, então, à formulação que é central nesse texto:

> Qual a sombra, qual o protagonista? Qual o sonho, qual a realidade, aonde a fantasia, aonde o real? Quem é quem neste jogo de máscaras e fatos, em que os fatos negam e a contrição balança? Com quem vivi, as palavras que aprendi, se aprendi, num fervor incandescente.

O "outro"pode também ser a sombra, duplo do eu. E remete à pergunta mesmo fundamental nos escritos de um "eu clivado": quem sou? O que é verdade ou mentira? Tendo a possibilidade de ouvir o escritor, descobri que quando ele escreveu essa passagem, ele tinha em mente também um outro personagem:

> JPG – *O que eu posso dizer para você é o seguinte: que aí, eu não falo de mim. Aí, eu falo do meu pai, um pobre menino órfão de mãe, criado por uma madrasta, obrigado a cuidar de irmãozinhos menores, filhos do novo casal e, por isso, proibido de estudar na sua escolinha religiosa. É como se eu quisesse resgatar para ele um destino que a orfandade havia roubado, e eu tive a felicidade de fazê-lo quando, na faixa dos 30 anos de idade, tive o privilégio de alfabetizá-lo em língua portuguesa, em lições seguidas noite a noite num exercício em que filho e pai se confundiam em papéis que nunca mais se esclareceram.*

Ao alfabetizar o pai em língua portuguesa, filho e pai confundem-se no texto. E continua com a bela expressão, que destaco, pois nela se concentra toda a dinâmica entre o manifesto e o latente, o oculto e o iluminado, a visão e a cegueira, o saber e o desconhecimento: "As ruas que percorro cego são os caminhos das estrelas cadentes". O texto termina com a continuidade dos diversos papéis vivenciados e a afirmação da necessidade do testemunho:

> Encarno e reencarno o Rabi Yaakov Itzjak Horovitz, o "vidente de Lublin", e continuo porque continuo uma trajetória que em mim acaba, em mim questiona, aflitiva, em mim começa, uma festa, enterro hassídico. Bar Kochba e Tiradentes.
>
> Rabi de Apt, o Id Hakadosh, o Gaon de Vilna [Figuras épicas da religiosidade judaica européia].
>
> Cada nome evoca uma lembrança que não tive, um fogo que me devora o passado que me provoca, o amor que me constrange, o prin-

cípio do fim, o desastre que aconteceu. E por cada vez de 6.000.000 eu testemunho, e brado, e digo, repito, Rabi Elimelej de Lisensk;

"Shemá" [abertura de "Ouve, oh Israel...", a mais importante prece judaica]... num "heder" [escola paroquial domiciliar no judaísmo do gueto], onde minha alma sobrevoou, num instante de eternidade, muito mais carnal que os pássaros, mentirosos de geografia e história. Envolto em Talith e Tefilin [vestes litúrgicas judaicas], entôo a liturgia que não sei traduzir, um coral ao fundo, "escravo de Jó, jogava o caxangá...".

**Lacan e a escrita discordante; Jacob e a "palavra liberta"**

Nos anos 1930, Jacques Lacan estuda as anomalias de fala associadas às psicoses e os distúrbios na linguagem escrita e usa o termo *esquizografia* para se referir a uma escrita inspirada. Em 1931, junto com outros colegas, ele estuda um caso de paranoia feminina, analisado a partir de um texto *delirante* de uma paciente que dizia *fazer evoluir a língua.* Inspirados pela experiência surrealista, Lacan e seus colegas definem a estrutura paranoica a partir de distúrbios estilísticos e gramaticais. Na sua tese, intitulada *De la psychose paranoïaque dans ses rapports avec la personalité,* de 1932, Lacan defende uma concepção de paranoia não como anomalia, mas como *discordância* em relação à personalidade normal. Entre as loucuras ditas discordantes, situava-se a que chama de discordante verbal, remetendo aos termos *esquize* (ruptura) e *spaltung* (clivagem).

A *esquizografia* aparece como um vulto nos textos de *Ritual de Clivagem*: as frases interrompidas, desconexas, podem expressar esse ritual escrito (como no poema "Torpes dicionários", que fala no "processo esquizoide" necessário para "libertar a palavra dos significados":

TORPES DICIONÁRIOS

A pretensão das enciclopédias no aluguel das palavras.

Paranoide a definição, sinonímia. Urge libertar a palavra dos significados, no processo esquizoide. Soltas e radicais, impávidas, o mundo livre do som, a magia gráfica, da aparência. Luiza, perene, chatura, perto, longe, em estreita musicalidade que. Luiza, perene, chatura, perto, longo, nos idiomas abertos, o tam-tam das florestas, letras ensandecidas que explodem os grilhões lógicos, Lxrstu, pnexisx, N.

Nem o léxico, nem o sofisma, nem a gramática, nem.

No final será a palavra liberta que engancha a liberdade de qualquer palavra, o testamento, testemunho, visão, pré-pós/visão, intro/extra visão, ex/cuta, prisão.

(JPG, *Ritual de Clivagem*)

Como vimos, o projeto literário de G. defende a escrita como um ato de "soltura", e uma "estética da Desordem" como um "cerimonial a devir". Esse "cerimonial" é o que ele pratica nesse texto, encontrando na partícula "nem" – "nem o léxico, nem o sofisma, nem a gramática, nem" –, a síntese de uma libertação ou do que ele definirá em outro texto como a "paixão pelo nem insólito". Operando uma negação contínua, o "nem" esvazia as dicotomias – nem isso nem aquilo, e pode lembrar a *apóphasis*, a teologia negativa na impossibilidade de atribuir um nome ou definição ao divino. Proposição que encontra eco em uma pragmática da fala e da escrita que quer escapar dos ditames da língua, ou do elo palavras/coisas, autonomia dos significados, e da lógica que rege a relação entre os signos, buscando as "letras ensandecidas que explodem os grilhões lógicos" ("Flash da in/utilidade ou deus enguiçou", poema que termina dizendo: "Eu acho que eu não acho a identificação de identidade porque não, e então, porque sim, porque não."). Assim J. falou-me sobre o texto que precisa "enguiçar":

*JPG – A lógica e a clareza nos ajudam a viver, mas na realidade fica um espaço imenso que é o do absurdo, do susto, que tem de ser respondidos com a irreflexão. Na literatura, isso de alguma sorte, às vezes consegue uma forma mais ou menos estética. Diferença com o desabafo: ele é válido como literatura se dá margem e chance para que o leitor espelhe no texto a sua perplexidade. Não tem explicação, se meu texto não enguiçasse seria um ditador de uma república americana.*

Esse constitui o projeto de Goldberg, e que corresponde à crença, filiada às correntes principais da literatura do século XX, de que todo arranjo só serviria para camuflar as imperfeições, a loucura humana, os horrores do século, que precisam ser expostos sem arestas, sem parênteses, para se transformarem em libertação. Esse é o seu, digamos assim, "delírio" poético:

DE/LÍRIO

O sereno é roxo. De que cor é a face branca, viajante?
Nem rubor, nem rumor, só a placidez e quietude do ontem e do nada.
Mas, quem sabe, no futuro existirão, escondidos, arco-íris e sons desregrados.

## A estética da feiura

Goldberg defende, seja pelo uso de termos e ritmos discordantes, seja pela criação de uma sintaxe quebrada, a noção de uma literatura "feia":

*JPG – É como se a feiura fizesse parte da composição, inclusive para não trair minha feiura biográfica, histórica. Será que essa poesia não se legitima através de uma proposta feia? Essa proposta feia não é uma outra margem da paisagem literária? A minha poesia é um manifesto de feiura. A feiura é a beleza que a minha poesia persegue.*

Na sua reflexão, é frequente a mescla entre o pensamento estético e o místico, estabelecendo um diálogo com os enredos e personagens bíblicos. Um exemplo dessa correlação encontra-se no texto "Culto à Fealdade", publicado em *Ritual de Clivagem*, no qual a feiura, relacionada a Lúcifer, seria parte do enredo divino (manifestando-se na doença, na loucura, na sujeira) contra o qual ele protesta. De outro lado, a feiura é cultuada no sentido de uma resposta e de uma defesa do torto mais que do direito ("Feio é a beleza no anverso da ribalta"). O texto é, assim, uma espécie de reza, canto chão, ao mesmo tempo lamento e homenagem à feiura (e termina falando em "sótão" e "porão", a feiura como aquilo que está nos fundos da casa, escondido, que não se quer ver; espaço do detrito, do entulho, e também do contato com a morte).

CULTO À FEALDADE

O anjo da luz comprometeu a escala da criação estética.
Lúcifer, beleza provável.
Na desarmonia, falsa de estrutura, reside a passagem para a morte, ruptura na cósmica de servidão.
O pacto da feiura alimenta o único enredo divino.
A criança enferma cancerosa, o aidético, o louco deformado, a sujeira, as rugas da velhice, enfim a posse da serventia.
Significante, na poesia estelar-ribombante na proporção do anão.
Orai por nós, feios, no altar de nossa vida, agora e na hora de nossa morte, aleluia, também.
O avesso, prosaico, coloquial. Feio é a beleza no anverso da ribalta.
Enterrai, cadáveres a caricatura da beleza, injunção narcísica do usurpador.

A messiânica mentira não é passado, virá nas dobras de um pardal enluarado.
Não há, então, cantata no sertão, sombras no sótão, porão.

Conversei com o escritor a respeito desse texto, e o que ele me disse foi:

> *JPG – Se existe algo que me incomoda é a ideia das instituições religiosas descreverem a imagem de Deus como uma imagem bonita. Eu acho que Deus é feio. Deus está no feio, porque Deus está na piedade, na desarmonia que procura se acertar. Na realidade, a beleza, a simetria e a harmonia, elas são provocativamente malditas, são sempre jogos de força, arrogância, autoritarismo, pretensão, vaidade. O sofrimento, a dor, a criação, sempre são feios. E o abandono do feio promove ternura. O bonito, o rico, o certo, esses não precisam de ternura, para que ternura, se eles têm ternura interna? Por isso, eu procuro sempre verificar essa quebra da harmonia.*

Em um dístico seu, em A *Ógea e a Calhandra*, de 1997, J. diz que a beleza seria encontrada na direção oposta ao que pensa ou procura a maioria:

> A tribo corre sempre na mesma direção. Mas, para ineludível decepção,
> a beleza caminha em marcha-a-ré.

## A "Bio (necro) grafia"

Nem biografia, nem autoficção, nem autobiografia, os textos de J. compõem uma *bio(necro)grafia*, escrita em que vida/morte estão grafadas no mesmo significante. O prefixo "necro", como em necrológio, posposto ao prefixo bio: a morte no centro da vida e no meio da escrita poética. Os poemas "Bio(necro) grafia I" e "Bio(-necro) grafia II" são a síntese poética de uma escrita de si. Foram publicados no livro *Judaísmos ético e não-étnico* (1997), mas a edição não seguiu a disposição em versos tal como aparece em *A Ógea e a Calhandra* do mesmo ano. Reproduzo aqui os poemas seguindo o corte dos versos, conforme a primeira digitação destes à qual tive acesso (anterior à sua publicação). Após revisão do escritor, três versos da primeira versão de "Bio(necro)grafia II" foram excluídos desta que aqui apresentamos.

De certo modo, pela sua estrutura, esses poemas são a continuação de um poema anterior intitulado "Pombagira" (de *Monólogo do Medo,* 1972), pois todos eles fazem o percurso da vida rememorada segundo visões, iluminações, alucinações e o anúncio de sua(s) morte(s). São poemas importantes porque concentram alguns dos procedimentos mais característicos dessa escrita: o *flashback*, a memória retroativa que vai compondo cenas como em um filme através da superposição e montagem de imagens, em um roteiro dessa escrita de vida e de morte.

"Bio(necro)grafia I" é composto de seis estrofes e quarenta e sete versos; "Bio(necro)grafia II tem o dobro do tamanho, com treze estrofes. Proponho abaixo a leitura do primeiro. O poema começa ao som de "mentiras e atabaques" rodando no salão. É uma escrita de si que se instaura como um sair de si, escrita-pombagira, possuída pelas imagens que rodam, numa espécie de vertigem que instaura o poema e a sua abertura:

Pelo salão rodam mentiras e atabaques,
óculos escuros esverdeiam a serena decência,
os pensamentos cruzam viadutos e quem sabe?
Onde está o homem, os lábios carmesin,
onde está a mulher, e a lua, o destino,

as fuinhas do último raio de sol,
as formigas que espreitam a esperança atrás de olhos furta-cores ouvidos maldosos e longos.

Os elementos dessa cena vão aparecendo e as imagens são estranhas: "óculos escuros esverdeiam a serena decência", "pensamentos cruzam viadutos", "formigas que espreitam a esperança" como em uma visão alucinada. E nas duas estrofes seguintes, lemos:

Numa curva de memória o chapéu de meu pai – *Au revoir*,
num filme de mocinho e bandido
comigo no laço de *cowboy*,
a fantasia da *matinée*,
no carnaval.

Vejo as aquarelas da ribanceira,
pronto para matar o dragão nazista e
a música de Johnny Guitar.
Lágrimas proibidas escorrem das estátuas
cujas faces refletem as emoções na discoteca.
Play-black,
em plátano de guarda-sol,
um veterano diz *Good-bye*,
e,
por absoluta antecipação de ulteriores frustrações e desespero
eu me comovo.

A memória se movimenta numa *curva*, volteio, e o poema dá um salto para um tempo que mistura passado, futuro e presente: o adeus do pai mesclado a imagens dos filmes que ele assistia na *matiné* no cinema (o Cine Central em Juiz de Fora). O roteiro do que acontecia fora da tela do cinema era o da guerra que se desenrolava alhures e da qual o menino tinha notícia pelos jornais, pela mãe e sua *canção de ninar* (como veremos adiante), pelos familiares dos pais que foram mortos no campo de concentração, pela tia que não conseguiu visto para entrar no Brasil, negado pelo Itamaraty. E ele, herói "pronto para matar o dragão nazista".

O "veterano que diz Good-bye" é Ellek, personagem de sua infância, que irá aparecer no poema dedicado a Londres (*De Maria Fumaça até Picadilly Circus*, 2002). Ellek, que lutou na resistência e foi parar em Juiz de Fora, tornou-se uma espécie de *pai ébrio*, como me relatou Goldberg. E toda essa cena é revisitada por um eu que se *comove – por absoluta antecipação de ulteriores frustrações e desespero*. Antes de retomar o poema, transcrevo o depoimento de Goldberg a respeito de Ellek pela importância que assume como história e estória:

> JPG – *O Ellek era um judeu da cidade de meus pais e ele era de uma família muito rica da Polônia. Antes da guerra, tipicamente coisa de moço rico, ao contrário de meu pai, que veio para o Brasil à procura de emprego, ele resolveu ir embora da cidade dele, Ostrowiec, por aventura, e deixou uma mulher e a filha com a intenção de mandar buscá-las depois. Ele veio para o Brasil, só que quando mandou buscar a mulher e a filha já era tarde, elas foram assassinadas pelos nazistas. Esse homem passou a viver uma vida de inferno no Brasil, e resolveu me eleger como uma espécie de filho dele. Ele era um alcoólatra inveterado, bebia direto, e quando começou a guerra na Europa ele se alistou para ser voluntário na Royal Air Force (RAF). Para surpresa absoluta, ele foi aceito e foi para Londres, e se transformou em piloto, e ganhou as medalhas de bravura em combate, porque, na verdade, a vida dele pouco importava. Então, esse Elek, em 1944 mais ou menos, quando as forças britânicas caíram de paraquedas na marcha na França, ele participou, e passou a matar alemães com a maior violência.*
>
> *Depois da guerra, ele voltou para Juiz de Fora, e aí estava completamente alcoólatra, e ele parava nas esquinas com as medalhas mais importantes do im-*

*pério inglês de bravura e combate, e, bêbado, gritando na rua, ele sacudia aquelas medalhas – "olha aqui o que eu tenho", e os outros davam risada achando que ele era louco. Eu era o único cara que levava ele a sério, e sabia que ele estava falando a verdade. Era muito engraçado porque quando eu olhava para ele e o acalmava dizendo que eu sabia (porque ele ficava muito exaltado quando punham em dúvida), e eu dizia para ele: "eu sei que você matou mesmo", e realmente ele matou, então, ele sempre terminava os discursos embriagados gritando: "All right", "All right"... De alguma maneira, o Ellek tinha sido meu herói porque de alguma forma eu poderia considerá-lo uma espécie de meu pai ébrio, ébrio no sentido inclusive de fazer a loucura do heroísmo e da aventura.*

em plátano de guarda-sol,
um veterano diz *Good-bye*,
e,
por absoluta antecipação de ulteriores frustrações e desespero
eu me comovo.

De volta ao poema:
No circo um volteio nostálgico,
supõe borboletas entre
as latas do velho circo armado
no subúrbio de Niterói.

Corte novamente da narrativa, pois a estrofe do poema nos transporta para Niterói através de "um volteio nostálgico", e continua:

E como são impossíveis, Senhor de latas encarquilhadas,
que os desenhos do desejo
se tornem realidade.
E como são impossíveis
as palavras ciciadas em solidão

na caverna de madeira entre os templos de ais, *band-aids*,
oh, silvos de trens em estações de baldeação.

Ao falar no "Senhor de latas encarquilhadas", os versos nos remetem ao personagem do filme *O Mágico de Oz*, livro de Frank Baum publicado em 1900 e tornado filme musical em 1939. Nele, a heroína Dorothy (interpretada por Judy Garland) é acompanhada na sua viagem de Kansas para a Terra de Oz pelo Leão Covarde, o Espantalho e pelo Homem de Lata. Passar para o mundo mágico de Oz é justamente a possibilidade de que "os desenhos do desejo / se tornem realidade", mas que no poema de Goldberg são "impossíveis" e que ele reporta ao espaço da sua "cabana caverna" (como dirá em "Bio(-necro)grafia II"), ou seja, aos caixotes de madeira onde, criança, ele se escondia e onde podia realizar os *desenhos do desejo*.

Salman Rushdie escreveu sobre a importância desse filme como sua "primeira influência literária", no texto "Em Busca do Reino de Oz".[17] O texto de Rushdie é importante porque esclarece uma imagem inicial do poema de Goldberg: "óculos escuros esverdeiam a serena decência". Rushdie lembra que a narrativa de Frank Baum distingue o cinzento e deprimente espaço do Kansas do sempre verde mundo de Oz, e conta que, diferentemente do filme, onde a cidade é mesmo verde, no livro, *A Cidade Esmeralda* – "só era verde porque todos eram obrigados a usar óculos de lentes verdes". O poema de G. também começa com óculos que esverdeiam, podendo ser lido como uma entrada no mágico mundo da imaginação e da infância rememoradas, do mesmo modo que Dorothy faz o ritual de passagem de um espaço a outro.

17. S. Rushdie, *Em Busca do Reino de Oz*, São Paulo: Folha de São Paulo, 21 de junho de 1992.

Um samurai na esquina do Bom Retiro
se prepara para morrer.
Deixa sua última mensagem –
Como é doloroso ser velho.
E, na sua cidadela,
risca para as nuvens e os enigmas
seus passos de Império.
Para frente e para trás, da cozinha até o atelier,
sobre a mesa da copa, uma pincelada de tinta –
"quem sabe o roxo".
e pimenta no *borsht*.
Superstição nos olhos de aventura,
enquanto eu leio poesia do Galut.

Quanto ao samurai, contou-me Goldberg:

*JPG – Meu pai fazia ponto numa esquina do Bom Retiro, onde os idosos se reuniam para conversar. Diariamente, faziam ponto na esquina. Ele estava bem adoentado já e um dia eu fui lá para conversar com ele, e tive a intuição nítida de que era a última uma vez. Então, eu conversei, me despedi, entrei no automóvel para ir embora só que resolvi dar a volta no quarteirão e parar para conversar mais devido à minha intuição. Mas aí eu o vi andando em passo trôpego fisicamente, mas com firmeza, e achei que eu não tinha o direito de parar e interromper a caminhada dele... Em direção à eternidade. E fui embora.*

E sobre a "pincelada de tinta":

*JPG – Minha mãe pintava na cozinha e, uma noite, já nas últimas semanas de vida dela, eu fiquei lendo poemas duas, três horas, de uma antologia de poesia judaica e eles na minha frente me ouvindo, e eu percebia que se tratava de um cerimonial de despedida, e havia uma gravidade naquela noite. Esse foi um dos últimos momentos juntos.*

E a poesia do *Galut* é a poesia da diáspora, o exílio judaico. E são os olhos que revelam o modo de operar da memória: a visão /imagem na retina que revê / relembra o passado como fotogramas de um filme. Nessa escrita-cinematógrafo vão aparecendo os personagens do *filme de sua vida*: o pai, a fantasia do menino *cowboy*, os faroestes norte-americanos, os heróis de infância como os personagens de gibis: Flash Gordon, Dale e Suzana (nome que se tornará o de sua filha, Suzana Goldberg). É uma vida contada não em *flashback* descontínuo: cada verso conta um pedaço de história. Eles compõem mais um caleidoscópio em *flashes* rápidos de imagens recorrentes (o aceno de adeus no pai, na gare da estação central em Juiz de Fora, que aparece em outros poemas, as ruas da cidadela (Juiz de Fora e Ostrowiec); o colégio Granbery, a *matinée* no cinema, o escurinho na sala e o escuro nos caixotes de madeira da loja de seu pai, onde ele se escondia para ler).

A visão na poesia de J. é a que ocorre de dentro da caverna que são seus caixotes de madeira. De dentro da escuridão, com muita pouca luz entrando a não ser pelas frestas. No mais, é tudo escuro. A cor negra, ou o negro e o branco misturados nos seus textos, é a cor matriz dessa escrita, como prolongamento que amplifica a presença do escuro e do negro: a sombra, como o não-eu, o outro-eu que se persegue; o acender e apagar de velas e de luzes; a escrita negra, a escuridão, que é geralmente sempre proscrita pela metáfora solar dominante, aqui é valorizada, buscada, inquerida. É poesia contra a clareza: ela se escreve no escurinho do cinema e contra a luminosidade, que ofusca e informa, na tela em branco, que o filme terminou. Como escreveu no texto de 1972, "Meu papel no filme de minha vida", e que termina falando no sujeito que tem medo de que o filme acabe:

> tá com um medo desgraçado que acendam as luzes e na tela apareça
> e palavra
> FIM

### "Bio (necro) grafia II"

"Bio (necro) grafia II" começa com a chuva. Destaco a imagem de uma Juiz de Fora cinzenta lembrando a referência ao filme. As três primeiras estrofes retomam e desenvolvem temas já presentes no poema anterior: o samurai retorna com a referência ao filme de Kurosawa; mais uma vez, a despedida, *au revoir,* e, na última estrofe, o passado rememorado dá lugar ao presente de sua família nos dias atuais, citando os filhos Leonardo, Flavio e Suzana. E, no fim, a instalação do "processo - / tragédia ou absolvição", desses poemas-mandala, assinalando o fim ou o início. O 'necro' de 'bio' já anunciava a despedida última: "no velório de / um homem, de todas as chances, / guirlandas, / assobios". Transcrevo o poema integralmente abaixo:

> A chuva caindo, uma brisa quase fria e poder
> se agasalhar no caixote
> vazio das mercadorias compradas
> pelo meu pai.
> A madeira limpa, em forma de
> cabana caverna.
> Ficar ali sentado até a hora de
> comer pão preto com manteiga e tomar
> café com leite ou pão com alho
> esfregado, (é bom para vermes).
>
> Ficar sentado, imaginando que sou
> o capitão dum navio (submarino?),
> que destrói a Armada nazista.
>
> A chuva lá fora continua
> A tarde cinzenta da Rua Santos Dumont,

na Rua Espírito Santo, o barulho do
bonde que leva o passageiro para
as praias com o

Super-Homem.
Imagino Dale, enquanto, eu
Flash Gordon, esqueço as humilhações
dos moleques que gritando Dumbo –
orelhas de abano –
me obrigam a me esconder no banheiro do
Instituto Granbery de piedosos pastores
metodistas que não me deixam esquecer
que os

Judeus – eu – mataram Jesus – Glória,
Glória, Aleluia.

Com as mãos e a imaginação, sou também
o herói da mamãe, cantando com a
voz, já sedutora, oh Suzana,
não chores por mim, quando cu for
pro Alabama vou tocando bandolim.

Mas o maldito violino, não consigo sustentar
com os bracinhos magros e o professor
proficiente, pegajoso, empurra o arco e machuca meu
queixo.
E por causa do professor galinha-verde,
Nunca, nunca serei Heifetz,
mas também não lehudi Menuhim.

Porém, um dia, alguém há de filmar
sete homens e um destino e eu serei todos
os samurais, na roda do tempo, no
Cine Para-todos, assistindo Casablanca.

O que será, será aquilo que...
por entre braços e pernas, saio
incólume para outra vez.

*Au revoir*, por entre lágrimas e
riso.

Uma bela legenda para a aula de latim,
no gibi:
Vim, vi e empatei.

Yeah, Yeah, Yeah,
a loiríssima cerveja, baby,
na cervejaria José Weis,
Mariano Procópio, Juiz de Fora, o Corínthians,
a aliança que vara séculos,
os desatinos e as indefinições.

O bico do seio da minha ítala paixão,
o branco de Leonardo, no
contraste com o black,
os passos de Flavinho,
a música de Elvis,
o aquário de faz-de-conta da
Suzana
um gato de pano arrastado pela

sala miando desesperado num coro
de Brooklin –
Preciso, urgente, aprender inglês.
E deste início, ou fim se instala o
meu processo –
tragédia ou absolvição,
a mandala vítima
mais do que uma cancela,
uma bala de canela, o gomo
da mexerica, o preto da jabuticaba,
meio-quilo de uva, de que vale
o sucesso, camarada, no velório de
um homem, de todas as chances,
guirlandas,
assobios.



## O acalanto de guerra

O acalanto é um gênero específico de poemas destinados a embalar o sono, dentre os quais se incluem as cantigas de ninar. É de se notar que muitas das cantigas de ninar embalam o sono apelando ao terror e o medo: na sua aparente singeleza, ameaçam o ouvinte-criança com a punição ao mesmo tempo que prometem protegê-los dos perigos. Na economia poética dos escritos de Goldberg, a canção de ninar é citada de modo recorrente. A cantiga é associada à situação da guerra e a seus horrores, mas, ao mesmo tempo, mantém a intimidade da recordação da voz de acalanto materna e o seu recado transmitido via cantiga. O ídiche, a "língua da mamãe", o dialeto falado sobretudo pelas mulheres, é também a língua das canções de ninar.

No primeiro livro de G., *Ritmo Esquerdo* (1952), o poema "Canção de Ninar" inicia-se com a voz materna recitando ao filho:

> Dorme nenê que os nazis estão aí,
> dorme filhinho que mamãe cuida
> de ti.

Em dez estrofes, o poema narra a história do homem que *não gostava dos judeus* e domina uma nação *outrora grande* para matá-los, num tempo em que "o diabo está solto":

> Agora dorme nenê que os homens maus
> estão por aí.
>
> Dorme filhinho, dorme nenê.

Nesse poema, publicado em seu primeiro livro, quando o escritor contava 19 anos, lemos a narrativa pueril, imitando a linguagem materna dirigida à criança em sua oralidade característica, numa composição também pueril, no sentido de ser toda referencial e denotativa, mas com um substrato que contrapõe ao pueril o horror da história, a ameaça de morte e o assassinato que se amplificam na medida mesma de sua contradição: cantiga de ninar que, ao invés de ter como efeito o dormir, acorda leitores e criança para uma situação de máximo terror e medo. A importância dessa primeira composição poderia terminar aqui, não fosse a recorrência do tema canção de ninar associada à guerra nos livros posteriores, como uma canção que acompanha esses escritos.

Ainda em *Ritmo Esquerdo*, o poema "Parágrafo" alude, em primeira pessoa, ao *desamparo* diante da *noite eterna:*

PARÁGRAFO

Na tempestade da vida encontrei-me
sem amparo
a noite eterna
desceu e
as nuvens escuras

coroaram a obra
do Maldito.

A noite, em que se cantam as cantigas de ninar que teriam a função de amparar e proteger o sono, é aqui absolutizada numa *noite eterna, escura,* na qual domina a presença reinante do mal, com o qual o sujeito deve se confrontar, na *tempestade da vida,* como algo que o acomete. O título "parágrafo" pode ser lido como parte integrante da história escrita nestes poemas.

Em 1967, Goldberg publica, no *Jornal de Debates,* um poema dedicado ao 25º ano de destruição da cidade de Lídice, aldeia na Boêmia, Tchecoslováquia, inteiramente destruída em 10 de junho de 1942 pelo exército nazista. O motivo da destruição, alardeada e divulgada em todo o mundo pela propaganda nazista, deveu-se ao atentado contra um alto comandante do escalão nazista, um dos mentores da "solução final". O comunicado nazista expunha, para não deixar dúvidas:

> Os adultos do sexo masculino foram fuzilados, as mulheres enviadas a campos de concentração e as crianças confiadas às autoridades competentes. As construções da localidade foram arrasadas e a sua denominação foi pura e simplesmente riscada do mapa (Bradley, 1976).

O poema de Goldberg intitula-se "Lídice – minha canção de ninar". Composto de oito estrofes, o poema tem um ritmo de marcha bélica, em contraste com o que se espera do ritmo de uma canção de ninar. Na primeira estrofe, a motivação da canção vem expressa na questão: "Vamos todos esquecer, em ciranda, cirandinha?" A segunda estrofe, em processo de enumeração, descreve o que foi destruído:

Vozes indormidas, berços desertos, amores desfeitos,
cervizes quebradas, bocas calando,
narizes recurvos
olhares turvados, por dólares, marcos e rublos, num simples contrato,
firmado?

A partir da terceira estrofe, aparece a voz na primeira pessoa, ecoando em si os acontecimentos, num embalo repetitivo que termina com a interrupção da questão:

Cada trincheira, todo sono arrependido,
aquela fila, imensa, numerosa,
minha fila querida, aquela fila minha,
meus números tatuados, aqueles números queridos,
naquela minha gente querida,
interrompida?

Na quarta e quinta estrofes, o sujeito poético se dirige a Caim para *cobrar em dor e morte o pacto infernal*, cantando contra o *canto do esquecimento*, o apagamento no mapa da memória:

Caim maldito,
envenenado e sutil,

que nas dobras das filigranas,
penetrou o ingrato canto do esquecimento

Hei-de roubar-te
a ilusão.
Jogar em tua cara, ferina, a dor, a morte, cada
momento chicoteado, para cobrar-te,
em dor e morte,
o pacto infernal.

E o poema termina associando Lídice às localidades dos campos de concentração:

Lídice, minha cidade,
Büchenwald, Oswiecim, Matenhaüsem,
ceifa de minha nação!

Esta nota dissonante
minha canção de ninar!

A canção de ninar *dissonante* embalaria não apenas uma criança, mas seria a música de fundo da situação mundial. A repetição, a redundância nos versos, cria um embalo, um ritornelo, que se interrompe no verso dissonante – "interrompida?". A dissonância está presente na associação canção de ninar/ marcha bélica, assim como a dissonância entre sono/sonho/pesadelo acordado. O dualismo consonância/dissonância aumenta o *pathos*, a emoção comovente, de tônica acentuada.

Em poema bem posterior (de 1997, publicado, portanto, 30 anos depois), intitulado "Canção de Ninar", a composição tem o mesmo tema que retorna, mas em registro átono. Já não há mais tons dominantes, não há *pathos*, como se o distanciamento temporal maior em relação aos acontecimentos associados à cantiga de ninar diminuíssem a emotividade, fazendo com que a "Canção de Ninar" apareça como os traços de um desenho, desprovida agora do pesadelo, e esteja mais próxima de "noites de bonança". A composição, como se lerá, trabalha com um conjunto de livre associações de imagens, que a fazem próxima de uma escrita surreal, com imagens díspares que não encontram mais um referente explícito:

CANÇÃO DE NINAR
O vento que rumina em noites de bonança,
uma prosa de mentira subindo os degraus da
escada de neve,
o aniversário mensal do recém-nascido,
elefante branco num circo japonês,
a língua audaz na inquieta adolescência
entre um branco e uma espiral,
azar do pincel e óleo que diagramam na tela
o turvo mundo dos desatinos, benquerenças.

Diria que haveria aqui uma autonomia da dissonância, orquestrada nas imagens que não se coadunam, apesar e por conta mesmo de se associarem por estranhamento; como se já não fosse uma canção que se escutasse. O símile agora é a pintura – a canção deixa de ser música (já não mais o som da marcha bélica) para ser visualizada ao acaso do pincel que diagrama na tela "o turvo mundo dos desatinos, benquerenças". Distante, ela agora pertence a um traçado da memória, o que permite que o "mundo dos desatinos", do sem sentido, do absurdo, seja também paradoxalmente o das "benquerenças", daquilo que se quer bem. Se antes a canção de ninar era aquela cantada pela voz da mãe, na "língua da mamãe" (o ídiche), aqui ela reaparece "entre um branco e uma espiral, / azar do pincel e óleo". A mãe de Goldberg, já em idade avançada, começa a pintar, mostrando que a canção de ninar aparece sempre acompanhada da presença ou miragem da mãe, "às vezes madrasta. Mas sempre Promessa", como escreve no seguinte belo texto em prosa:

MÃE

Tenho vivido muitas e muitas vidas, e o saldo tem sido formidável. Formidável, no êxito e na derrota, na alegria e na desgraça.

O esforço e a dedicação, bem como o acaso, concretizaram alguns dos meus sonhos, aparentemente, delirantes, levando-se em conta as realidades iniciais: no campo profissional, no universo dos sentimentos, no corpo e nas aventuras do Espírito.

Em compensação, o mesmo esforço, a mesma dedicação e o mesmo acaso, no descampado da amargura, acabaram ofertando, também, os pesadelos mais agonísticos.

Se, neste balé estonteante, alguma verdade transpareceu, é que por cima, e por baixo, por trás, e na frente, nas esquinas e nas marés, existe, distante e, paradoxalmente, ao alcance da mão, a Maravilhosa, estranha mãe, às vezes deusa, às vezes madrasta, mas, sempre Promessa.

No livro *Tempo Exilado*, todo ele composto sob o impacto da vivência ou sobrevivência em tempo de ditadura no Brasil e, portanto, em sua maioria relacionado à situação local, às guerras de então, ao Vietnã, à censura, dois poemas interessam especialmente, pois que retomam, nesse outro contexto enunciativo, imagens recorrentes nos tempos do acalanto de horror. O poema "Tempo Morto", citado no capítulo anterior, inicia-se com o domínio da treva e o apagamento do sol como *alegoria* daquele tempo *de nenhuma esperança*

Sem meandro ou curva no horizonte,
toldado pela tácita
transação

E retoma-se, então, em *tácita transação*, expressão similar ao poema dedicado à Lídice, *contrato firmado*. E, em poema desse mesmo livro de 1968, novamente o demônio acompanha o dormir da criança:

CONCILIAÇÃO
Durmo com meu
demônio.
Com ele
terei que tranquilizar
o sono.
Vem do reino
da morte,
terminou o dia do
Anjo.

Impaciente em
cada espaço,
mas nada vislumbro
no lençol.
Inimigo,
travesseiro,
hei de sentir,
o carpir insosso

Carpir – todo esse conjunto de poemas aqui citados vem sob a égide deste verbo, carpir. O canto, o poema, a cantiga de ninar tingem-se de luto, e, enquanto acalantos fúnebres, acompanham esta trajetória poética, num tempo que é morto porque só traz a morte. A escrita é todo o tempo relacionada à memória, ao não-esquecimento de todas estas mortes, como registro, lamento, revolta, dor em tempos de inferno com o *inimigo* que, aqui, não mora ao lado, mas no interior, no leito de dormir da criança, *inimigo travesseiro*. É com esse inimigo demoníaco, entranhado na experiência, que se tem ou se deve *conciliar* ou *apaziguar* o sono. Tempo de pesadelo, em que a morte domina, a crueldade sem explicação e que faz com que a canção de ninar seja o carpir da guerra constante. Mal-estar intenso, permanente, pois aqui a canção de ninar não apazigua, pois que lembra a todo momento o *mal, íntimo e externo*.

Freud, em *O Mal-Estar na Civilização*, de 1929, determina a batalha da civilização entre a pulsão de morte e a de vida (*eros* e *thanatos*). Ele refereespecificamente as cantigas de ninar como tendo a função e o efeito de *fazer esquecer, apaziguar* esta luta principal: "E é essa batalha de gigantes [entre impulso de vida e de destruição] que nossas babás tentam apaziguar com sua cantiga de ninar sobre o Céu".

A canção de ninar, nos textos de Jacob, tem a função de lembrar e ferir, porque aqui todo o tempo ela canta o inferno e não o céu. Cito, também, o seguinte texto, publicado em *Cidade dos Sinos*, de 1975, e que apresenta uma versão inesperada e forte poeticamente (com suas interrupções via parênteses) neste histórico de suas cantigas de ninar. Agora, é o sujeito poético que canta para embalar o sono de Deus, insone pelo mal causado pela humanidade:

DEUS INSONE

Os profetas que afirmaram que DEUS MORREU, enganaram-se. Deus está mais vivo do que nunca. Nem sequer consegue dormir.

Na realidade, DEUS ESTÁ INSONE.

Os homens conseguiram causar-lhe o estado de ansiedade, provocando sua insônia.

Os homens?

Quando será o suave acalanto de Deus? O repouso do sono dos justos?

Talvez se uma noite (de estrelas e sol brilhante) todos os corações puderem cantar uma canção de ninar.

Canção e dança. Cantando e dançando. Balançando os corpos, a mente, a dor, a esperança, o luto, o mundo-que-vir.

E como as rochas e os furacões jogaremos flores no passado bestial.

Finalmente, liberto, Deus sorrindo concilia o sono. E dormindo, sonha.

Que está acordado.

Vendo um mundo de dança e canção.

(Escrevi este texto em homenagem ao rabino que foi assassinado pelos nazistas e pediu, como última vontade, que pudesse vestir suas roupas e elementos de reza. Cavou sua própria sepultura e foi enterrado vivo. Estará morto? Ou vivo e insone?)

Nas ruas, sexo. Nos olhos, desejo. Nas mãos, pureza. Nas costas, pudor. Nos ouvidos, verdades. Na boca, o beijo. Nos cabelos, o infinito. Nos pés, a vontade.

Dorme, dorme, meu querido, que o mundo vela por ti.

Dorme, sossegado, que ando, por mim.

(E, hoje, uma reportagem de jornal informa que na fronteira crianças são jogadas, às vezes, por seus pais, diante de automóveis, na estrada, para que suas famílias possam sobreviver, com a indenização. Estarão mortas, ou vivas e insones?).

Dorme, dorme, meu querido, que o mundo (em velocidade) vela por ti.

Dorme, sossegado, que ando, por mim.

Em "Escritor ou Tradutor" (texto de *O dia em que deus viajou*, 1974), novamente reaparece a associação entre Hitler e a canção de ninar:

> A importância que a palavra assume – para construir ou destruir – é suprema. A inteligência Divina capaz de criar o universo com o som de uma voz. As potências do Mal, capazes de se encarnarem em Hitler e nas invocações de Nuremberg desencadearam o genocídio de milhões de pessoas, *a mãe que acalenta o bebê para dormir* e as imprecações da selva e da floresta num julgamento criminal, lembrando os brados das Cruzadas (*grifo meu*).

Por fim, em outro de seus belos poemas, publicado em *Monólogo a Dois* (2002), retorna o tema da canção de ninar, cinquenta anos depois de seu primeiro livro de 1952. A chuva, fora e dentro, reverbera o acalanto entre o eu e o mundo:

CHOVE

Para acalentar, acalanto,
meu próprio sono,
chovo,
faço chover, na seca
noite.
Como se lá fora, raios,
trovões, água caindo, fossem
violinos, tambores, tangos, a
imensa orquestra que toca
a canção para me
ninar.

E, ao balanço da úmida
onda, no travesseiro,

agarrado, amparado, barquinho
no imenso oceano,
o sono e o sonho,
as nuvens da fantasia,
chove a tempestade que,
no contraste,
o calor das cobertas,
a cortina leve, diáfana,
que faz dormir, esquecer,
lembrar, que
entre as pálpebras,
chove.

## Ensaio sobre a sombra

Em minha leitura, a sombra aparece como uma matriz imagética predominante nos textos de Jacob Goldberg, seja nomeada diretamente nos poemas, seja pela alternância das duas cores mais citadas, o preto e o branco, assim como a recorrência do cinza.

Na grande maioria de seus textos, aparece citada ou inferida uma relação luz/trevas caracterizada pelo lusco-fusco, claridade-obscuridade, sempre acentuando o fundo escuro em que se encontra. É sempre a sombra, a escuridão, a negritude, que são valorizadas como ponto central. Muito mais do que apontar para uma transcendência luminosa, sua escrita aponta para o sombrio, o soturno, o grave, o sorumbático. As questões envolvendo a sombra estão apresentadas em diversos tópicos abaixo.

## O escritor é uma sombra

> *Todo escritor, todo criador é uma sombra.* Como fazer a biografia de Proust ou de Kafka? *Quando se escreve, a sombra é primeira em relação ao corpo.* (...) Não se pode ir longe na literatura com o sistema "Vimos muito, viajamos" quando o autor faz as coisas primeiro e as narra em seguida. O narcisismo dos autores é odioso porque não pode haver narcisismo numa sombra (Deleuze, 1990, p. 183).

Deleuze defende o uso do pronome neutro "on" (a gente, em francês) (e não os pronomes pessoais, eu, tu, ele, na escrita). Penso que, em Jacob, esse "neutro" é a sombra, espécie de duplo que destitui o escritor do poder de dizer "eu", ali onde ele parece afirmá-lo com mais ênfase, por isso, inclusive, tornou-se frequente para Goldberg não se reconhecer no que escreve. Assim, no poema que diz:

> DRAMA (LI)TURGIA
> Eu sou um homem da fronteira. Eu sou
> a fronteira.
> Entre o depois e o antes, uma sombra.
> Uma sombra no espelho.
> Um espelho n' água, o tempo,
> que desvenda todo o mistério.
> (JPG, *A Clave da Morte*, 1992)

Recorrente, a relação sombra-espelho reaparece em outros textos, como, por exemplo, nessa crônica, publicada em 1995, uma das melhores que ele escreveu, destronando a empáfia do criador da Microsoft ao vender a ideia de "revolução" promovida no livro *A estrada do futuro*, de Bill Gates. Destaco apenas esta passagem que remete à sombra. Ao citar frase de Bill Gates, "Você poderá manter contato com qualquer pessoa em qualquer lugar", comenta Jacob:

> Que mentira onipotente. A única pessoa com quem se interage autenticamente detém o discreto charme da ausência e jamais ficará pendurada num celular, aguardando chamada. No viés, é *uma sombra no espelho*, um desejo oculto, palavras ambíguas e adivinhadas. A fugacidade e o "imponderabilia" que o robô inveja.[18]

No trecho deste outro texto, intitulado "Viagem", lemos: "Se alguém quiser referencial histórico, provavelmente encontrará seus caminhantes, nas cinzas das fogueiras da Inquisição, ou fugindo *nas sombras do seu espelho*" (Goldberg, 1974).

Wolfgang Iser, em ensaio dos mais instigantes, "A bucólica da Renascença como paradigma da ficcionalidade literária" (1996), discute a necessidade e a função antropológica da ficção a partir de uma análise da poesia pastoril da Renascença que tematiza o fingimento da ficcionalidade com os poetas que se encenam como pastores. Por que os poetas se encenam pastores e não caçadores ou pescadores, pergunta Iser? Os pastores, diz ele, não precisam matar seus animais e, ao domesticá-los, cultivam uma parte da natureza. Não são sedentários, mas migram com o rebanho e tem tempo para o ócio. Disso resulta uma outra "economia de tropos". Os caçadores, por outro lado, precisam matar os animais para possuí-los e sua relação com a natureza se manifesta de modo pictográfico, num controle por imagens que expressam a morte. Os pastores representam a natureza pela escrita.

Na poesia pastoril, Iser mostra como o sujeito poético assume a máscara dos pastores e se usa o símile da sombra e da imagem do espelho para distingui-los da pessoa real do poeta. Iser mostra que o mundo pastoril é o mundo da poesia e o sujeito poético é o

18. J. P. Goldberg, "Bill Gates, Jeremias da Internet". São Paulo: *Jornal da Tarde* 28/12/1995, grifo meu)

campo de atuação da sombra, imagem paradigma do ficcional. É a sombra que dá o contorno, a dimensão do "outro mundo" da poesia (a arcádia), assim também é o sujeito poético como sombra que dá os contornos da pessoa que escreve, e, quanto mais esse sujeito não se reconhece no que vê – no espelho ou na sua sombra – mais a distância entre ambos mostra o quão diferentes são e, por isso mesmo, precisam dessa inter-relação que a ficção permite para se encontrarem quanto mais se perdem ou quanto mais se distanciam através do jogo e da encenação poética. Chegamos, então, à ideia do fingimento caracterizado como espelho e sombra:.. evidenciando por essa auto-indicação que tal artificialidade não está em si mesma, mas empresta, enquanto sombra, contorno à sua fonte e, enquanto espelho, concretude a seu objeto (Iser, 1996, p. 73). O sujeito poético que aparece como sombra no espelho transgride os limites e permite o reconhecimento e a invenção de outros eus e de outros mundos possíveis, como no seguinte poema em prosa de JPG, que poeticamente desvenda o *enigma*:

> O ENIGMA
> A ruptura com o único destino, buscando os talvezes na sombra. Os eus transgressores, a indiferença, a crucldadc, o rompimento, sem causa e sem culpa. A liberdade, sem ditirâmbicos, euforia, política, uma liberta cativa emissão das ordens.

## A sombra na recepção aos livros e no inconsciente

Quando há luz nos seus textos, é luz em demasia, que cega. Um dos efeitos de sua poesia é comparado à de uma luz que ofusca, como escreveu Luiz Martins: "Saio dessa leitura meio atordoado, como se tivesse atravessado um túnel, mas um túnel violentamente iluminado com lâmpadas de múltiplas cores, cintilantes talvez em demasia para meus olhos. O que senti, por vezes, foi falta de ar (daí a sugestão do túnel)".[19] Sobre *Segunda Madrugada*, Luiz Martins transcreve, como ele diz, "um de seus poemas mais breves, esta impressionante e grave 'Conversa de dois mortos'":

> Deteve dois mortos que conversavam e perguntou-lhes o passado.
> Estavam prestes a caminhar. Eram a convergência de suas culpas dilaceradas.
> Ficaram os três imersos numa vela que se extinguia, aos poucos.
> Em derredor, as sombras e um silêncio enorme crescia, a cada instante.

Esse texto é um poema em prosa bastante significativo de uma estranha parábola que termina com a imagem da vela que se extingue (recorrente em outros poemas) e as sombras que crescem. Goldberg também reproduz as reações dos leitores que dizem não entender seus escritos com a ressalva:

> Em compensação depois de *Monólogo do Medo* (outro livro) uma leitora internada num Sanatório desta cidade mandou-me uma carta de umas 10 páginas, agitada com o *mundo de sombras*, do trabalho.
> (JPG, "Auto Elogio. Compre Quem Quiser", in: *Memórias do Abismo*, 1972, *grifo meu)*

A sombra, que aparece como presença significativa na escrita de J., manifesta uma imagem que é, desde Platão, definidora da arte – como forma das sombras (Lima, 1990). A sombra e a escuridão são também o espaço do inconsciente na escrita dos sonhos e dos

19. L. Martins, "Crônica: Segunda Madrugada", *O Estado de São Paulo*, 7 janeiro de 1972.

pesadelos. Assim, no livro *Psicologia e Reflexões do Inconsciente*, de 1978, Jacob escreve, explicando o título:

> Como "Psicologia e Reflexões do Inconsciente" se o inconsciente é ilógico, incoerente e não reflete? Tratar-se-ia de um paradoxo. Só aparente. Na realidade, o inconsciente reflete o mundo de medo, confusão e sombras de cada eu diante do mundo de medo, confusão e sombras, que o inconsciente criou no mundo da aparência lógica.

É esse "mundo de medo, confusão e sombras" que muitos de seus textos vão enfrentar, como vimos na cantiga de ninar a embalar o sono com os horrores da guerra. Em crônica de 1983, "Palavras que ajudam a viver", uma das palavras citadas é "sombra". E Goldberg assim a define: "Sombra é o desafio de uma noite em que se encontram o demônio e o recém-nascido".

### A sombra-cegueira

Destaco a seguinte passagem: "as ruas que percorro cego são os caminhos das estrelas cadentes" (Goldberg, 1989). Ao indagar o escritor sobre a imagem da cegueira, ele me respondeu:

> JPG – *Eu vivo há muitos anos um estranho glaucoma negado pela campimetria. O exame clínico assinala e a visão nega. Eu jogo um braço de ferro com os oftalmologistas que têm a esperança de me convencer que eu tenho uma doença que meus olhos rejeitam. Mas para não deixá-los muito tristes, às vezes pingo um colírio nos olhos.*
>
> JPG – *Quando criança e até há alguns anos, eu diria da infância até certa idade adulta, mas mais forte na infância, eu tinha uma atitude durante a noite que era*

*assim: se eu acordava num quarto escuro, eu tentava fugir. Eu tenho um processo de cegueira noturna, é uma doença. Eu fico cego quando estou completamente no escuro. Eu entrava em estado de pânico e chegava a entrar dentro do armário achando que era a porta de saída. É uma espécie de pesadelo sonambúlico.*

Cito em eco este curto e belo poema, no qual as imagens da imaginação iluminam a cegueira:

A RAINHA E A CORTE
A cega na janela não enxerga o aflito aceno.
Mas diz, por orgulho, que enxerga.
O seu escuro horizonte salpica duendes e elefantes
(JPG, Ritual de clivagem, 1989)

E um de seus impactantes poemas, na forma de um *Kadish*,[20] dedicado à sua mãe:

No céu, Deus se assenta ao lado dela.
Quando, quando
naquela sala
o dia se encurtou.
O vulto
saía como destaque
na penumbra –
"Um mundo se acabou!"
Os olhos do Infinito
disparavam o Espanto.
Um coro entoava o
Kadish para sempre –



20. Oração dos enlutados na religião judaica.

O Eterno é nosso Deus.
No chão, o cadáver da
minha mãe.
Um sorriso disfarçava
a dentadura que afivelou
suas ilusões, os românticos
sonhos da moça de lábios
carmezins que um dia foi
Miss do Círculo Israelita.
Um filme de cinema
mudo em câmara lenta.
Eu era capaz de visitar
cada nervo da memória e
da atenção e informá-la
acabou.
Nunca mais eu seria seu
imperador.

Uma noite, meu filho perguntou –
Porque são tristes seus olhos?
Minha mãe morreu cega.
(JPG, *Monólogo a dois*, 2002)

## A sombra que se procura

O que é a sombra? Quem é a sombra ou o que é isto a que chamamos sombra? Definição do dicionário: a sombra é a zona escura que resulta da interposição de um corpo frente aos raios luminosos. Sombra, do latim "umbra", significando 'sombra' e 'alma'. Na Antiguidade, o meio-dia, hora sem sombra, era tido como a hora dos fantasmas, dos espectros que circulavam entre os vivos. Cícero: *Umbram suam timere* (temer a sua sombra), *Habeat umbram aliquam* ([o estilo] deve ter algumas sombras.) Acepções latinas: Fantasma, larva, espectro, manes dos mortos, almas de outro mundo; no plural, os infernos. E imagem vã, simulacro, aparência, quimera.

Ao buscar entender as conotações que a imagem da sombra adquire na poesia de JPG, cito a frase que deu o ponto de partida para essa reflexão.

*Por onde andará, oh Deus, minha sombra enlouquecida.*

Publicada no livro *Ritual de Clivagem* (1989), essa frase, solta na página, destacada de qualquer contexto, lança uma pergunta. Podemos defini-la como um "poema de uma frase só". O que significa perguntar-se acerca da própria sombra? Uma sombra que vaga "enlouquecida" junto com a demanda por encontrar esse lado sombrio, espécie de companheiro mudo, esse outro que é eu mesmo, como se tivesse ganho autonomia em relação ao corpo e existisse por si só, vagando. O que quero mostrar é que, na elaboração poética de G., existe o anseio de um encontro com a sombra. A singularidade da pergunta corresponde à noção de que raramente nos voltamos para a própria sombra, e a frase de J revela alguém que não só se volta, como procura pela sombra – está à cata dela para formar um só eu, como na auto apresentação que abre o livro *Ritual de Clivagem*, quando ele indaga:

> Qual a sombra, qual o protagonista? Qual o sonho, qual a realidade, onde a fantasia, onde o real? Quem é quem neste jogo de máscaras e fatos, em que os fatos negam, e a contrição balança?

Essa frase solta sobre a sombra já havia aparecido em texto anterior de G., publicado em *O dia em que Deus viajou*, no texto em prosa

“Ida e Volta”. O fato dele tê-la retirado do livro de 1974 e incluído em livro de 1989 é significativa da importância da sombra e sua procura. Para expor a recorrência do tema e da imagem das luzes que acendem e apagam, assim como a defesa e a procura da escuridão por esse sujeito poético, farei uma leitura de dois textos: “Ida e volta” e “A cidade da luz eterna”. No primeiro, lemos:



> Eu venho de sonhos hipnóticos de lonjuras perdidas nos mares de mulheres aonde a terra seca nem viu nos doidos encontros de mãos que se afagam. Eu não sou daqui.
>
> Quando viajo pelos pés da menina que colhe sua vida nas asas dos ventos as freadas bruscas das luzes que se apagam. Por onde andará, meu Deus, minha sombra enlouquecida?
>
> Em que espelhos de marés por sobre as vaginas fechadas e os suspiros perdidos eu sei que eu sei que longe daqui mora o mundo que eu quero. E para ele só por ele eu sei que eu nasci, eu sei que eu vou morrer.
>
> (JPG, “Ida e volta”, *O dia em que Deus viajou*, 1974)

Mais adiante, no mesmo texto, revela-se a relação ambígua e tensa que o escritor mantém com a escrita literária, questionando sua inutilidade frente ao outro que morre de frio na rua enquanto ele segue dentro do “útero” protegido do carro. No entanto, demonstra, ao mesmo tempo, a impossibilidade de parar de escrever diante da voz íntima que ordena seguir:

> Vai enquanto está claro e escreve porque daqui a pouco vai escurecer e as letras ficarão impregnadas de preto. Mas menino assustado eu não quero escrever, eu quero desperdiçar o meu tempo como se tivesse todo o meu tempo a viver. Quero me esconder num caixote de jornais e ler até aprender não sei o quê. [...] Mas quem é que vai me defender

não dos golpes das rudes armadilhas ou dos sorrisos boçais, mas desta voz quente que repete insistente: eia, avante, vamos escrever, vamos crescer!

E mesmo que a luz apareça eu te pergunto mulher, para que é que servem os faróis que se acendem, as chamas dos isqueiros, a luz americana e finalmente, finalmente mesmo por hoje este fogo que é o meu signo segundo você e que não se apaga?

(*idem*)

O acender e apagar das luzes nas ruas da cidade é transposto para o lusco-fusco da atividade da escrita: escrever antes que a luz se apague, antes que as letras fiquem impregnadas de preto e, ao mesmo tempo, a indagação sobre o porquê da necessidade da luz (nos faróis, nas chamas dos isqueiros, na luz americana, e no fogo do signo – o signo zodiacal do Sagitário inscrito nas estrelas, mas também o signo das letras inscritas na página – "e que não se apaga".

Esse mesmo livro, *O dia em que Deus viajou*, abre com um breve conto, "A cidade da luz eterna", que relata um fato inédito: as luzes da cidade de São Paulo não mais se apagam, levando pânico à população:

As pessoas desertavam da cidade e se refugiavam nos campos, cansadas da falta de sono que a irradiação permanente de luz provocava. Nas outras cidades boatos descontrolados insinuavam que o fenômeno iria repetir-se por toda a face da Terra.

Até que se descobre o motivo:

[...] depois de meses de insanos sacrifícios, buscas e estudos, um débil mental arguiu uma teoria que acabou sendo comprovada, inclusive por confissão da responsabilidade: num subúrbio, uma velha, diariamente, implorava, nas suas prédicas a Deus que fizesse a graça de dar à cidade a luz eterna. Até que Deus, num raro e singular assomo de cólera, havia resolvido atendê-la.

A solução do problema, anunciada por um "débil-mental", inverte os sentidos habitualmente atribuídos às luzes e às trevas, pois as luzes seriam não um presente, mas um castigo, fruto da cólera de Deus. O texto opera tomando ao pé da letra o que seria lido originalmente como uma metáfora (o pedido de "luz eterna", como paz, sabedoria, encontro com Deus, com o ideal, a inteligência das luzes), e transforma o que seria uma graça em uma desgraça. O fato de ser um "débil-mental" a desvendar o caso confirma o propósito da inversão de papéis: a inteligência e a sabedoria estariam ao lado do "débil-mental" (e da sombra ou trevas). A mesma correlação volta a aparecer nesse breve texto de *A Ógea e a Calhandra:*

Som e silêncio

A penumbra feita de sombra e luz. A cálida modificação que transfere a quantidade das aparências. A sombra, luz alterada, reduzida. No tolo, a inteligência, em contra-regra.

A "inteligência em contra-regra" é similar à figura do menino do poema "Iankele", que:

caminha na contra-mão
pedalando cascatas
a mão sem guidão
e pé rente ao vão

Similar também à defesa de uma estética que caminha em marcha a ré, na direção contrária ao *status quo*: "A tribo corre sempre na mesma direção / mas para ineludível decepção / a beleza caminha em marcha-a-ré". Pensamento, vivência e poesia unem-se nesse caminhar ao contrário e ao revés, similar, portanto, também a um *ritmo esquerdo*, dissonante em relação à consonância, e que pode ser semelhante ao caminhar do "andarilho no deserto / à procura da utopia":

> O século XIX foi lento. No século XX, Hitler, Mussolini e outras caricaturas infernais andaram com o passo rapidinho que Chaplin exorcizou. O século histérico casou o ceticismo à superstição na fugacidade da rapidez. Quem adivinha o ritmo do século XXI, talvez o dos andarilhos, no deserto, à procura da utopia?
> (JPG, "Ritmo", *A Ógea e a Calhandra*, 1997)

### A sombra e a luz das velas

Um poema importante é "Vela", de *A Ógea e a Calhandra*, no qual o poeta rememora o dia em que faltou luz e seu pai, como um mágico, foi acendendo as velas da casa, seguido pelo garoto admirado. Logo nos primeiros versos, nota-se a condensação que o texto opera entre a operação mental e afetiva da lembrança da cena passada com a de uma luz que se acende na tela, ou seja, esse modo constante da escrita de G. de lembrar e narrar cenas como quem assiste a um filme no cinema:

VELA

Não creio nas primeiras lembranças,
que fogem e fuligem.
Mas alguma luz na tela permite

imaginar (lembrança),
o corre-corre, minha
mãe aflita – A luz queimou!
E meu pai, sereno, acalmando-a,
– Vou acender as velas.
Distribui mágico, pela casa,
de luz - tão mais fortes,
hipnóticas que a gelada luz
da eletricidade.
Pontos gentis, humildes, mas
translúcidos, inquietos, combativos.
Agitado e paralisado, corro
de ponto a ponto, acompanhando
a romaria paterna (da cozinha ao
banheiro, aos dormitórios)
plantando luzes, poderoso.
Cativado, me detenho entre as
estações, em êxtase, diante do
cristal em brasas, a chama que
se ergue, a fumacinha perturbadora
e feia.

Quando, anti-clímax,
o depósito de gordura que
se esvai, ameaça
com a
escuridão.

Poema que pode ser aproximado deste texto-aforisma:

> ASCESE
> Fernando Pessoa escreve: "Entre a árvore e o vê-la / Onde está o sonho? / Que arco da ponte mais vela Deus?". Na oposição entre vê-la e vela, enxergar e esconder, Pessoa introduz o esconde-esconde que, em *flash*, às vezes, explicita: a vela, ao acender, ascende.
> (JPG, in: *A ógea e a calhandra*, 1997)

Com esses exemplos, vemos que esse eu que escreve é um eu que procura e precisa da sombra e da escuridão. A sua escrita é escura, é a fantasia no interior escuro dos caixotes de madeira da infância, nos quais se sentava para imaginar "mundos estranhos", como suas cabanas-cavernas; é o escurinho do cinema, que o protege do olhar ameaçador dos outros; é a escrita que precisa do escuro, pois escreve em estado sonambúlico ou insone, no sonho e nos pesadelos. É a escrita negra e sombria contra a clareza e a luz. É um eu que escreve como quem se esconde, como quem entra e sai de cena, em ida e volta.

Encontramos no poema "Igitur", de Mallarmé, essa procura da sombra e da escuridão contra o desejo de luminosidade e luz:

> tudo é demasiado claro, a claridade mostra o desejo de uma evasão; tudo está demasiado luzente, gostaria de reentrar na minha Sombra incriada e anterior, e despojar, pelo pensamento, o disfarce que me impôs a necessidade de habitar o coração desta raça (que ouço bater aqui), único resto de ambiguidade (Mallarmé, 1985).

A sombra como "único resto de ambiguidade". Jean Baudrillard, fazendo a crítica de certa arte contemporânea, ressalta a:

> [...] profusão de imagens *em que não há nada para ver*. A maior parte das imagens contemporâneas, vídeo, pintura, artes plásticas, audiovisual, imagens de síntese, são literalmente imagens em que não há

nada para ver, *imagens sem rastros, sem sombra, sem consequências*. Tudo o que se pressente é que por trás de cada uma delas alguma coisa desapareceu. E elas são apenas isto: o rastro de algo que desapareceu (Baudrillard, 1997, p. 75).

E o comentário de Roland Barthes:

Alguns querem um texto (uma arte, uma pintura) sem sombra, cortada da "ideologia dominante"; mas é querer um texto sem fecundidade, sem produtividade, um texto estéril (vejam o mito da Mulher sem Sombra). O texto tem necessidade de sua sombra: essa sombra é *um pouco* de ideologia, *um pouco* de representação, *um pouco* de sujeito: fantasmas, bolsos, rastos, nuvens necessárias; a subversão deve produzir seu próprio *claro-escuro* (Barthes, 1973, p. 44).

# 5. Qual Literatura, Tal Assinatura

## Qual literatura?

A "literatura menor", dizem Gilles Deleuze e Felix Guattari (1996, p. 35), é um problema de imigrantes e, sobretudo, um problema de filhos de imigrantes. É uma questão de minoria. O que distingue a maioria da minoria não é a quantidade pois que a minoria pode ser mais numerosa que a maioria. O que as distingue é que a maioria é um modelo-padrão: o do homem, branco, europeu, adulto, habitante das cidades (Deleuze, 1990, p. 235). Como modelo-padrão, a maioria não é ninguém enquanto a minoria é todo mundo. Contra esse modelo dominante, Deleuze defende o "devir-mulher", a escrita negra e "o que as crianças dizem": "[...] e se o escritor está à margem ou distante de sua frágil comunidade, essa situação o coloca ainda mais em posição de expressar uma outra comunidade potencial, de forjar os meios de uma outra consciência e de uma outra sensibilidade" (Deleuze; Guattari, 1996, p. 32). É essa capacidade de forjar uma comunidade potencial que os autores de *Por uma literatura menor* chamam de "agenciamento coletivo de enunciação" e que se instaura como um devir.

A literatura de Goldberg é uma literatura desterritorializada como a de um povo por vir. Em J., o povo a ser inventado ou sonhado é aquele que, nos seus textos, se projeta num futuro quando "existirá fartura de sorrisos/ justiça e gente decente" ou é o dos "andarilhos no deserto à procura da utopia". No seu texto, lemos:

> No macrocosmo denuncio o torturador e choro com o torturado, porque palmilhei os caminhos que passam pelas fogueiras da Inquisição, Dachau e desembocam no pau-de-arara. [...] Felizmente, nunca fui das patotas, "tchurmas", panelas e compadrismo. Pelo contrário, sou um outsider por nascimento, destino e vocação.
>
> Inclino-me mais para o não do que para o sim. Decorei a resposta certa para o momento exato: A pergunta é que está mal formulada. [...]
>
> Um rol de decepção? Não. Um manifesto na possibilidade de reação. [...] Rilhando os dentes à cata e busca de um passado reescrito, um presente brigado e um futuro muito louco, com si bemóis, luas verticais, comida, paz e a harmonia do desarmônico.
>
> Uma espécie assim de Glauber Rocha, Cecília Meirelles, D. Pedro II e Branca Dias.
>
> Um tango de Jorge Luis Borges nas cordas do samba do crioulo doido, na relatividade de Einstein.
>
> Nota zero em matemática, zero em lógica, zero em disciplina; em poesia, dez.
>
> (JPG, "Na terra do bem me quer, mal mequer, in: *Psicologia da agressividade*, 1983)

Em *Crítica e Clínica*, escreve Deleuze (1997, p. 17):

> A saúde como literatura, como escrita, consiste em inventar um povo que falta. Compete à função fabuladora inventar um povo. Não se escreve com as próprias lembranças, a menos que delas se faça a origem ou destinação coletivas de um povo por vir ainda enterrado em suas traições e renegações.

O agenciamento coletivo de enunciação é uma das três características da *literatura menor*, definidas por Deleuze e Guattari a partir de sua leitura de Franz Kafka. As outras duas são a desterritorialização da língua e a ligação imediata do individual com o político. É a partir dessas três características que agora leio a literatura de Goldberg.

## A desterritorialização da língua

A língua desterritorializada é a língua que nasce a partir daquilo que a impede de ser, é a língua e a literatura que nascem a partir de sua impossibilidade, é a língua que gagueja, é a língua dos que, como disse J., em seu primeiro livro, "escrevem mal ou nem sabem escrever":

> Kafka definiu, nesse sentido, o impasse que impede os judeus de Praga de escrever, e torna impossível sua literatura: impossibilidade de não escrever, impossibilidade de escrever em alemão, impossibilidade de escrever de outro modo (Delueze; Guattari, 1996, p. 29).

A desterritorialização opera um *uso intensivo* assignificante da língua. Citando o linguista Vidal Sephila, seriam intensivos, por exemplo, os verbos pronominais, as conjunções, as exclamações, os advérbios e os *termos que conotam a dor* (Delueze; Guattari, 1996, p. 41-42). A literatura menor desenvolve particularmente esses tensores ou intensivos (o termo tensor é de Jean François Lyotard, que o usa para indicar a relação entre intensidade e libido).

A língua de J. é toda de afetos, como já dissemos, *intensiva* – nas exclamações e nos termos que conotam dor (o medo, o abismo), como o grito, o gemido, o lamento, a tal ponto que vai se desmontando, pois a linguagem é sentida como opressão e, ao mesmo tempo, libertação. J. é um escritor que não só se "serve da sintaxe para gritar" mas "dá ao grito uma sintaxe": "Levar lentamente, progressivamente, a língua para o deserto. Servir-se da sintaxe para gritar, dar ao grito uma sintaxe" (Delueze; Guattari, 1996, p. 48). Lembro de um de seus poemas de *Tempo Exilado* como exemplo dessa língua tensiva e a-significante:

Subiu na amurada suja de
um túnel liso e de lá gritou
que era mais que a radiografia
dum pré-molar,

capaz de dialogar com um cavalo
na maior capital do mundo,
em busca da verdade, por cima das redações,
ou do mundo do controle remoto do teatro.

Quando no inverno os modelos são práticos e
se espalham pelo globo dez mil bases militares.

Ele não se arruinará pelo sucesso
perdido pelos espirros das histórias dos elefantes.

Para descrever a língua desterritorializada de Kafka, os autores distinguem a língua vernacular, maternal ou territorial, que é a da comunidade rural; a língua veicular, urbana, de estado ou mundial, que é a língua da sociedade, do comércio, da transmissão burocrática; a língua referencial, do sentido e da cultura, e a língua mítica, espiritual ou religiosa. Em Kafka, a língua vernacular para os judeus saídos do meio rural é o tcheco. Quanto ao ídiche, ele é desdenhado, pois dá medo, diz Kafka. O alemão é a língua veicular. O alemão de Goethe é a língua com função cultural e referencial. O hebraico é a língua mítica, que Kafka só aprende mais tarde. O ídiche, para

Kafka, atuaria como um movimento nômade que trabalha o alemão (Delueze; Guattari, 1996, p. 46).

Aproveitando essas distinções, diríamos que, em J., a língua vernacular é a de seus pais em Juiz de Fora, falando ídiche em casa (que ele entende, mas não fala) e o português que eles falam, definido como um "mineirês" (é o "delírio mineiro-Ostrowiec" de que fala Goldberg quando se refere à língua literária de sua mãe). A língua veicular é o português dos brasileiros. A língua referencial, de cultura, é o português de Rui Barbosa – que Goldberg vai parodiar em um poema de seu primeiro livro, chamado "Isto é poesia", um poema que esclarece essa distinção de línguas, ao informar que, ao contrário da língua de Rui Barbosa, a sua é uma língua que pode ser compreendida por um alemão que teria passado pelos campos de concentração:

> Eu mostrei a um professor de mil
> gramáticas, perito em vírgulas e em acentos
> ortográficos e de mulheres, esta
> coletânea
> E ele encabulado criticou: mas isto
> não tem rima, não tem ritmo.
> Tu não
> respeitas a concordância e não
> conjugas lá mui corretamente.
> Um torturado alemão, hóspede dos campos
> de concentrações nazistas, ainda
> pronunciando o seu r de democrracia,
> ao ouvir-me recitar estas páginas; me disse.
> Eu gosto desta poesia
> Pôrra! Fiquei contigo, alemão (...)
> (JPG, *Ritmo Esquerdo*, 1952)

A língua mítica seria o hebraico, que ele não aprendeu. O seu pai também não sabia ler em hebraico nem escrever o português, como narrou neste depoimento:

> *O meu pai ficou órfão aos 2 anos de idade. Normalmente no* schtelt *ensinar o menino a ler é obrigação quase sagrada. Por ser órfão e ter muitos irmãos, ele não foi mandado para a* yeshivá, *a escola. Era um homem analfabeto praticamente, e a ânsia dele de ler era tão grande que ele ficava olhando, mas não sabia ler. Quando eu tinha 16 anos, com delicadeza, me propus ensiná-lo a ler e a assinar o nome. E finalmente ele leu o básico em português.*

É assim, a partir dessas aporias, que J. escreve e expõe que sua literatura "não é daqui".

## "Eu não sou daqui"

A produção textual de J. pode ser lida como um quase-romance ou diário esparso, composto ao longo dos anos. A narrativa desse romance, podemos dizer, é a de um escritor em busca de uma voz, de uma fala, de um estilo, mas é também a narrativa de um menino judeu nascido em Juiz de Fora, criado em escola metodista, sofrendo as perseguições por ser feio, ter orelha de abano, ser o judeu que matou Jesus, sem dinheiro para gastar na cantina ou comprar as revistas na banca de jornal e, dentro dos caixotes de madeira, ler aos montes as pilhas de jornal velho que seu pai usava para embrulhar mercadoria.

Esse depoimento, extraído das páginas de seus livros, é a expressão de sofrimento e exclusão e de denúncia, pois grande parte de seus textos fala dos "abismos", das "angústias, do medo" e do "absurdo". Nesse sentido, e talvez pelo constante tom de parábola, tendo às vezes como pano de fundo as narrativas bíblicas e um diálogo surdo-mudo com Deus, a escrita de J. é a de um deslocado mineiro-brasileiro-de Ostrowiec ou a de um descendente de um *schetl*, em Juiz de Fora, entre a alegria propugnada por Baal Schem Tov e o olhar acusador da religião ortodoxa.

Sua literatura é a de um filho de imigrantes judeus poloneses no Brasil, desterritorializado, exilado, e que a todo momento afirma seu não-ser e não-pertencer:

> Eu venho de sonhos hipnóticos de lonjuras perdidas nos mares de mulheres aonde a terra seca nem viu nos doidos encontros de mãos que se afagam. Eu não sou daqui.
> ("Ida e vinda", *O Dia em que Deus viajou*", 1974)

Assim diz nos versos do seguinte poema:

> Estranho mundo,
> Não sou daqui,
> exilado na barca que desce,
> vazante do velho rio.
> ("Som do Relógio", *Segunda Madrugada*, 1971)

Ou quando diz:

> Que esta não é a minha terra,
> meu chão,
> meu solo,
> meu Deus,
> meu lar.
> ("A água que parou o esgoto", *Segunda Madrugada*, 1971)

No poema "Cinza de Origem e Destino", assinala:

Sou daqui - um traço no verso do papel -
e de Connecticut,
Paraíba do Sul, Cabo ou o ocaso de um brilhante
jamais.

Minha pátria é o dia do desespero e o arranco do
sempre quis.

Um sinal de partir e uma verde vertente
boquiaberta.

Os braços finos de uma criança pobre e
a muda dor da esperança finda.
(*Segunda Madrugada*, 1971)

Este outro texto, em forma de prosa poética, fala em Sartre e em Kafka, com um título que indaga: "Onde fica a rua dos enforcados, n. 18?". E finaliza com a resposta:

Quantas respostas já dei ao pedido de informação para localização de ruas na minha vida?
Não sei.
Não sou daqui.
Estou de passagem.
Parece que sim.
Segue em frente e vira à esquerda.
Vai até o final.
Mudaram a mão e contramão do trânsito.
Segue atrás que vou para lá.
E agora se eu quiser pergunto ao leitor a pergunta que encima esta página.
Onde fica?

A poesia de Goldberg não é daqui. Vivendo em um "tempo exilado", a sua é também uma poesia exilada.

> Poesia, poesia, você é também uma resposta, um navio, e quantas imagens, fantasias, paroxismos, palavras vou ajuntar para te definir, me definir, numa história que é a autobiografia não vivida, mastigada no seu ritmo dilacerante, no seu ritmo apressado, que faz caminhar devagar, como se estivesse sempre num outro tempo, num outro espaço, ou, principalmente, numa outra canção?
> (JPG, "Anais da história, *Cidade dos sinos*, 1975)

Aqui, nesta canção, ela só se pode fazer marcando a sua possibilidade "num outro tempo, num outro espaço, ou, principalmente, numa outra canção". Passagem de Adorno, em *Minima moralia*, diz, "No fim das contas, nem sequer é permitido ao escritor habitar o ato de escrever" (Adorno, 1992, p. 75).

## A língua muda assassinada

O ídiche está para a literatura de Goldberg como um eco constante, um substrato mental, um traço. Como dizem Deleuze e Guattari, o ídiche é uma língua sem gramática e que vive de vocábulos roubados, emigrados, tornados nômades, por isso, só pode ser compreendido dizem, "sentindo-o e com o coração..." (Delueze; Guattari, 1996, p. 47). A língua ídiche (como vimos no capítulo 2) formou-se em decorrência dos deslocamentos geográficos motivados pelas perseguições, o que fez com que fosse incorporando contribuições de distintos dialetos e idiomas.

Algumas características importantes do ídiche para J. podem assim serem descritas: o fato de ser tido como um patuá, um jargão, uma fala popular em oposição à língua sagrada e à escrita e contra a qual os "iluminados" da Hascalá, do Iluminismo judaico, se insurgiram, desprestigiando-a. Nesse aspecto, é uma língua "anti-iluminada", é a língua do *gueto*, das trevas; o ídiche é a "língua da mamãe", o *mameloschn*, e a literatura de P.G. encontra-se sob o signo da mãe; é a língua do hassidismo, que o influencia. Finalmente, o ídiche é a língua assassinada, como me disse Goldberg neste importante depoimento:

> *JPG – De alguma maneira eu sou herdeiro de uma língua assassinada – o ídiche. Eu uso outra língua e isso de alguma maneira é uma mudez. Talvez isso explique inclusive a minha negação dessa língua que eu uso, por que, como eu me atrevo a falar, tendo sido assassinado? Estaria quase cometendo uma heresia.*

## Deus que me perdoe

Assim, o fortíssimo texto-crônica, *Deus que me perdoe*, publicado no jornal *Folha de São Paulo*, em 19 junho de 1998, concentra toda essa problemática da desterritorialização da língua. Nele, Goldberg relata o seu balbucio na infância porque não sabia falar o ídiche, língua de seus pais e de seu avô materno rabino:

> Meu avô materno era rabino. Mas como minha avó se recusava a usar a peruca das mulheres ortodoxas, teve que se contentar com uma posição mais humilde na hierarquia religiosa, como "shoichet", aquele que faz o abate dos animais segundo o ritual *kosher*.
>
> Esquálido, morrendo de câncer, na cama, era uma triste e aterrorizadora figura para o menino franzino que vinha da longínqua Juiz de Fora visitá-lo e era exibido por sua mãe, em dúvida se orgulhosa ou envergonhada do moleque, no geral nada sedutor.

O velho, semi-agonizante, me chamou: "Vem cá e recite a reza do dia"m, , do ídiche quase incompreensível que saía de sua boca desdentada. Perplexo, balbuciei, em "mineirês", que não sabia rezar e que, apesar de compreender, não sabia falar ídiche.

Com fúria nos olhos, voltou-se para a filha: "Você está criando um *gói*". Havia na sua voz decepção e raiva. Minha mãe me olhou de esguelha e, poeta como era, devia estar pensando: "E agora, José?" Um primo se adiantou e, fazendo graça, declamou a reza para o vovô, que o abençoou, feliz: "Este, sim, será um bom judeu".

O avô fala em ídiche, J. responde em "mineirês", e é identificado a um "goi", um não-judeu e, pior, um "mau judeu" em oposição ao primo, que sabe declamar a reza. O texto relata ainda a reação do olhar da mãe poeta, e atribui a ela a lembrança do verso de um dos poemas mais famosos de Carlos Drummond de Andrade, repetindo, mais uma vez, a identificação deste sujeito poético com os outros nomes inventados por Drummond, e estabelecendo com ele, mais uma vez, um laço de filiação poética e biográfica: Jacob/José marcado pelo ser *gauche, a vida besta, a lembrança da cidadezinha que dói, o mineirês, o ser torto na vida, o tempo partido e o tempo de poetas pobres.*

Voltando à crônica, que continua impiedosa no que relata, pois agora a cena é outra, o lugar é outra, a religião é outra, mas a desterritorialidade continua:

Saí de cena (a primeira de muitas vezes), com o rabo entre as pernas. Mês depois, voltei para Juiz de Fora, para o Instituto Granbery, colégio metodista em que estudava, dirigido por exaltados missionários norte-americanos. Depois da Sexta-feira da Paixão, os coleguinhas de classe resolveram me escalar para o Judas judeu que tinha traído Cristo. Tentaram descontar com pedaços de pau. Medroso, me refugiei no banheiro da escola, ouvindo os gritos: "Matem esse Judeu

> que matou Jesus". De repente, ouço a voz tonitruante do Mr. Moore, Walter Harvey Moore, o reitor, discursando: "Vocês não sabem que Jesus era judeu? Suave, bateu na porta do banheiro e, em hebraico, disse algo carinhoso. Respondi-lhe que não entendia hebraico. Ele, quase irritado, com ardor protestante ianque: "Precisa aprender, meu filho, é a língua de Deus, você nem parece judeu".

Entre a impossibilidade de dominar a língua que ele não sabia falar nem entender ("a língua de Deus") e a incompreensão manifesta na língua que era a sua (a mesma dos coleguinhas de escola que o escalavam para ser o "Judas judeu que tinha traído Cristo"), pode-se entrever o mal-estar:

> Dia seguinte, peguei uma faca da cozinha da minha mãe, escondi debaixo do uniforme escolar, e, na hora do recreio, saí correndo atrás dos moleques, procurando pela desforra. Vocação, nem para Cristo crucificado, nem para judeu comportado. Um autêntico marginal. Ontem, meu filho perguntou se acredito na vinda do Messias. Melancólico, me lembrei do humor cáustico do meu pai e lhe respondi no melhor "diaspórico": "Do Messias, não sei, mas do cobrador, certamente."

Poesia do exílio, da diáspora, a sua é uma literatura que pratica um crime contra a língua *maior*, indaga ele, num poema de *Tempo Exilado*:

> Quem fala a minha língua?
> Qual é a minha recordação nesta ruela daquela
> canção?
> Sonda com o olhar o vácuo do mundo
> cujo silêncio é mentira

Ele só começará a sentir certo alívio quando encontrar companheiros de uma mesma língua:

Eh Bunuel ehah que essa é a minha
Língua que traí até agora,
Santo da verdade, Godard, Genet,
Freud.
(*Segunda madrugada*)

Buñuel, Godard, Genet e Freud, são, digamos assim, seus parentes mais próximos.

## A Língua Gaga

Este mundo parece o produto de uma gagueira divina.
Pego as palavras como peguei faz alguns minutos os pincéis e corri as tintas pela tela, misturando, arbitrariamente, as cores.
JPG. "Cantarei enquanto vocês preenchem fichas de informações", *O dia em que Deus Viajou*, 1974

Cito abaixo um poema de Goldberg que concentra melhor do que qualquer outro o que é a sua língua literária. O poema se chama "Pretexto ou (Álibi)", e foi publicado em *A Ógea e a Calhandra* (1997).

PRETEXTO (OU ÁLIBI)
Escrevo para não escrachar,
ou por escrever o ato da soltura,
quem sabe uma escrita gongórica,
que se goza em si mesma,
em escrever gago ou mudo que

se engana de endereço,
uma palavra retilínea de
curvas intenções.
A caneta apócrifa que verseja
mentiras enfeitiçadas,
uma escrita surda de gemidos
audi-sonantes,
enterro autocrático em que,
rebelde, me achego de larvas
encarecidas.

Esse poema diz-nos que a língua de Goldberg se desenvolve em constante tensão e contradição, "escrita gongórica" e também "apócrifa", que não integra o cânone, faltando-lhe a atribuição de autenticidade. Por isso, talvez, precise ser escrita como "pretexto ou álibi" para se justificar ou justificar o crime que comete contra si mesma (língua-larva que cava seu próprio "enterro autocrático" ou que precisa morrer para se metamorfosear em outra coisa). Pelos seus atributos é uma língua que pratica um crime contra a língua maior, já que produz um rebaixamento: essa língua, diz-nos o poema, é gaga, é muda, é surda, e o seu som é o "de gemidos audi-sonantes".

Poema anterior, "Ritmo Esquerdo", dos anos 1960, em *História que a Cigana (nua ) me contou*, finaliza com os versos:

Eu queria dizer e não disse, e a voz
morre na garganta. Queria falar, bradar,
gritar, até o céu.
Nas areias, nas águas, ficou meu grito,
Meu pranto, lamento.

O gemido, o pranto, o lamento, mas também o protesto, a denúncia, o grito são definições frequentes desta escrita. Mas é a gagueira que me interessa destacar agora. Em um texto intitulado "Gaguejou...", Deleuze ressalta esta afecção da língua como característica de muitos escritores do século XX: "Não é mais o personagem que é gago de fala, é o escritor que se torna *gago da língua:* ele faz gaguejar a *língua enquanto tal*" (Deleuze, 1997, p. 122). Um dos exemplos citados por Deleuze é o poeta Óssip Mandelstan, quando este afirma:

> O que queria dizer minha família? Não sei. Ela era gaga de nascença, e, no entanto, tinha algo a dizer. Sobre mim e sobre muitos de meus contemporâneos pesa a gagueira de nascença. Aprendemos não a falar, mas a balbuciar, e só pondo-nos à escuta do barulho crescente do século, e uma vez embranquecidos pela espuma de sua crista, é que adquirimos uma língua (Mandelstan, apud Deleuze, 1997, p. 123).

O "barulho crescente do século", a que se refere Mandelstan, também será registrado na escrita de Goldberg, que, por momentos, chega a ensurdecer de tão ruidosa, a tal ponto que o faz querer aprender a falar em voz baixa:

> TENHO QUE APRENDER
> A falar em voz baixa
> tenho
> temos
> que aprender a falar em voz baixa...
> (*Monólogo do Medo,* 1972)

Assim também mostrará sua postura a favor de uma língua individualizada, defendendo o direito de cada um de se exprimir na *sua* linguagem, como disse nesta entrevista a Ely V. Lanes:

> O ideal seria a existência de linguagens individuais, poderiam até ser sons muito pouco compreendidos pelo outro. O que eu me perguntaria é que, embora pouco entendidos, em termos de inteligência, não acabariam sendo linguagens com um contato direto mais afinizado (Goldberg, apud Lanes, 1975, p. 110).

Por outro lado, diz ele, quem procurar encontrar ou registrar a língua da multidão do século XX, não irá encontrar uma língua bonita, mas uma língua vazia:

> Realmente onde está a obra da multidão, no século XX? Quem já teve coragem de procurar transmitir, não as 24 horas relatadas por James Joyce de um homem, mas um minuto relatado por uma multidão? Os murmúrios aflitivos – que é isto que eu creio que em parte sairia; não sairiam frases bonitas, não sairiam expressões elegantes, não sairiam sequer pensamentos singulares, ideias originais (...) seriam aqueles grunhidos e intervalos, sem sentido inteligente – aqueles "é...", "eu acredito que sim", "eu acredito que não", "ó dona, eu estou com vergonha", "não sei o que dizer, sabe?", ou expressões de vulgaridade, sem maior sentido. Este vazio é que seja talvez o dedo acusador mais terrível [...] (Goldberg, apud Lanes, 1975, p. 86-87).

A sua língua gaga, surda e muda, então, ao invés de camuflar esse "vazio terrível" irá apontá-lo. Escreveu Andréi Biely, "O leitor só verá desfilar *os meios inadequados:* fragmentos, alusões, esforços, pesquisas, e que não se tente encontrar aí uma frase bem-limada, ou uma imagem perfeitamente coerente; o que se imprimirá nas páginas é uma palavra embaçada, uma gagueira..." Comenta Deleuze: "Biely, Mandelstan, Khlebnikov, trindade russa três vezes gaga e três vezes crucificada" (Deleuze, 1997, p. 129). Jacob, no que se refere à gagueira, parece fazer parte desta família de escritores.

## A invenção de outras línguas

Diante da situação de mudez e gagueira, na sua poesia, P.G. propõe outras línguas. Assim, em *O Feitiço da Amérika, ele* escreve poemas que mesclam do português ao espanhol ao tupi e ao portunhol, escrito em nome do pranto pelas línguas indígenas assassinadas. No poema "Babel Poeti", ouvimos a mistura das línguas e a tradução dos termos em notas que acompanham o texto a ser decifrado pelos leitores:

BABEL POETI
Non siamo pesci
Sânscrito
Dastur parse
Pahlavi
Malcha Shali
i, etc – that is e
and so on
vades, moedes, shwestes, weduwe
hundert
Neifei, ningit, nivit, szezaiti, sznega
nepis
Par
dia
hayr – n
Ecbatana
Os prácritos
Ninda
i...
tosco
Shomer
Kiraene

* Italiano.
* Língua bem articulada.
* Sacerdote persa.
* Dialeto persa.
* Rei - grafia semita e leitura, *pahlavi*
* O mesmo fenômeno do verso anterior – abreviatura latina e leitura inglesa.
* Pai, mãe, irmã, viúva - em holandês.
* Cem, em alemão.
* Neva. Em grego, latim.
* Nuvem, em hitita.
* Igual, em etrusco.
* Deus, em celta.
* Sem pai, em armênio.
* Atual Amman, criada em 700 a.C.
* Dialetos.
* Pão, ideograma sumério.
* No tocário (Turquestão chinês).
* Herdeiro do antigo trácio ou do ilírico.
* Rainha, em húngaro.
* Guarda, em hebraico

Uma literatura contra a sintaxe, contra a gramática, contra o vocabulário, contra a ortografia. E quando escreve que é preciso:

Expulsar de dentro dos braços e das pernas todas as ideias, as frases e até as palavras e até, quem sabe, os silêncios, e até, quem sabe, os murmúrios de aflição e paranoia.

Toda palavra é uma opressão.
Contra o sentido alheio e o meu sentido.

Toda imagem é uma violência. Contra a natureza e a minha natureza.
(JPG, "Sinfonia", *O dia em que Deus viajou*)

E neste outro texto:

A própria ortografia é absurda.

Retire as palavras de uma história da vida qualquer. Vá trocando suas posições e emprestando um sentido qualquer aparentemente lógico e deliberado.
("Venenos", *O dia em que Deus viajou*)

Diante da "opressão" das palavras, seu texto sugere "a linguagem narrada pelo sonho":

Nada, nada, simboliza coisa alguma.
A moralidade e a razão costumeira procuram explicações na bagagem cultural
Mas essa bagagem cultural é o resultado de uma trama estética e racional compulsiva e arma ideológica.
A tentativa de libertação é a linguagem narrada pelo sonho.
Um mecanismo análogo seria a desproporção entre as possibilidades e a realização.
Para o homem não chafurdar e embrutecer o espectador precisa entrar em êxtase diante do mistério.
Abrindo a maravilhosa janela da tela poética sobre a liberdade do mundo.
("Um passo para o Inconsciente", in: *Psicologia e Reflexões do Inconsciente*, 1978)

*Abrindo a maravilhosa janela da tela poética sobre a liberdade do mundo* – belíssimo verso, que dá título a este livro e que compõe a proposição da estética de JPG e também a relação de sua escrita com os leitores, quando escreve:

Você
está
sendo
observado
por
duas
janelas.
Enquanto eu escrevo e você lê.
Das paredes e nos canais da memória
Você está sendo
observado
por duas
janelas

E assim, abrir a janela / abrir o livro como um convite a abrir a *tela poética sobre a liberdade do mundo.*

## A ligação do individual com o político

A segunda característica da literatura kafkiana, na leitura de Deleuze e Guattari, é que tudo nela é político, relacionando a situação mais individual aos acontecimentos de seu tempo. No caso da escrita de Goldberg, tudo nela é engajamento. Por isso, assume a forma de uma escrita jurídica, semelhante a um processo judicial, no qual a escrita seria culpada, mas também a vítima, e assim o sujeito poético assume os papéis de advogado de defesa e de advogado de acusação ao mesmo tempo. No texto intitulado "Negro", ele diz:

Quero ser o dedo acusador por trás das costas das gentes. Escrever e subscrever o mais violento dos manifestos. O manifesto do Eu. Reunir o exército mais negro da terra. Que desce acuando as turbas das cidades e se dependura nos prédios como se fosse bandeira viva a tremular.

Escrita, portanto, que quer ser o "dedo acusador", denunciando o crime político, histórico, social, e que, em última e em primeira instância, é o crime cometido por Deus. Como nos trechos da seguinte entrevista que realizei com o escritor:

*Eu nunca me conformei com o lado da dor, do sofrimento, da morte, e acho que eu usei sempre a literatura para isso; e, também, nas outras atuações: como psicanalista, ajudar o sofredor a reconstruir a história dele; na invenção da poesia, responder à vulgaridade da língua comum.*

*A literatura e a arte em geral, na minha opinião, vista em favor da vida, mais ou menos registra assim: nós somos muito frágeis, nós somos quase impotentes, mas é nesse limiar da quase impotência que nos resta protestar, dizer que a gente não está de acordo em morrer; que a gente morre sob protesto. É este protesto que uma vez escrito e dito se transforma em literatura.*

*E a liberdade sempre margeia a contestação. Não existe liberdade com aquiescência, muito menos com subserviência. Então, o ato de você testemunhar, porque a literatura é testemunho, você está contando alguma coisa que viu, percebeu, sentiu, que você sabe, e quer que os outros saibam. Então esse testemunho sempre é uma denúncia. Atrás da denúncia existe alguém que praticou um crime. E quem é que pratica esse crime na última das hipóteses? É Deus. Então no fundo a literatura é manifestação adâmica. O que Adão diz para Deus é: o pecado não é meu, o pecado é do Sr. porque foi o Sr. que pôs o fruto proibido no paraíso.*

Estes dois poemas de *Ritual de Clivagem* definem a sua literatura: "Contra a estética da crueldade", JPG propõe uma "estética da desordem":

DEUS
Num corredor de hospital, seus passos registram sua falência.
Dor, mágoa, medo. A escrotidão renitente.
Onisciente, onipotente, onipresente.
A teologia, na vacuidade horizontal, mentira alegórica e cruel.
A estética da crueldade.

ESTÉTICA DA DESORDEM
Algo errado com a simetria, os mapas.
Alinhamentos, o esforço, enquanto morte, o funeral do prazer.
A desarrumação, o desmazelo, a bagunça:
cerimonial a devir.

## O agenciamento coletivo de enunciação

O agenciamento coletivo é a terceira característica da literatura kafkiana, relacionada a seu valor coletivo, contrário à literatura de mestres. É a escrita que procura o seu "próprio ponto de subdesenvolvimento", o seu "patuá", o seu "terceiro mundo a si", a sua "negritude" (ou seja, a que se situa sempre *contra* o modelo padrão do "macho, adulto, branco, das cidades"). Um exemplo de agenciamento coletivo de enunciação é o que faz Kafka com o devir-animal, nesta passagem citada em *Por uma literatura menor* (p.33): "Escrever como um cão que cava o seu buraco, um rato que faz sua toca". Interessante notar que a escrita similar a um cão aparece referida na literatura de J., quando ele diz, no texto-desabafo:

A certeza de que não tenho 12 irmãos para ser o maior escritor brasileiro que a linguagem sai difícil e é complicada tal qual o cachorrinho novo que se esconde tremendo na caixinha recusando água e comida chorando à noite pro seu Deus dos cachorrinhos"
(JPG, "O que é que está acontecendo agora", in: *Memórias do Abismo*, 1972)

Ou então, quando, em *Memórias do Abismo*, ele responde aos leitores que lhe solicitam escrever com clareza com o seguinte provérbio oriental:

Um cão não é considerado um bom cão só porque late bem. Um homem não é considerado um bom homem só porque é bom falante (Chuang Tzu).

Há também "devires-animais" na poesia de G. Por exemplo, o devir-tigre como imagem do poeta no texto assim intitulado:

TIGRE
Não tenho estações nem lugares de parada. [...] Sou irmão das baleias e da cor violeta. Durante três mil anos trago comigo meu triste amor, e lido comigo mesmo trinta dias por mês. Nas parcdcs brancas de meu quarto nos silêncios desertos e nas cores que explodem na minha cabeça acima da cidade grito enquanto milhões de toneladas de sofrimento voam nas estruturas ensolaradas.
[...] Tento avaliar meu próprio amor e só sei que os tigres querem se associar. Imperturbados.
É impossível matar um tigre. Um tigre é um poeta.
(JPG, in *O dia em que Deus viajou*, 1975)

Aparecem também o "devir-jaguar" (em *O Feitiço da Amérika*, que tem como subtítulo provérbio indígena, que diz "se estiver preso nas garras do jaguar, tem que ser jaguar"), o devir-cavalo, o devir dos pássaros (o albatroz, a ógea e a calhandra).

## A Poesia como carta enviada

A quem se dirige o poeta Jacob Pinheiro Goldberg em seus escritos? A resposta mais imediata é aos leitores. Mas quais leitores? Como ele responde a essa questão em seus textos e nas suas reflexões acerca da poesia e da literatura? De que modo ele se *corresponde* com os leitores? Em depoimento a Ely Vieitez Lanes, ele expunha uma resposta a essa questão do *endereçamento*, a partir da qual penso estabelecer o gênero literário em que se situam os seus textos.

> [...] talvez pudéssemos dizer que, sobre o prisma do bilhete, todo livro, todo poema, todo conto, todo romance é uma carta que você manda para alguém ou para você mesmo, tanto mais possível de ser entendida, sentida, amada por um grande número de pessoas, quanto mais ele for capaz de mergulhar, sem favor e sem concessão, nos sentimentos do EU psíquico, nos sentimentos do tempo histórico. (JPG *apud* Lanes, 1975, p. 3)

Interessa-me destacar a comparação estabelecida entre obra literária e carta que implica a correspondência de um emissor para um ou mais destinatários. A literatura de Goldberg atua sob o "prisma do bilhete" e da carta enviada. Na carta, o destinatário é nomeado diretamente no cabeçalho e no envelope, dado ausente da obra literária que pode ser dedicada a alguém preciso, mas que se dirige destinatários desconhecidos, lembrando, como afirma G., que aquele que escreveu pode ser pensado como o destinatário de si mesmo, quando escreve para desabafar, para pensar melhor ou para se entender. Desse modo, o gênero em que se situa a produção literária de Goldberg é a da literatura íntima, epistolar, próxima do livro de memória, do diário, das anotações, como poesia autobiográfica, escrita de si e de autoanálise. A carta como gênero é assim uma metáfora dessa produção textual. Algumas características que a forma da carta assume nos textos de Jacob podem ser assim estabelecidas:

- A carta pressupõe um diálogo com um contemporâneo. No caso de J., vimos que ele é contra a ideia de uma escrita para os pósteros e diz escrever para as pessoas que lhe são próximas afetivamente.
- A carta implica um diálogo do qual não está ausente o monólogo, pois dirige-se a um ausente, compondo uma espécie de *Monólogo a dois* (título de seu último livro, e dos anteriores da década de 1970, *Monólogo do Medo, Memórias do Abismo*).
- Por dirigir-se a um ausente, a carta pode ser endereçada a leitores mortos (no caso de J., os poemas endereçados ao pai e à mãe).
- O fato de se aproximarem da redação de uma carta confirma o efeito de livros que pareciam por demais íntimos e particulares, como textos que, apesar de publicados, teriam um caráter privado, assim como neles, os leitores, ao mesmo tempo em que são solicitados, são afastados, como se o escritor não quisesse que lessem a sua correspondência íntima.
- A carta estabelece a proximidade com a "literatura verdade", sem edição, sem correção, que se escreve vivendo, e que se vive escrevendo, como auto exposição de si.
- A carta é um gênero que "pode bem ter um signatário, mas não tem autor" (Foucault, 1995, p. 46), o que corrobora a colocação de que G. é um escritor em conflito com a função-autor de textos literários.

Texto-testemunho, sua escrita compõe uma correspondência íntima, escrita como "manifesto do eu". Mas não compõe uma autobiografia, aquela que se apresenta como verdade, pois trata de impingir uma imagem de si idealizada pensando na posteridade. Nesse sentido, seus textos não foram escritos como autobiografia, mais como "alter-biografia", a escrita de si como outros, e a ideia, portanto, não de um auto centramento, mas de um "eu que é um povo", como define a escritora Hélène Cixous" "O conceito de "autobiografia" me soa como *alter*biografia. Não é uma questão de autocentramento: o eu é um povo [...] É preciso ouvir em "mim", meus eus estrangeiros, me-mórias"[21] ... É possível pensar essa escrita como "autoficção", termo usado em 1977 pelo escritor Serge Doubrovsky no livro *Fils* para se referir a um texto que não é nem autobiografia, nem romance, nem memórias, mas "a aventura da linguagem", e que tem como traço a presença de frases interrompidas, a mistura de gêneros e diferentes registros.[22]

A literatura de J. situa-se, então, no prisma da carta, como "quase-testemunho", como escreve em outro texto de *Ritual de Clivagem*, no qual aparece a aproximação entre a escrita poética e a redação de uma carta, lançada com a esperança de que seja recebida como "texto literário de valor":

> PENÚLTIMA VIAGEM
>
> Agora, que um vazio aterrador se fecha, um branco cegante por fora e por dentro, escrevo esta cartinha com esperança de que seja um texto literário de valor. "Na hora da morte produziu algo interessante..." Artista fracassado, de narrativa paranoide.

21. H. Cixous. "Le moi est un peuple", in: *Magazine Litteraire, Dossier*: "Les écritures du Moi", n, 409, maio de 2002, p. 26.
22. Cf. J-M. Montremy. "L'aventure de l'autofiction", in: *Magazine Litteraire*, ibidem, p. 62).

Sabendo, não obstante, que será só quase testemunho, de uma quase vida, um quase julgamento, a quase absolvição.
A antepenúltima arlequinada.
(in:*Ritual de Clivagem*, 1989)

Sendo carta de despedida, escrita "na hora da morte", deveria ser a *última* como um derradeiro testamento, mas é anunciada como "penúltima viagem", indicando que se trata de mais uma tentativa de viagem da letra, da carta tentando encontrar seu destinatário – e do constante deslizamento da mensagem, como assinala Lacan em seu famoso estudo sobre o conto de Edgar Allan Poe, "A carta roubada". A última frase ainda adia mais o fim com o termo "antepenúltima". Carta de adeus, através dela o escritor diz que continua, mas assinala que algo aqui morreu, algo aqui se rompe, e vimos que *Ritual de Clivagem* é um livro que marca a passagem da morte tematizada e que volta a se repetir na expressão "vazio aterrador": "Agora, que um vazio aterrador se fecha, (...), escrevo esta cartinha com esperança de que seja um texto literário de valor. 'Na hora da morte produziu algo interessante...'". Trata-se, então, de um eu que *deixa sua penúltima mensagem*, diferente da última mensagem do "samurai", que aparece no verso do poema "Bio(necro)grafia I":

Um samurai na esquina do Bom Retiro
se prepara para morrer.
Deixa sua última mensagem –
Como é doloroso ser velho.
E na sua cidadela,
risca para as nuvens e os enigmas
seus passos de Império

Na *penúltima mensagem*, a esperança é de que a "cartinha" seja recebida como texto literário de valor e de que não seja a última, apesar de escrever aterrorizado por um "branco cegante por fora e por dentro". O que cega este sujeito poético é o branco e não a escuridão. É o branco que aterroriza. O branco é a ausência de memória: "deu branco", é ausência de palavra, esquecimento, é a página em branco, lembrando aquele outro poema de J. que demonstra que para escrever é preciso vencer este branco da página:

Miserável,
como se atreve o barco,
cortar o mar,
o verso, romper o branco virgem
da praia,
o pássaro
que faz
ninho, nas nuvens

*Mas ainda*. Essa "cartinha" de despedida é apresentada como a "antepenúltima-arlequinada", identificando o escritor com o personagem do Arlequim, e a sua como uma escrita-arlequinal, o que nos lembra o escritor com seu "coração arlequinal", Mário de Andrade. Em estudo a esse respeito, Elisa Kossovitch analisa as personagens do Pierrô e do Arlequim como os "enunciadores-figuras" da poesia de Mario. O Arlequim, mostra ela, é a figura do Múltiplo, caleidoscópico: "enquanto Pierrô é figura da Ordem, Arlequim, do Múltiplo aos pedaços, alegoriza a própria escritura, enquanto encena ironicamente o seu outro" (1983, p. 147). Entre ambos, instaura-se o "sujeito fragmentado, produzido pela tensão do Um e do Múltiplo" (1983, p. 156). Diferente do arlequim com sua veste colorida, nos textos de Goldberg os losangos seriam só pretos e brancos, pois é neste contraste que se instaura a sua escrita, como escreveu no livro *A Ógea e a Calhandra:*

Este livro foi composto em duas tábuas:
preto e branco, como no jogo de damas,
vogal e consoante,
ponto e contraponto,
ato e anteato.
Inocente ardil.

Compreende-se melhor porque o "branco por fora e por dentro" causa terror, pois é preciso a alternância preto-branco, assim como vogal-consoante, ponto-contraponto, ato-anteato para compor o "inocente ardil" dessa escrita, ou seja, para que ela possa jogar o jogo e o seu jogador, arlequim, possa entrar e sair de cena.

A "antepenúltima arlequinada" pode ser lida também como a ação do escritor similar à do ator que entra e sai de cena. Se a figura do arlequim, como mostra Elisa Kossovitch, é a do trapaceiro, do enganador, que se relaciona com a paródia e a ironia nos textos de Mario de Andrade, podemos pensar que talvez haja, nesse texto de G. que se define como "artista fracassado, de narrativa paranoide", algo de um tom de ironia, inclusive consigo próprio, e que se manifestaria nesta expressão de uma "antepenúltima arlequinada". Ironia, presente no título da carta, que indica um eu que se despede como quem não vai embora. Ironia, no diminutivo "cartinha". Ironia, quando solicita aos leitores que leiam como texto literário de valor a "narrativa paranoide" de um "artista fracassado". Em meio a um "vazio aterrador", uma ironia triste (como a que ele relaciona a Drummond, quando escreve que "Angústia e humor eram companheiros inseparáveis do nosso maior poeta" em "E agora, José". em *Judaísmos, Ético e não-étnico*). A mistura de ambos os sentimentos é característica de uma "língua arlequim", como expressam Deleuze e Guattari (1996, 48):

Mesmo única, uma língua é uma miscelânea, uma mistura esquizofrênica, uma roupa de arlequim através da qual se exercem funções linguísticas muito diferentes e centros de poder distintos, ventilando o que pode e o que não pode ser dito...

E que se manifesta também na sucessão do "quase": "Sabendo, não obstante, que será só quase testemunho, de uma quase vida, um quase julgamento, a quase absolvição". A carta situa-se no terreno do "quase testemunho, de uma quase vida", indicando que esta escrita é e não é reveladora do eu e da vida de quem escreve. É uma escrita que *quase* se mostra por inteiro, mas esconde o jogo, como um jogador que entrega, mas não mostra as cartas todas, como um jogador-escritor-arlequim que também blefa no jogo com os leitores, entregando uma mensagem dúbia, enviesada ou até *envenenada*, como no texto "Venenos":

> É uma história tão inverossímil que se pode compreender. Você vira pelo avesso quantas vezes quiser e as letras escritas a pincel, em tinta azul, numa mistura sem nexo, como feitas por uma criança, nada revelarão de seus segredos. [...] Qual o truque dessas cartas? Não vou responder logo.
> (JPG, "Venenos", in: *O dia em que Deus viajou*, 1974)

## A escrita como cuidado.

A literatura de J. estabelece uma íntima relação entre o escrever e transformação de si – e se relaciona com a prática do *therapeuein*, com o sentido médico de cura da alma, segundo o princípio da cura de si, do cuidado de si. Michel Foucault, em texto de 1983, "A escrita de si", discorre sobre os exercícios utilizados para alcançar uma vida ascética, tais como escrever as ações e pensamentos de modo a atenuar a solidão, usando o caderno de notas como companheiro e a escrita como disciplina que abstenha de todo mau pensamento, como confissão que revelasse todos os movimentos da alma. Foucault analisa dois tipos de documentos dos séculos I e II: os *hypomnemata* e a correspondência. Os primeiros são livros de contabilidade, notariais ou cadernos pessoais que funcionam como agenda e que passam a ser usados pelo público culto como modo de registrar citações, fragmentos de obras, exemplos, em uma "memória material das coisas lidas, ouvidas ou pensadas" (Foucault, 1995, p.135), e que depois são relidas e meditadas ou usadas como matéria de futuros tratados. Na forma de um texto descosido, diferente das correspondências, não incluem a narrativa de si mesmo. Nos livros de Goldberg, como em *A Ógea e a Calhandra*, notamos esse caráter de caderno de anotações e do endereçamento de cartas.

Quanto às cartas, Foucault busca exemplos na literatura pitagórica, epicurista e estoica, na correspondência trocada entre mestre e discípulos e diz:

> "A carta faz o escritor 'presente' àquele a quem a dirige. E presente não apenas pelas informações que lhe dá accrca da sua vida, das suas atividades, dos seus sucessos e fracassos, das suas venturas ou infortúnios; presente de uma espécie de presença imediata e quase física" (Foucault, 1995, p.150-151).

Essa presença faz com que a escrita de cartas seja como: "fazer aparecer o rosto próprio junto ao outro. [...] a carta proporciona um face-a-face e é um meio de 'desvelar a sua alma'" (Foucault, 1995, p. 150-151). Ao mesmo tempo, a carta atua como subjetivação do discurso tido como verdade e objetivação da alma: "mas há que entender esta menos como uma decifração de si por si mesmo do que como uma abertura de si mesmo que se dá ao outro" (Foucault, 1995, p.152). A presença, o "face a face", essa abertura de si ao outro, são todos termos que viemos usando ao longo desse estudo, e que agora encontram a sua destinação, afinal, como carta, escrita de si, manifesto e testemunho do eu como outro de si mesmo e outro dos outros.

## A assinatura e o endereçamento à "terra-do-coração".

No poema "Pretexto (ou Álibi)", de *A Ógea e a Calhandra* (1997), os versos iniciais dizem:

> Escrevo para não escrachar,
> ou por escrever o ato da soltura,
> quem sabe uma escrita gongórica,
> que se goza em si mesma,
> em escrever gago ou mudo que
> se engana de endereço

Chegamos, então, à questão de ser esta uma poesia que se *engana de endereço* de modo similar à situação de uma carta que não encontra seu destinatário, assim como o sujeito poético dizia não ser daqui. A questão do endereçamento na poesia após a Segunda Guerra Mundial é abordada por Shoshana Felman no importante texto, "Educação e crise ou as vicissitudes do ensinar", intitulado "Literatura e Testemunho. Literatura, psicanálise e história" (Fellman , in Nestrovsky; Seligmann-Silva, 2000). A autora relaciona psicanálise-testemunho-cartas e discute a dificuldade do endereçamento do testemunho após a *Shoá*, o genocídio nazista: "Já foi sugerido que o testemunho é o modo literário – ou discursivo – por excelência de nosso tempo e que nossa era pode ser definida precisamente como a era do testemunho" (p. 18). Shoshana Felman começa lembrando que a psicanálise "procede recolhendo testemunhos de seus pacientes":

> Freud cria a dimensão clínica revolucionária do *diálogo psicanalítico,* um tipo inédito de diálogo no qual o testemunho do médico não substitui ele mesmo o testemunho do paciente, mas *ressoa com ele,* pois, como Freud descobre, *são necessários dois para testemunhar o inconsciente* (p. 23).

Além disso, Freud persegue a *associação livre* ao mesmo tempo em que Mallarmé assinalava, no conhecido texto "Crise do Verso", a dissolução das divisões entre prosa e poesia e o coroamento do poema em prosa através da defesa dos *versos livres:*

> (...) verso livre como uma experiência violenta de ruptura linguística; como o evento histórico da fragmentação da linguagem, na qual o verso é violentamente e propositadamente 'quebrado', naquilo que Mallarmé descreve como a 'crise fundamental' (...) a poesia, a partir de então, fala com o próprio poder – com o próprio impacto não antecipado – da explosão de seu meio por ela mesma". (Fellman , in Nestrovsky; Seligmann-Silva, 2000, p. 31).

A fragmentação, a ruptura, o verso livre, o poema em prosa, e a escrita na escuridão inconsciente são todos procedimentos encontrados nos textos de Pinheiro Goldberg que, em uma de nossas conversas sobre literatura, psicanálise e judaísmo, assinalou:

> *De outro lado, como posso – e aqui entra minha identificação com Freud – me interessar pela escrita consciente, se passo meus dias sobrelevando o que é oculto na fala do inconsciente? Meu interesse pela literatura é o desrespeito de Abraão à*

*quebra da obediência do estado do perfeito. Tem de ser um verso quebrado porque ele obriga à compreensão do incompreensível. Na escola judaica – desvendar na escrita da Torá os mil segredos, o 'pilpul' é uma discussão inesgotável a respeito de cada texto numa recriação permanente, como numa interpretação psicanalítica. Eu escrevo reescrevendo, quebrando a escrita, desrespeitando a aparência de ordem. No fundo estou numa Yeshivá.*

É a poesia que se escreve, diz Shoshana:

> [...] para subverter, para deslocar e para de-situar a própria essência da estética como um *projeto de maestria artística*, ao transformar a poesia – como quebra da palavra e como testemunho à deriva – em um *projeto de endereçamento* testemunhal inerente e sem precedentes" (p. 50-51).

A autora ressalta o testemunho como performance e como assinatura:

> Em seu aspecto performático, o testemunho pode ser pensado, nesse sentido, como um tipo de assinatura. Sugerirei agora que esse valor de assinatura do testemunho é um engajamento no sentido exatamente contrário àquele do processo nazista [...] [em que] pessoas morrem como números, não como nomes próprios. Em oposição a esse nivelamento, testemunhar é, precisamente, engajar-se no processo de *reencontrar seu nome próprio, sua assinatura* (p. 64-65).

Shoshana Fellman encerra seu texto falando a respeito da poesia de Paul Celan, e analisa o poema *Todesfuge*. Como sobrevivente do holocausto, em Celan, diz ela, *a quebra do verso encena a quebra do mundo*. Finalmente, chegamos ao ponto que mais queríamos ressaltar: a carta-poema ou o poema-carta endereçável, segundo as palavras de Paul Celan, "à terra-do-coração". Diz Paul Celan (1995, p. 115):

“Um poema, enquanto uma forma manifesta da linguagem e, portanto, intrinsecamente diálogo, pode ser uma mensagem em uma garrafa, lançada na crença (nem sempre muito esperançosa) de que ela poderá em algum lugar e em algum momento chegar à terra firme, talvez à terra-do-coração”.



Essa mensagem na garrafa atravessa mares e chega à terra-do-coração, pulsante aqui, entre nós, no seguinte poema:

Nessa madrugada jogo essa garrafa ao mar,
Porque sei que um dia, quicá madrugada,
alguém colherá a mensagem. E, na praia,
saberá que alguém acreditou em garrafa,
em mar, em jogo, no balanço das águas,
mas, principalmente, que é precioso
no silêncio da noite despertar.

Assinado,
*Jacob Pinheiro Goldberg*

# No tempo de agora: "Quem presta atenção à vida, não morre."

Conversa gravada em 2014, ao modo de inconclusão e de continuação.

Jacob Pinheiro Goldberg – Um encontro sobre encontro e desencontros, sobre se encontrar e se perder. Sobre adivinhar e projetar. Sobre perplexidade e certezas. Sobre indefinições e destino. Sobre angústia e alegria. Sobre ignóbil e sublime. Quer dizer, na realidade, quando duas pessoas se encontram e as duas pessoas partem de uma posição incerta, com a segurança da incerteza, elas partem de uma posição de força. Ter consciência dessa força é o primeiro movimento para tentar fugir das ameaças da alienação. E eu acredito que isso é o que a gente tenta fazer quando a gente fala ou pensa em realidade e imagem como se por acaso fossem dimensões diferentes, quando, na verdade, provavelmente uma sem a outra, seria a fragmentação satânica que levaria ao crime, à loucura e finalmente ao suicídio, quer dizer, à autofagia, à autodestruição. O contrário disso é a superposição destsas suas interrogações e o que, na minha opinião, tem ajudado nesse diálogo que nós dois temos travado, Marília, é que você tem uma facilidade muito grande de investigar a profundidade e contextualizar, simultaneamente, o efeito da palavra, e, no meu caso, uma tendência, que eu acho que de uma maneira como sempre enigmática, mas majestosa, junto da tradição judaica e da tradição mineira, que é brincar com a palavra, ou seja, não levá-la muito a sério e ao mesmo tempo magnificá-la.

Marilia Librandi – Perfeito, Jacob. Aliás, uma palavra que pensei quando estávamos conversando ontem foi "desígnios", porque junta essa ideia de desenho de imagens e ideias com destino, com traçados possíveis de vidas, e que abre para o inusitado, porque um desígnio não significa que a coisa tenha de ser feita daquele jeito.

JPG – E tem os signos, não é?

ML – E tem os signos (risos).

JPG – E tendo os signos, tem o badalo dos sinos.

ML – O badalo dos sinos...

JPG – Interessante, agora me veio à mente uma construção que tem uma versatilidade que me parece cantante: "Para onde badalam os sinos?". Porque a gente sempre imagina que os sinos badalam gratuitamente como se eles terminassem só na emissão do som. Emitindo o som, terminou. Mas nós sabemos, e é até uma questão de física, que o som é etéril e eterno, não é? Em sendo etéril e eterno, para onde ele caminha? Ou seja, para que direção apontam os sinos badalando?

ML – Isso me lembra o filme *Por quem os sinos dobram?*, baseado no livro de Hemingway, e também a Clarice Lispector porque ela fala da iminência do som dos sinos que quase, quase badalam... Eles ainda podem tocar, mas não se sabe onde, em qual direção. É a ideia da pulsação. Independente do som soar, é uma potencialidade.

JPG – E por falar em Clarice Lispector, e você sabe disso, sempre me vem à mente, uma tarde tipicamente carioca de calor escaldante, eu tinha ido procurar, através de um telefonema da revista "Aonde Vamos?", a irmã de Clarice, a Elisa, porque a Elisa publicava contos na revista "Aonde Vamos" do Aron Neyman, e eu gostava muito dos contos da Elisa. E o Aron, um dia, me deu o telefone da Clarice e sugeriu que ela me telefonasse. E ela telefonou, e disse: "Você vai ficar quanto tempo no Rio de Janeiro?". Eu disse: "Não, eu sou de Juiz de Fora, mas estou fazendo a faculdade de Direito aqui na Universidade Federal Fluminense". Ela disse: "Então podemos marcar um dia desses." Eu era muito jovem, estava ali hospedado no Hotel na Riviera com o último dinheiro que daria para essa última semana no Rio de Janeiro. Eu tinha que voltar para Juiz de Fora para buscar mais dinheiro. Nem saberia se tinha condições de conseguir mais dinheiro e se tinha esse dinheiro na casa do meu pai, eu disse então: "Eu posso ir aí agora. Onde é que você mora?"

Ela me deu o endereço. Eu devo ter chegado lá pelas quatro horas da tarde. E essa é uma cena que ficou marcada na memória para sempre de desencontro. Porque tentamos várias vezes uma afinidade, mas, para mim pelo menos, ficou claro, desde o início, que eu estava ali à procura da irmã dela. E eu acredito que ela, muito sensível, também tinha essa percepção. Então, nós estávamos falando através da intermediação de uma ausência, e o clima era bem assim. Tinha algo enevoado que circulava em torno da Clarice, um clima de melancolia que é um clima que não coincide com a minha tendência solar.

De certa maneira, guardada certas perspectivas, a mesma coisa aconteceu, e nós já conversamos sobre isso, com a marcação da minha entrevista com Jorge Luís Borges quando ele veio a São Paulo para receber um prêmio de literatura. Nós marcamos um encontro no hotel em que ele se hospedava no centro de São Paulo. Eu acabei não podendo ir porque tive um problema de saúde, e pedi para minha secretária ir. Preparei uma série de perguntas para ela fazer para o Borges. No dia seguinte, quando ela voltou, e pedi as respostas, ela disse: "Ah, você acredita que ele é um homem tão gentil que passamos duas horas juntos e não tive condições de fazer perguntas para ele porque eu contei minha vida para ele." São dois desencontros bem típicos e característicos da marcação e do papel de cenas que de certa maneira constituem a tessitura dramatizante das nossas vidas.

ML – Voltam os encontros e desencontros, não é? Tessitura é uma palavra boa. Lembra tecidos, traçados, redes, contatos. Tecelagem.

JPG – Você tem alguma coisa a ver com isso? Rede, contato, tecido, tecelagem.

ML – Só se for rede de deitar... (risos) Até comprei um livro sobre rede, do Luís da Camara Cascudo...

JPG – Interessante você falar do Luís da Camara Cascudo. Eu acabei de publicar um livro, pela Saraiva eletrônica, não sei se você viu, com um bilhete que ele me mandou muito simpático, no qual ele elogia meu livro *Cantata para o Brasil*. Agora, o bilhete dele é interessante porque ele diz que a letra não é dele, porque ele estava praticamente cego no fim da vida, então a mulher dele é que escreveu o bilhete para mim. ...

ML – Mas eu pensei outra coisa, viu, Jacob? Acho que eu saí pela tangente com essa coisa da rede. A gente estava falando sobre tessitura, pensei em morte porque o corpo é embalsamado, é envolvido em uma rede, em um tecido.

JPG – São panos, principalmente os mais históricos. Os que mais chamam nossa atenção são os faraós e eles eram embebidos numa solução química em que eram mantidos por muitos anos. Meus filhos, Flavio e Leonardo acabaram de voltar da Rússia e comentaram como o corpo do Lenin está sendo mantido, é absolutamente impressionante, inclusive, comentaram que não tinham certeza, mas que ouviram que os corpos tinham sido submetidos a um tratamento, que os norte-americanos alegam que fazem um tratamento que, após dezenas de anos, pode-se voltar à vida. Não sei se corre a lenda, mas eles ficaram bastante impactados com a religiosidade de visita ao corpo do Lenin. E é impressionante, décadas de comunismo ateísta não foram capazes de desmontar essa tendência religiosa primitiva e supersticiosa russa, e o quanto resistiu.

ML – Como é na tradição judaica? Tem algo assim também?

JPG – De jeito nenhum, na tradição judaica é exatamente o contrário, é uma tendência de despir. Eu não sei exatamente e para ser franco com você não tenho o menor interesse em saber e quero manter a distância. Eu costumo dizer que a próxima visita que quero fazer no cemitério é o meu enterro. Realmente, eu tenho uma verdadeira abominação por todos esses rituais fúnebres, eu acho que essas justificativas do "psicologuês" tentando dar importância e significado para essa ideia de manutenção do luto é morbidez, masoquismo, é a tendência da continuação humana para o sofrimento, necrofilia, não tem nada, na minha opinião, de grandioso. Trabalhar o luto são invenções da parte mais sombria da condição humana, do medo, da perda e da ausência. É uma tentativa, simplesmente, de manter a aparência. Aquilo que quando se transforma em imagem é que perdura, imagem pura, imagem que está projetada em você, na sua subjetividade, que surge no sonho, é no sonho que ela habita.

Aliás, eu estou com uma intenção de escrever um trabalho agora que é o seguinte. Você sabe que tem aquela epígrafe do Talmud que o Freud cita, "um sonho não interpretado é como uma carta não aberta". Eu acho que essa foi uma diminuição que Freud fez, como tantas outras, da mística judaica. Na realidade, eu acho que nenhum sonho devia ser interpretado. Eu acho que esse é um dos grandes erros da psicanálise. O sonho, em minha opinião, é um espaço e um território que o ser humano habita, completamente diferente daquele que nos é proporcionado pela consciência, é um outro mundo. Talvez seja a terceira margem. E tentar traduzir ou interpretar um sonho é diminuí-lo. Eu acho que a estética e a beleza e a solenidade, a importância e o significado está em permitir que a gente viva essa vida toda noite. Aliás, os Khazares têm aquele livro extraordinário, um dos mais bonitos livros do século XX, que conta a tradição, que conta os segredos de habitar os sonhos alheios.

ML – Um dia eu estava me perguntando se eu gostaria de ser enterrada ou cremada, e intuitivamente eu gostaria de ser enterrada. Você teria uma escolha quanto a isso?

JPG – Sendo bem sincero e honesto, o que não é muito fácil, eu prefiro não morrer.

ML – (risos) Dada a realidade, è um pouquinho pior...

JPG – Você sabe, Marília, que eu e a realidade somos adversários e inimigos irreconciliáveis, embora você faça um esforço, e eu sou grato, para me convidar a ficar mais preso à realidade. Eu continuo resistindo bravamente e realmente sou incapaz de responder a essa pergunta, estou absolutamente convencido que não vou morrer... Acho que é um engano absoluto essa ideia da morte. Inclusive, posso dizer a você que alguns anos atrás fui submetido a uma intervenção de cirurgia cardíaca no Hospital Oswaldo Cruz e, naquela ocasião, conversando com a equipe médica, inclusive equipe médica extraordinária, pessoal sensível e competente, tanto é que estou aqui. Mas teve uma hora que perguntei qual era a chance de morte. Ele disse que era uma intervenção simples e não tinha chances. Aí voltei a fazer a pergunta para outro médico que, por coincidência, era mineiro, que disse que a chance era pequena, mas existia. Fiz uma expressão solene e fiquei pensando, afinal de contas, qual a imagem que as pessoas devem fazer em um momento de tanta importância e significado para todo mundo? Presentes parentes, enfermeiros, médicos e, principalmente, eu mesmo. Tentei fazer uma expressão séria, convoquei tudo que tinha em mim de sério, fiz uma expressão mais de estática, mas tenho certeza que não fui convincente, porque, por dentro, eu tinha certeza que não tinha chances de eu morrer, pensava que logo eu estaria saindo dali. Se isso serve para você de experimentação científica, você vê que em termos de estatísticas, minhas afirmações estão próximas do índice de 100%. Na vez em que eu estive tão próximo não aconteceu, então passemos para outra.

ML – Passemos para a palavra. A ideia meio cabalística, acho, de que cada letra é uma vida. A gente cria vida com as palavras. As palavras não podem ser jogadas fora.

JPG – É interessante, porque na Cabalá se diz não só que a palavra em si tem vida, mas que a ênfase com que ela é dita tem outra vida e a intenção com que ela é ouvida tem mais uma, e assim se desdobrando para sempre. Então, quando você diz uma palavra precisa de muito cuidado, porque você está falando por séculos e séculos.

ML – É a noção de eco, não é?

JPG – Exatamente, é a reverberação absoluta. E talvez, de alguma maneira, quando eu dizia que eu não acredito na morte, na realidade, eu acho que a conceituação de morte é uma cilada. Eu não sei se é a maior armadilha satânica que a inteligência humana foi capaz de produzir. Porque grande parte do sofrimento humano ligado ao medo provém do fato de que nós não emprestamos à vida todo o poder que ela tem. Porque se você empresta à vida todo o poder que ela tem, ou seja, reservando a atenção que ela exige, você não morre.

E eu me lembro que quem disse isso foi Alberto Moravia na última entrevista, que é a biografia dele também feita em um diálogo, e ele diz isso, que quem presta atenção à vida, não morre. Porque você dispõe de tanta energia naquela vida, que essa irradiação é para sempre. É isso que a gente teria que prestar atenção, e a gente, em minha opinião, só não presta atenção, por medo de ser punido, de ser punido por Deus. Porque quando foi estatuído o mandamento "Não farás nenhuma imagem à minha semelhança", eu creio que essa afirmação já é o resultado desse impacto de medo. Eu não acredito que essa é uma imposição divina, eu acho que, na verdade, é um manifesto de subserviência, ou seja: "Deus, não vá me punir com a morte, porque eu jamais vou tentar ser tão criador quanto você".

Tanto é que tem uma lenda cabalística, que Moisés pediu a Deus que Deus o poupasse, e que o anjo teria dito: "Isso eu não posso fazer, o que posso fazer é poupá-lo de todo sofrimento". Aí veio a ideia do beijo da morte, que seria uma forma de corresponder àquela manifestação de subserviência. Eis aí que quase todas as lendas que afirmam o roubo da energia divina através da criação se travestirem de muita culpa. Se a gente conseguisse ultrapassar essa ideia de culpa e assumir que para o bem e o mal nós temos que fazer a escolha entre demônios e deuses, aí sim, talvez, a gente, em uma só movimentação, poderia informar para a morte que ela é só uma ilusão.

# REFERÊNCIAS

## De Jacob Pinheiro Goldberg

### Livros citados

*Ritmo Esquerdo*, Rio de Janeiro: Editora Rio, 1952.

*História que a Cigana (nua) me contou*, São Paulo: Editora Junco, 1960.

*A Discriminação Racial e a Lei Brasileira*. São Paulo: Editora Luanda, 1966.

*Tempo Exilado*, São Paulo: Editora Cultural, 1968a.

*Ética e Tecnologia*. São Paulo: Editora Fulgor, 1968b.

*Teoria Social da Comunicação*. São Paulo: Editora Cultural, 1969.

*Segunda Madrugada*, São Paulo: Editora Cultural, 1971.

*Monólogo do Medo*, São Paulo: Editora Cultural, 1972a.

*Memórias do Abismo*, São Paulo: Editora Cultural, 1972b.

*Comunicação e Cultura de Massa*. São Paulo: Editora Cultural, 1972c.

*O Dia em que Deus viajou*, São Paulo: Editora Clássico Científica, 1974a.

*O Problema do Excepcional*. Rio Claro: Apae, 1974b.

*Cidade dos Sinos*, São Paulo: Editora Clássico Científica, 1975.

*Indo-Amerika*, São Paulo: Editoras Unidas, 1976.

*Cantata para o Brasil*. [1975] São Paulo: Editora Oina Brasil, 2ª edição, 1978a.

*Psicologia e Reflexões do Inconsciente*. São Paulo: Editora Oina Brasil, 1978b.

*Psicoterapia e Psicologia*. Apresentação e entrevistas de Schulamit Djmal. São Paulo: 1979.

*Psicologia da Agressividade*. São Paulo, Editora ICC, 1983.

*O entendimento psicológico do homem deve ser promovido a partir de sua dimensão peculiar, de seu universo social e espiritual*. Tese de Doutorado em Psicologia, São Paulo: Universidade Mackenzie, 1984.

*Maneco Nheco Nheco*, [São Paulo: Editora Símbolo, 1979], São Paulo: Nova América Editora, 1986.

*Ritual de Clivagem*, São Paulo: Massao Ohno, 1989.

*O Feitiço da Amerika – Jamo Panka Pixipre Jamo*. Estudos e comentários de Oscar D'Ambrosio. Campinas: Grupo ATB, 1992.

*A Clave da Morte*, São Paulo: Maltese, 1992.

*Judaísmos: Ético e não étnico*, São Paulo: Sefarad Editorial 1997a.

*A Ógea e a Calhandra (Fragmentos sobre o susto)*, São Paulo: Sefarad Editorial, 1997b.

*Monólogo a Dois*. São Paulo: Centro de Estudos da Mentalidade, 2002.

*A Mágica do Exílio. Magia Wignania*. Seleção, apresentação e tradução para o polonês de Henryk Siewierski. São Paulo: Landy Editora, 2003

*Psicologia em curta-metragem*, Ribeirão Preto: Editora Novo Conceito, 2008.

*Poemas-Vida. Antologia de Jacob Pinheiro Goldberg*. Seleção e apresentação de Marília Librandi. Rio: 7 Letras, 2009

## Entrevistas e artigos citados

Goldberg, J.P. Entrevista para *O Estado de São Paulo*, 11 de maio de 1979.

Goldberg, J.P. "Goldberg quer a decodificação da cultura". Entrevista a José Paulo Custódio. Juiz de Fora, *Diário Mercantil*, Domingo, 11 de abril de 1982.

Goldberg, J.P. "Bill Gates, Jeremias da Internet". São Paulo: *Jornal da Tarde*, 28 de dezembro de 1995

Goldberg, J.P. "Deus que me Perdoe". *Folha de São Paulo*, Caderno Cidades, 19 de junho de 1998

Goldberg, J.P. "Barbosa, de Ruy a Joaquim". OAB – Juiz de Fora. Disponível em: http://www.juizdefora-oabmg.org.br/noticias/exibir/834/Artigo-de-Jacob-Pinheiro-Goldberg-Barbosa-de-Ruy-a-Joaquim.html?p=359 (Acesso em julho de 2023).

## Geral

Abramo, Radhá (nota sobre *Cantata para o Brasil*). São Paulo, *Folha de São Paulo*. Suplemento Mulher, 1984.

Adorno, Theodor W. *Minima Moralia. Reflexões a partir da vida danificada*. Trad. Luiz Eduardo Bicca. Revisão da Trad. Guido de Almeida. 2ª ed. São Paulo, Ed. Ática, 1992.

Almeida Maria Elizabeth de. "Apresentação ao livro de J. P. Goldberg". *Psicologia e Reflexões do Inconsciente*. São Paulo, Ed. Oina Brasil, 1978.

Andrade, Carlos Drummond. *Obra Completa*. Rio de Janeiro, Aguilar, 1967.

Ashbery, John. "Quando vieste da terra santa". In: *Auto-retrato num espelho convexo e outros poemas*. Tradução e posfácio Antonio M. Feijó. Lisboa: Relógio D'água, 1995

Assoun, Paul-Laurent. *Littérature et psychanalyse. Freud et la création littéraire*. Paris, Ellipses, 1996.

Azzi, Riolando. *A Escola na Formação da Sociedade Juiz-Forana*. Redes, v.1, n.2, p. 70-78, 1997.

Barbosa, Leila Maria Fonseca; Rodrigues, Marisa Timponi Pereira. *Letras da Cidade*. Juiz de Fora, Fundação Cultural Alfredo Ferreira Lage – Funalfa, 2000.

Barthes, Roland. "Da obra ao texto", in: *O rumor da língua*. Trad. Mario Laranjeira. São Paulo: Brasiliense, 1988

Barthes, Roland. *O prazer do texto*, São Paulo, Perspectiva, 1993.

Baudelaire, Charles. *As Flores do Mal*. Tradução Fernando Pinto do Amaral. Lisboa: Editora Assírio e Alvim. 1992.

Baudrillard, Jean. *A arte da desaparição*. Org. Katia Maciel. Trad. Anamaria Skinner. Rio de Janeiro, Editora UFRJ / Núcleo tecnologia da imagem, 1997.

Benjamin, Walter. *Magia e Técnica, Arte e Política*. Obras Escolhidas I. Trad. Sergio Paulo Rouanet. São Paulo, Brasiliense, 1996.

Blanchot, Maurice. *L'Espace Littéraire*. Paris, Gallimard, 1955.

Borges, Célia Maia (org.) *Solidariedades e conflitos: histórias de vida e trajetórias de grupos em Juiz de Fora*. Juiz de Fora, MG, EDUFJF, 2000.

Bradley, John*Lídice, o sacrifício de uma aldeia*. Trad. de Edmond Jorge. Rio: Renes, 1976

Celan, Paul. *Cristal.* Trad. Claudia Cavalcanti. São Paulo, Iluminuras, 1999.

Certeau, Michel de. *História e Psicanálise: entre ciência e ficção.* Trad. de Guilherme. J. de Freitas Teixeira. Belo Horizonte: Autêntica Editora, 2011

Cixous, Hélène. *A Hora de Clarice Lispector,* Trad. Rachel Gutierrez, Rio, Ed. Exodus, 1999.

Cixous, Hélène. "Le moi est un peuple". *Magazine Litteraire, Dossier:* "Les écritures du Moi", n, 409, maio de 2002,

Chioccarello, Conceição Mesquita. *Goldberg, um fora de série (sobre "Psicologia da Agressividade").* Jornal da Manhã, Marília, 12 agosto de 1984.

Cordeiro, Hélio Daniel. *Monólogo com o mundo.* Apresentação ao livro de J. P. Goldberg. *A Ógea e a Calhandra (Fragmentos sobre o susto).* São Paulo, Capital Sefarad Editorial, 1997.

Costa Lima, Luiz. *Introdução: O Leitor Demanda (d)a Literatura.* In: *A Literatura e o Leitor. Textos de Estética da Recepção.* Seleção, tradução e introdução de Luiz Costa Lima. Rio de Janeiro, Ed. Paz e Terra, 1979.

Costa Lima, Luiz. *Mimesis e Modernidade. Formas das sombras.* Prefácio de Benedito Nunes. Rio de Janeiro, Edições Graal, 1980.

D'ambrósio, Oscar. "Percorrendo veredas interiores doloridas". São Paulo: *Jornal da Tarde.* Caderno de Sábado, 1989.

David, Sagrado Lamir. "Onde estão os judeus de Juiz de Fora?". In: *Voga, História JF 150 anos.* Juiz de Fora, MR Publicidades & Promoções, ano XVI, n. 139, junho, 2000.

Deleuze, Gilles; Guattari, Félix [1975o. *Kafka. Pour une littérature mineure* Paris, Les éditions de minuit, 1996.

Deleuze, Gilles. *Pourparlers 1972-1990.* Paris, Les Editions de Minuit, 1990.

Deleuze, Gilles. *Crítica e Clínica.* Trad. Peter Pal Pelbart. Rio, Editora 34, 1997

Derrida, Jacques. *A Escritura e a Diferença.* São Paulo, Perspectiva, 1995.

Djmal Shulamit. *Goldberg - Um nome singular na psicologia brasileira.* Apresentação ao livro de J. P. Goldberg, *Psicoterapia e Psicologia.* 1979.

Falbel, Nachman. *Estudos sobre a comunidade judaica no Brasil.* São Paulo, 1984

Felman, Shoshana. "Educação e crise ou as vicissitudes do ensinar". Trad. Claudia Valladão de Mattos. *In:* Nestrovski, Arthur; Seligmann--Silva, Márcio (Orgs). *Catástrofe e Representação.* São Paulo, Escuta, 2000.

Fernandes, Hélio. "Resenha a Segunda Madrugada. Ribeirão Preto: *Tribuna da Imprensa*, 1971.

Foucault, Michel. *O que é um autor?* Trad. Antonio Fernando Cascais e Edmundo Cordeiro; prefácio José A Bragança de Miranda e Antonio Fernando Cascais. 2ª ed.Lisboa, Veja, 1995.

Foucault, Michel. *A Ordem do Discurso*. Aula inaugural no College de France, pronunciada em 2 de dezembro de 1970. Trad. Laura Fraga de Almeida Sampaio. 2ª ed. São Paulo, Edições Loyola, 1996.

Foucault, Michel.

Freud, Sigmund. *O Mal-Estar na Civilização* (1930[1929]) Edição Standard Brasileira das Obras Psicológicas Completas de Sigmund Freud Vol. XXI. Rio de Janeiro: Imago,1974

Freud, Sigmund. "A divisão do ego no processo de defesa" (1940b[1938]). In: Moisés e o monoteísmo, esboço de psicanálise e outros trabalhos. Trad. Jayme Salomão. (Edição standard brasileira das obras psicológicas completas de Sigmund Freud. Vol. 23). Rio de Janeiro: Imago, 1996. p. 289-296.

Freud, Sigmund. *Cinco Lições de Psicanálise & Contribuições à psicologia do amor*. Trad. Durval Marcondes et alii. Rio de Janeiro, Imago, 1997.

Freud, Sigmund. *Os Chistes e sua relação com o inconsciente*. Col Standard bras. Trad. Jayme Salomão. Rio de Janeiro, Imago, 1977.

Freud, Sigmund. "Le créateur litteraire et la fantasie"; "Le motif du choix des coffrets"; "L'Inquietante etrangeté"; "L'Humour". In: *L'inquietante etrangeté et autres essais*. Trad. de Bertrand Féron. Paris, Gallimard, 1985.

Guinsburg, Jaco. *Aventuras de uma língua errante. Ensaios de Literatura e Teatro Ídiche*. Ed. Perspectiva, São Paulo, 1996.

Gitelman, Abrahão. *Protestantes e Judeus: alguns paralelismos em suas trajetórias no Brasil*. In: Boletim Informativo. Arquivo Histórico Judaico Brasileiro, nº. 22, maio de 2001.

Goldberg, Fanny. *Minha Esperança*. São Paulo, edição do autor, 1983.

Goldberg, Fanny. *Meu Caminho sem Fim*. São Paulo, edição do autor, 1984.

Gumbrecht, Hans Ulrich. "A Farewell to Interpretation", in: *Materialites of Communication*, traduzido por William Whobrey, Stanford, California, Stanford University Press, 1994, pp.389-402

Iser, Wolfgang. *O ato da leitura. Uma teoria do efeito estético.* Trad. Johannes Kretschmer. São Paulo, Ed. 34, 1996.

Iser, Wolfgang. *O Fictício e o Imaginário. Perspectivas de uma Antropologia Literária.* Trad. Johannes Kretschmer. EdUERJ, 1996.

Iser, Wolfgang. *Os atos de fingir ou o que é fictício no texto ficcional.* In: LIMA, Luiz Costa (org), Teoria da Literatura em suas fontes. Vol. 2. 2ª ed. revista e ampliada. Rio de Janeiro, Francisco Alves, 1983.

Kossovitch, Elisa Angotti. *Mário de Andrade, Plural.* Tese de Doutoramento, Depto. Filosofia. FFLCH-USP, 1983.

Laforgue, Jules. *Litanias da Lua.* Org. e trad. Régis Bonvicino. São Paulo, Iluminuras, 1989.

LANES, Ely Vietez. *Perspectivas da Literatura segundo Goldberg.* Ribeirão Preto, Ed. Moura Lacerda, 1975.

Librandi, Marília. *As espantosas palavras. Análise de* Grande Sertão:Veredas. Mestrado em Teoria Literária e Literatura Comparada, FFLCH, USP, 1992.

Librandi, Marília. *Parábola e ponto de fuga. A poesia de Jacob Pinheiro Goldberg.* Tese em Teoria Literária e Literatura Comparada, FFLCH, USP, 1997.

Lyotard, Jean-François. *Économie Libidinale.* Paris, Les Editions de Minuit, 1974.

Lyotard, Jean-François. *Discours, Figure.* Paris, Klincksieck, 1974

Mallarmé, Stéphane. *Poesias (1864-1895).* Tradução de Augusto de Campos. In: Campos, Augusto; Pignatari, Décio; Campos, Haroldo. *Mallarmé.* São Paulo: Perspectiva, 1980

Mallarmé, Stéphane. "Igitur ou a loucura de Elbehnon". Tradução de José Lino Grunewald, Rio Janeiro: Nova Fronteira, 1985

Mallarmé, Stéphane. "A ação restrita" In: *Divagações.* Tradução de Fernando Scheibe. Florianópolis: Editora UFSC, 2010. p. 169-174

Martins, Luiz. *"Crônica: Segunda Madrugada". O Estado de São Paulo,* 7 janeiro de 1972.

Martins, Wilson. *História da Inteligência Brasileira.* Vol. VII. 1933-1964, São Paulo: Cultrix, 1978

Mandelstan, Ossip. *Do Interlocutor.* Trad. Rubens Figueiredo. In: *Revista Inimigo Rumor,* n. 8, Rio de Janeiro, maio de 2000.

Mello, Lia. *O dia em que Deus Viajou*. Jornal de Letras, 1974.

Mendes, Murilo. *Poemas (1925-1931)*. In: *Poesia completa e prosa*. Organização de Luciana Stegagno Picchio. Rio de Janeiro: Nova Aguilar, 1994.

Morin, Edgard. *Le Monde moderne et la question juive*, Paris: Seuil, 2006

Moura, Murilo Marcondes de. *Três poetas brasileiros e a Segunda Guerra Mundial (Carlos Drummond de Andrade, Cecília Meireles e Murilo Mendes)*. Tese de Doutorado. Departamento de Teoria Literária e Literatura Comparada. São Paulo: FFLCH- USP, 1998.

Nakandakari, satiko. Apresentação à tese de J. P. Goldberg. *O Problema do Excepcional*. São Paulo, APAE, 1974.

Nabarrete, Sonia Regina. *O Divã na Periferia*. São Paulo, Folha de São Paulo, 1979.

Nava, Pedro. *Baú de Ossos. Memórias*. Rio de Janeiro. Editora Sabiá, 1972.

Novinski, Anita. A *Inquisição*. São Paulo, Brasiliense, 1982.

Novinski, Anita. "A nova historiografia sobre os judeus no Brasil: perspectivas para o século XXI". In *Seminário de Tropicologia: o Brasil e o século XXI: desafios e perspectivas*, Recife, 2001.

Oliveira, Almir de. A *Imprensa em Juiz de Fora*. Juiz de Fora, Imprensa Universitária da UFJF, 1981.

Oliveira, Paulino de. *História de Juiz de Fora*. 2ª edição, Juiz de Fora: Gráfica Comércio e Indústria, 1966.

Oliveira, Monica Ribeiro de; Christo, Maraliz de Castro Vieira. *O radicalismo dos anos 30: o integralismo em Juiz de Fora*. In: *Juiz de Fora. Vivendo a História*. Juiz de Fora, Núcleo de História Regional da UFJF, Ed. UFJF, 1994.

Pernambuco, Aline de Moraes. *Uma América de muitos feitiços: Uma leitura d'O Feitiço da Amérika de Jacob Pinheiro Goldberg*. Juiz de Fora, Faculdade de Letras da Universidade Federal de Juiz de Fora, 2013.

Rocha, João Cezar de Castro. "A formação da leitura no Brasil – esboço de releitura de Antonio Candido". Resenha ao livro A *formação da leitura no Brasil*, de Marisa Lajolo e Regina Zilberman. In: Publicação do Instituto de Pluralismo Cultural –IPC / Universidade Cândido Mendes, 1996, s/p.

Rosa, João Guimarães. "Fita verde no cabelo. (Nova velha estória)". *Ave, Palavra*. Rio: José Olympio Editôra, 1985, p.81-82

Roudinesco, Elisabeth. *Histoire de la psycanalise en France*. Vol. 2. Paris, Seuil, 1986.

Roudinesco, Elisabeth. *Lacan. Esboço de uma vida, história de um sistema de pensamento*. Tradução Paulo Neves. São Paulo, Cia das Letras, 1994.

Rushdie, Salman. "Em Busca do Reino de Oz". São Paulo: *Folha de São Paulo*, 21 de junho de 1992.

Sartre, Jean-Paul. *Que é a Literatura?* Tradução Carlos Felipe Moisés. 2ª ed. São Paulo, Editora Ática, 1993.

Silberberg, Gershon; Geshuri, Meir Shimon (Eds). *Ostrowiec; a monument on the ruins of an annihilated Jewish community*. Tel Aviv, Society of Ostrovtser Jews in Israel, 1971.

Sussekind, Flora. *Literatura e Vida Literária. Polêmicas, diários & Retratos*. Rio de Janeiro, Jorge Zahar, 1985

Teixeira, Jorge Leão. *As veias poéticas da América*. São Paulo, Revista Problemas Brasileiros, maio/junho de 1992.

Valente, Juliana. *Experiência de um laboratório*. Bauru: Jornal da Cidade, 1972.

Edição
**Adriana Maciel**

Produção editorial
**Jul**

Revisão
**Nicolas Casal**

Projeto gráfico de capa e miolo
**Mari Taboada**

Foto de capa
**Flavio Henrique Elwing Goldberg**

DADOS INTERNACIONAIS DE CATALOGAÇÃO NA PUBLICAÇÃO (CIP) DE ACORDO COM ISBD

L697j

Librandi, Marília
Jacob Pinheiro Goldberg. A maravilhosa janela da tela poética sobre a liberdade do mundo / Marília Librandi. - Rio de Janeiro : Numa Editora, 2023.

316 p. ; 14cm x 21cm.

Inclui bibliografia.
ISBN: 978-85-67477-52-7

1. Crítica literária. I. Título.

2023-2698 CDD 809
CDU 82.09

Índice para catálogo sistemático:
1. Crítica literária 809
2. Crítica literária 82.09

Elaborado por Vagner Rodolfo da Silva - CRB-8/9410

contato@numaeditora.com
@numaeditora
numaeditora.com

Este livro foi composto em Praktika Sans (títulos) e Quadraat Pro (textos) e impresso em papel Pólen natural 80g.